MEURTRES SANS ORDONNANCE

CHARLES GRAEBER

MEURTRES SANS ORDONNANCE

L'histoire vraie de l'un des pires tueurs en série du XXe siècle

Traduit de l'anglais (États-Unis)
par Nathalie Serval

Les Presses de la Cité

Publié aux États-Unis sous le titre original *The Good Nurse* par Twelve, une marque de Grand Central Publishing, Hachette Book Group, en 2013.

Les Presses de la Cité, un département Place des Éditeurs
92, avenue de France 75013 Paris

ISBN 978-2-258-19482-3
Dépôt légal : mars 2022

Presses de la Cité un département **place des éditeurs**

place des éditeurs

Note de l'auteur

Cet ouvrage basé sur une histoire vraie découle de six années de recherches et d'entretiens avec des dizaines de sources, dont Charles Cullen lui-même.

En dehors de nos conversations, Charlie, une personnalité fière et complexe, n'a jamais fait de déclarations publiques ni accordé la moindre interview. Nos relations ont commencé à l'époque où il tentait d'offrir un de ses reins depuis sa cellule et se sont poursuivies pendant plusieurs années. À présent, il ne voit plus aucune raison de se confier à moi.

Si le récit semble adopter son point de vue, il ne lui laisse pas l'arbitrage final.

Ce projet n'aurait pu aboutir sans plusieurs sources qui ne s'étaient encore jamais exprimées. Certaines ont risqué leur carrière, leur réputation, voire leur liberté. Chaque fois que je l'ai jugé nécessaire, j'ai modifié leurs noms et d'autres détails les concernant afin de protéger leur anonymat et leurs existences déjà durement éprouvées par les événements relatés dans ces pages.

Je me suis efforcé de restituer les faits aussi précisément que possible en me fondant sur des rapports d'enquêtes policières, des enregistrements audio, des images de vidéosurveillance, des documents judiciaires et des entretiens personnels. Dans un souci de clarté et de concision, il m'est arrivé d'altérer légèrement certaines transcriptions ou de m'en inspirer pour recréer des dialogues.

Comme dans toute affaire de meurtre, les principaux témoins de celle-ci – les victimes – sont privés de voix. Je tiens à leur dédier ce livre, ainsi qu'à tous les infirmiers et infirmières qui, à travers le monde, consacrent leur vie à sauver les nôtres.

PREMIÈRE PARTIE

1

3 octobre 2003

Charles Cullen se voit comme un type chanceux. Le hasard ou le destin lui ont révélé sa vocation. Ses seize années de carrière ainsi que ses certifications en soins intensifs, assistance cardiaque avancée (ACLS) et maniement de ballon de contrepulsion intra-aortique lui rapportent 27,50 dollars de l'heure dans les hôpitaux du New Jersey et de Pennsylvanie. Le travail ne manque pas. Même dans les secteurs les plus pourris d'Allentown ou de Newark, les établissements médicaux multiplient les spécialités lucratives et se livrent à une concurrence féroce pour attirer les infirmiers expérimentés.

À 16 h 40, il monte à bord de sa voiture, rasé de frais et les cheveux enduits de gel. Sur son uniforme – tunique et pantalon blancs –, il porte un gilet de laine jaune, et un stéthoscope pend à son cou. Ainsi, nul ne peut ignorer que ce bel homme est un professionnel de santé, peut-être un médecin, en dépit de son break Ford Escort bleu piqueté de rouille. Charlie a vécu dix ans dans un appartement en sous-sol au New Jersey. À présent, il réside à Bethlehem, en Pennsylvanie, chez sa nouvelle compagne, Catherine.

Celle-ci y possède une petite maison confortable, qu'elle décore de guirlandes de cœurs rouges, de citrouilles ou de dindes en carton selon la saison. Si Charlie commence à se lasser d'elle et de ses deux fils adolescents, il aime toujours autant bricoler ou tuteurer des plants de tomates dans son jardin quand il fait beau. Il apprécie aussi d'habiter à cinq minutes de route de la rivière Lehigh et de l'I-78 East, que des milliers d'automobilistes empruntent quotidiennement pour aller travailler dans l'un ou l'autre hôpital de l'État voisin.

Charlie est grillé dans cinq ou six d'entre eux, du moins officieusement. En seize années, il a fait l'objet de plusieurs dizaines de citations disciplinaires et de quatre enquêtes policières ; il a été incarcéré, soumis au détecteur de mensonges à deux occasions et a commis une vingtaine de tentatives de suicide, sans que cela nuise à sa carrière. Il a travaillé pour un centre de rééducation et neuf hôpitaux, dont la plupart l'ont « remercié » ou poussé à la démission. Pourtant, chaque fois qu'il postule quelque part, il apparaît comme le candidat idéal. Sa tenue est toujours impeccable, il se montre assidu et jouit d'une solide expérience dans des domaines aussi variés que les soins intensifs, l'assistance cardio-respiratoire ou la prise en charge des grands brûlés. Il traite les vivants, accourt au chevet des mourants dès que retentit une alarme et enveloppe les corps de plastique avec la dextérité d'un artiste en origami. Il ne discute pas les plannings, ne semble fréquenter ni les stades ni les salles de cinéma, ne rechigne jamais à travailler la nuit, le week-end ou les jours fériés. Son ex-femme ayant obtenu la garde exclusive de leurs deux filles, il passe presque tout son temps libre sur le canapé de Cathy à zapper d'une chaîne à l'autre. Mais si on l'appelle pour une urgence ou pour remplacer un collègue malade au pied levé, il enfile sa tenue et fonce sur l'autoroute avant la fin de la coupure publicitaire. Le reste de l'équipe le considère comme un cadeau du ciel, presque trop parfait pour être vrai.

Il lui faut quarante-cinq minutes pour rejoindre son lieu de travail, le centre médical de Somerset, mais cela ne le gêne pas. Au contraire, il aspire à cette parenthèse de solitude. Charlie se confie volontiers sur des sujets aussi intimes que ses disputes avec Cathy ou la désintégration tragi-comique de sa vie de famille, mais il a des secrets qu'il ne peut partager avec personne. Ses trajets quotidiens lui offrent l'occasion de se passer en boucle les images et les scènes qui le hantent.

Sa petite Ford tressaute en quittant l'asphalte de mauvaise qualité de la Pennsylvanie pour le bitume lisse du New Jersey. Charlie reste sur la file de gauche jusqu'au panneau indiquant la sortie 18 pour Somerville. Ici commence le New Jersey, l'État le plus riche de l'Union : des banlieues cossues, aux rues bordées d'arbres majestueux et de jardins où l'on n'aperçoit ni barques de pêche échouées ni trampolines cassés, des berlines haut de gamme dans des allées parfaitement entretenues. Une fois garé sur le parking de l'hôpital, Charlie éteint le moteur et se dirige vers l'entrée de service avec quelques minutes d'avance, comme chaque jour.

Derrière la double porte s'étend une ville grouillant d'une activité incessante dans le bourdonnement des néons : l'unique endroit où Charlie s'est jamais senti chez lui. Un frisson d'excitation le parcourt dès qu'il en foule le linoléum brillant et respire son odeur âcre et familière, un mélange de transpiration et d'antiseptique d'où se dégage un relent doucereux de putréfaction humaine. Il gravit les marches deux à deux, impatient de se mettre au travail.

Sa profession a apporté à Charlie les satisfactions que l'existence lui avait jusque-là refusées. Il décrit son enfance comme ayant été « épouvantable ». Fruit d'une « erreur » que ses parents, issus de la classe ouvrière irlandaise et catholique, n'avaient pas les moyens d'assumer, il n'a pas connu son père, mort peu après sa naissance[1]. Dans la petite maison sombre de West Orange, le quotidien était rythmé par les allées et venues des sept aînés – les garçons consommant toutes sortes de drogues, les filles enchaînant les grossesses non désirées – et de leurs fréquentations, des hommes aux manières brutales qui débarquaient à toute heure du jour et de la nuit. La mère de Charlie constituait son seul rempart contre le chaos qui régnait dans les pièces du haut. L'enfant recherchait désespérément son affection. Il était encore au lycée quand elle perdit la vie dans un accident de voiture, le laissant inconsolable. Il tenta successivement de se suicider et de s'engager dans la marine, sans succès. Il finit par atterrir à l'hôpital où sa mère avait été emmenée et y découvrit sa vocation.

En mars 1984, Charles Cullen, 24 ans, était l'unique étudiant mâle de l'école d'infirmières du Mountainside Hospital. Il s'y révéla un élément brillant. Les cours lui plaisaient, l'uniforme aussi, et l'environnement exclusivement féminin lui donnait un sentiment de sécurité. Quand la déléguée de leur classe abandonna au bout de deux semaines, une de ses condisciples l'incita à se proposer comme remplaçant, affirmant qu'il présentait toutes les qualités requises pour le poste : il était intelligent, séduisant et, surtout, il était un homme (parmi 86 femmes). Quoique flatté, Charlie déclina l'offre[2], mais elle insista, disant qu'il ne risquait rien à tenter sa chance, et s'improvisa directrice de campagne. En dépit de ses réticences initiales, ce rôle de candidat passif procura un vif plaisir à Charlie, et son élection encore plus. Si la fonction était purement honorifique, cette victoire signa la naissance du nouveau Charles Cullen. Six ans après avoir perdu sa mère, le jeune homme se voyait célébré et adoubé par une assemblée de femmes qui lui étaient entièrement dévouées. Pour la première fois, il se sentait aimé.

Pour payer ses études, il cumulait les petits boulots, passant des heures harassantes à vendre des beignets saupoudrés de sucre et des montagnes de steak haché, à regarnir des rayons vides et à manier le balai. Le sergent recruteur n'avait pas menti : son expérience militaire l'avait parfaitement préparé à la vie civile. Comme dans la marine, chacun de ses emplois nécessitait un uniforme spécifique. Chez Dunkin' Donuts, une casquette et un polo orange et marron. Mêmes couleurs pour le tee-shirt des magasins Caldor, mais avec des rayures différentes – il devait prendre garde à ne pas se tromper quand il piochait dans la pile de linge propre. La chemise des restaurants Roy Rogers, d'un brun rouille conçu pour dissimuler les taches de sauce, était affreuse – hormis sur Adrianne, la chef d'équipe. Charlie trouvait particulièrement sexy la manière dont le badge indiquant son prénom pendait sur sa poitrine.

Adrianne Baum[3] ne ressemblait pas aux filles que Charlie avait côtoyées jusqu'alors. Titulaire d'une licence en économie, elle débordait d'ambition et travaillait dur pour rembourser son prêt étudiant. Charlie l'observait à la dérobée tout en balayant entre les tables. Malheureusement, Adrianne avait un copain et attendait son transfert dans un autre restaurant de la franchise. Charlie démissionna pour doubler ses heures au Caldor voisin, mais il garda l'habitude de déjeuner au Roy Rogers. Quand Adrianne, fraîchement séparée de son petit ami, fut réaffectée dans le même établissement, un mois plus tard, il était là.

Sous l'impulsion de Charlie, leurs relations évoluèrent rapidement. Adrianne fut surprise par l'assurance du jeune homme timide qu'elle avait vu récurer le comptoir des sauces jour après jour. En demande constante d'attention, il la couvrait de cadeaux et jouait le gendre idéal devant sa famille. Dès qu'elle mentionnait son goût pour une variété de fleurs ou de friandises, il lui en offrait. Elle finit par lui ordonner de cesser, prétendant qu'il l'importunait. Toutefois, elle avait conscience que beaucoup de filles auraient tué pour être à sa place. Avec Charlie, elle avait décroché le gros lot. Si, à 26 ans, il enchaînait les démissions et les licenciements, c'était probablement dû à son haut degré d'exigence et à des problèmes d'horaires. Voici un garçon, disait-elle à ses amies, qui cumule trois petits boulots avec un mandat de délégué de classe. Il n'est pas parfait, certes – il est goy –, mais il s'en faut de peu !

Charlie et Adrianne devinrent rapidement inséparables. Leur couple évoluait en vase clos[4], une façon de fonctionner à deux qu'ils prenaient pour de l'amour. Six mois après leur premier rendez-vous, ils étaient fiancés. Ils se marièrent une semaine après que Charlie eut obtenu son diplôme. Ils louèrent une robe et un smoking et passèrent leur lune de miel aux chutes du Niagara. Adrianne vivait un conte de fées. Ils écourtèrent leur séjour de vingt-quatre heures, car son prince charmant devait commencer à travailler au centre médical Saint Barnabas de Livingston. L'établissement lui avait proposé de retarder sa prise de service, mais il avait refusé tout net. Quand Adrianne lui dit au revoir, ce matin-là, elle eut la sensation étrange de voir son avenir se dérouler devant elle comme un tapis rouge.

2

Juin 1987[1]

Le service des brûlés du centre médical Saint Barnabas accueillait des patients de tout le New Jersey – pauvres carcasses à vif, victimes d'accidents de la route ou du travail, arrachées à une maison en flammes ; hommes, femmes, ou, le plus souvent, enfants aux membres réduits à des moignons, dépourvus de cheveux, de paupières, le corps entièrement brûlé sans espoir de guérison. Le travail de Charlie consistait à nettoyer leurs plaies et éliminer les tissus nécrosés à l'aide d'une brosse et d'un savon antibactérien. Une tâche particulièrement éprouvante, à plus forte raison pour un infirmier fraîchement émoulu de l'école.

Toute brûlure raconte une histoire : une grand-mère en chemise de nuit cherche à saisir une bouilloire sur le feu, un paraplégique laisse tomber sa cigarette, un type bourré tente de ranimer un feu de camp, une fuite au réservoir d'une voiture accidentée… Les lésions au troisième degré sont les plus dangereuses : le système complexe formé par la peau, les nerfs, les veines, les artères et les muscles est alors définitivement détruit. Mais celles au deuxième degré sont plus douloureuses. Même dans les années 1980, les services spécialisés résonnaient en permanence de cris[2]. Seule la morphine apporte un peu de réconfort aux patients. Les infirmiers et infirmières savent d'avance lesquels se rétabliront et lesquels mourront au terme d'un véritable calvaire. Avec un peu d'expérience, tous deviennent capables de déchiffrer les signes inscrits sur leur corps et d'en déduire leurs chances de survie.

Sur sa fiche d'estimation, le patient est représenté par une silhouette humaine intégralement nue, asexuée et dépourvue de pilosité. Les orteils pointés vers un sol invisible, elle tend les bras, paumes vers le haut, dans un geste universel de reddition ou de supplication. Ses yeux sont grands ouverts, ses lèvres ne sourient pas. On indique l'étendue et la gravité des lésions en hachurant un pied, une cuisse, une moitié du visage… À chaque emplacement correspond un nombre de points : 1 pour la zone génitale, 1,25 pour une main, etc. Mais il existe une méthode plus simple : la « règle des 9 ». Chaque partie du corps – jambe, dos, tête – vaut neuf points. En additionnant ceux-ci à l'âge du patient, on obtient un taux de mortalité. Par exemple, une personne de 50 ans brûlée à 50 % a 100 % de chances de mourir – peut-être pas tout de suite, mais à court terme. Cette règle permet aux soignants de concentrer leurs efforts sur les cas les moins désespérés. Tous la connaissent par cœur. Ils y recourent d'instinct puis essaient de l'oublier. À l'hôpital, la mort vous suit comme la voiture noire qui apparaît dans votre rétroviseur chaque fois que vous y jetez un coup d'œil. Vous savez qu'elle est là, alors à quoi bon le vérifier ?

Condamnés ou non, les grands brûlés endurent des douleurs intolérables, et les infirmiers n'ont souvent pas d'autre choix que d'augmenter leurs doses de morphine. Quand un décès survient, il n'est pas toujours aisé de déterminer s'il est dû aux lésions ou à une surdose. Tout ce qu'on peut affirmer, c'est que les morts ne souffrent plus.

Les brûlés arrivent à toute heure du jour et de la nuit, sur leurs deux jambes ou sur une civière, seuls ou en groupes. Certains sont lucides, s'inquiètent d'avoir égaré leur montre ou manqué leur rendez-vous chez le coiffeur. Mais une fois le choc dissipé, la réalité les rattrape.

Des tubes plantés dans leurs poignets, leurs artères fémorales et tous leurs orifices les relient à des machines. Leur corps saturé de liquides – solution saline, électrolytes, analgésiques, anxiolytiques – double parfois de volume. Leur scrotum enfle comme un ballon, leurs yeux se réduisent à deux fentes entre leurs paupières boursouflées, leurs lèvres éclatent telles des saucisses trop cuites. La peau tendue comprime les vaisseaux et devient aussi dure que du marbre. Un chirurgien pratique alors une incision le long des jambes et des bras, à l'avant et à l'arrière, et termine avec des coups de scalpel entre les phalanges des mains gonflées comme des pis de vache. Ces entailles, les escarrotomies, révèlent une cavité tapissée de graisse jaune qui dégage une odeur infecte. Si elle se remplit brusquement de sang, c'est bon signe – seuls les tissus vivants saignent –, mais cela complique le travail des soignants.

Au toucher, la peau brûlée fait songer à du cuir huileux. Les infirmiers ont besoin de temps pour apprivoiser ces impressions tactiles. Certains demandent une mutation dès leur premier jour. D'autres restent jusqu'à ce que leur route croise celle d'un malade qui leur rappelle un être cher, ou qui leur ressemble.

Les enfants représentent presque un tiers des patients du service. Parfois, leurs blessures résultent de punitions, pour avoir fait pipi au lit ou oublié une corvée. Les infirmiers ont l'œil pour déceler les signes de maltraitance. Il y a les brûlures de cigarettes, celles causées par un briquet, un radiateur, la vitre d'un four, une douche trop chaude, les marques noirâtres d'une électrocution… À chacune sa signature. Certaines s'épanouissent en lésions dentelées, tels des œillets de chair, d'autres provoquent des cloques ou dessinent de fines ciselures blanches. Quelle que soit la forme qu'elle revêt, les soignants s'efforcent de l'enfouir sous plusieurs épaisseurs de tulle ou de l'occulter avec de la morphine. Mais Charlie savait d'expérience que les pires douleurs, celles qui vous consument de l'intérieur, ne se lisent pas toujours sur le visage. Les gosses sont particulièrement doués pour garder un secret. Contrairement aux adultes, ils ne hurlent pas quand on les lave et ne gémissent pas au fond de leur lit. Ils cachent leur souffrance de peur d'être de nouveau punis. Si la mère de Charlie n'avait jamais appliqué une poêle chaude sur son bras pour le « corriger », les petits amis de ses sœurs, des costauds aux doigts couverts de bagues, roulant en Chevrolet Camaro et portant des jeans moulants pour souligner leur virilité, l'avaient souvent bousculé et brutalisé afin d'exercer leur pouvoir. L'un d'eux, qui vivait à demeure sous le toit familial, avait battu sa compagne tout au long de sa grossesse. Elle avait fini par s'enfuir, mais lui était resté et avait reporté sa violence sur Charlie.

Plus tard, dans la marine, il avait subi son lot de brimades. Lors d'une permission, après une soirée arrosée, il s'était réveillé avec les pieds enflés et brûlés par le soleil. Ses supérieurs l'avaient forcé à porter des chaussures trop petites et ne lui avaient donné qu'un peu d'aspirine. Nul ne comprenait mieux que lui ce qu'enduraient ses jeunes patients. À l'époque, les infirmiers n'avaient pas le droit d'administrer aux enfants d'antalgique plus puissant que le paracétamol. Beaucoup étaient tentés d'enfreindre cette interdiction, et certains n'hésitaient pas.

Les plaies de ces gosses aux chairs fondues, qui hurlaient à s'en rompre les cordes vocales, rappelaient les siennes à Charlie. Il les soignait avec dévouement avant de les confier au chirurgien pour la première d'une longue série d'interventions. Bientôt, ils seraient couverts de cicatrices fibreuses, pareilles à des lianes, qu'il faudrait trancher pour leur permettre de fléchir le cou et les membres. Hormis le scalpel, leur unique salut résidait dans la combinaison de contention qui exerçait une pression constante sur leurs tissus hypertrophiés. Au bout d'un certain temps, au prix de nombreux efforts, le petit patient pouvait espérer retrouver une mobilité et une croissance normales. S'il avait de la chance, il effacerait même jusqu'au souvenir de la douleur. Mais sans l'intervention d'un infirmier, il resterait à jamais prisonnier de son corps d'enfant, cette chrysalide de souffrance.

Charlie Cullen était heureux à Saint Barnabas. Il aimait laver, vêtir et nourrir les malades. Il appréciait le calme qui régnait la nuit dans le service et le professionnalisme de ses collègues plus âgés. Même le nom de l'hôpital lui plaisait. Élevé dans la foi catholique, il se sentait lié à l'apôtre de Chypre pour des raisons personnelles : il avait commencé à travailler au Centre médical le 11 juin[3], le jour de la Saint-Barnabé.

Sur un des vitraux de l'église que Charlie fréquentait enfant, Barnabé, le compagnon de Luc et de Paul, était représenté sous les traits d'un beau jeune homme barbu. Né juif sous le nom de Joseph, il avait vendu ses terres et donné l'argent aux apôtres. En tant que converti, il était une figure d'inspiration :

Accorde-nous, ô Seigneur, de suivre l'exemple de Ton fidèle serviteur Barnabé, qui a généreusement offert sa vie pour le bien de Ton Église…

Mais Charlie n'avait plus rien à faire de ce genre de prière : afin de pouvoir épouser Adrianne, à l'inverse de Barnabé, il avait renoncé à la religion de ses ancêtres pour embrasser le judaïsme.

Malgré toutes leurs qualités, les saints connaissent rarement une fin heureuse. Castration, défenestration, tenailles rougies au feu… Barnabé a été lapidé, mais son nom est passé à la postérité. C'est un des paradoxes dont Charlie a pris conscience dans son enfance : autant on vénère les saints après leur mort, autant on les déteste vivants.

3

Octobre 1987

Après leur mariage, Adrianne et Charlie Cullen ont acheté à crédit une maison de plain-pied, sombre et exiguë, dans la banlieue de Phillipsburg, New Jersey. Le devant, qui aurait besoin d'un ravalement, fait face à un panneau publicitaire, le minuscule jardin à l'arrière donne sur un terrain vague, mais le montant de leurs économies ne leur permettait pas d'aspirer à mieux. Adrianne a décroché un emploi de programmeuse informatique – un progrès par rapport à la restauration rapide, même avec un salaire de débutante. Le fait qu'elle travaille le jour et son mari la nuit contribue certainement à les éloigner, mais il n'y a pas que ça. Que Charlie soit là ou non, Adrianne trouve sa solitude de plus en plus pesante.

Le jeune homme l'a en partie séduite par un mélange de vulnérabilité et d'autodérision. Il évoquait ses problèmes personnels – en particulier ses tendances dépressives et son passé d'alcoolique – avec tant de franchise et d'humour qu'elle a cru le connaître aussi bien qu'il semblait se connaître lui-même. Son apparente maturité donnait l'illusion qu'il contrôlait ses démons, alors qu'il les découvrait à peine. À présent, on dirait qu'un vent d'automne souffle sur leur vie sentimentale. Adrianne attribue ce refroidissement au caractère éprouvant du travail de son mari. La mort est plus forte que l'amour ; tous les proches de soignants finissent par apprendre cette leçon. Ce qu'elle ignore, c'est que Charlie a recommencé à boire.

L'abus d'alcool est une tradition dans la marine. Charlie s'y pliait avec frénésie. Sa consommation de vin rouge et de cocktails tropicaux, parfois agrémentés d'un doigt de Listerine, pour un effet plus rapide, lui a valu plusieurs séjours à l'infirmerie militaire, puis en hôpital psychiatrique, jusqu'à ce qu'il pousse la porte des Alcooliques anonymes. Adrianne n'a jamais été témoin de cet aspect de sa personnalité. Avant leur mariage, il lui a simplement dit qu'il ne « pouvait pas » boire. Elle a cru qu'il s'abstenait par conviction, et non par crainte de céder à la tentation de trop boire. Quand il a emménagé chez elle, elle a même jeté la bouteille de Baileys poussiéreuse destinée aux invités de marque.

À Phillipsburg, Charlie garde sa réserve d'alcool à la cave, dans sa cantine de marine. C'est là qu'il boit, en cachette de sa femme. Pour ne pas être dérangé, il a mis un verrou à l'unique porte. Dans ce refuge souterrain où règne une obscurité totale, il se sent en paix.

Leur première année de mariage est passée en un éclair. Un mois après ses débuts à Saint Barnabas, Charlie entamait une licence à l'université Kean. Entre les cours, le travail et les trajets, il n'était presque jamais à la maison. Le soir de la Saint-Sylvestre, il a laissé Adrianne seule devant la télé et une demi-bouteille de chardonnay. En février 1988, la jeune femme se découvre enceinte. Mais alors que leur vie de couple entre dans une phase décisive, son mari semble prendre ses distances avec elle. Par moments, il la traite avec un détachement quasi professionnel. Cette froideur s'accentuera avec la naissance de leur fille Shauna[1]. Charlie va reporter sur le bébé toute l'attention qu'il témoignait auparavant à Adrianne, comme s'il était incapable de partager son affection. Charlie se passionne pour tout ce qui est neuf – leur relation, leur maison – mais dès que l'attrait de la nouveauté s'émousse, il devient indifférent. Il s'est comporté de la même manière avec Lady, leur petite chienne yorkshire. À présent, il la caresse machinalement, il ne la quitte pas des yeux pendant qu'elle dévore sa pâtée et, brusquement, il cesse de s'intéresser à elle.

Quand ils ont pris un second yorkshire – un compagnon pour Lady –, Adrianne a espéré un sursaut de sa part. Au début, les faits ont paru lui donner raison. Puis, un mardi matin, elle est partie travailler en laissant le bébé sous la garde de Charlie, dont c'était le jour de congé. À son retour, ce soir-là, le chiot avait disparu. Charlie a refusé de le chercher avec elle. Il était allé se promener pendant que Shauna dormait, a-t-il dit. Le chien avait dû en profiter pour s'enfuir. Adrianne n'en a pas cru ses oreilles : il est sorti sans leur fille ? Charlie a détourné le regard. L'absence du chiot ne semblait pas l'inquiéter. En réalité, il n'avait pas l'air de ressentir quoi que ce soit.

Adrianne n'en revenait pas. Il avait laissé Shauna seule dans la maison avec la porte ouverte ? Elle n'était pas ouverte, a répliqué Charlie, mais à peine entrebâillée. De toute manière, la gosse ne risquait pas de se réveiller. Cette affirmation a alarmé Adrianne. Comment pouvait-il en être sûr, à moins de l'avoir droguée ? Déjà, à plusieurs reprises, elle l'a soupçonné d'avoir administré du sirop contre la toux à la petite pour avoir la paix. Ils se sont même disputés à ce sujet. Il a nié, et la discussion a tourné court, comme celle-ci. Constatant qu'il n'arriverait pas à la convaincre, Charlie l'a brusquement plantée là pour descendre à la cave. Depuis cet épisode, Adrianne a l'impression que sa vie vole en éclats. Qu'est devenu l'homme qu'elle a épousé ? Il semble avoir perdu tout intérêt pour leur relation si ce n'est les tâches du quotidien les plus routinières. Même présent, il paraît absent. Le matin, pendant qu'il prépare son café, elle scrute son visage à la dérobée. Son mari existe-t-il encore quelque part derrière ce masque inexpressif, tel un enfant caché dans le noir ? Quand elle lui parle, il prend un air distrait, comme si sa voix n'était qu'un bruit de fond qui l'empêchait de se concentrer sur ses pensées. Ses amies l'exhortent à tenir bon. Ses parents lui répètent que le mariage n'est pas une course de vitesse, mais un marathon. Alors Adrianne met ce changement d'attitude sur le compte d'un travail mentalement harassant, qui consiste à combattre la mort pour un salaire dérisoire. Semaine après semaine, elle se rend à son bureau, dépose Shauna à la crèche, s'occupe de la maison, paye les factures. Quand elle rentre, seule la présence de sa voiture dans l'allée lui indique que Charlie est là. Il passe de plus en plus de temps à la cave. Une fois, elle est descendue voir ce qu'il fabriquait, mais elle n'a pas osé recommencer. Ce jour-là, elle a décelé chez lui une froideur qui a dissipé ses dernières illusions. Par moments, ses yeux regardent dans des directions opposées, comme s'ils appartenaient à deux êtres distincts. « Vous savez, dit Adrianne à ses amies, je crois qu'il y a un truc qui ne tourne pas rond chez Charlie. »

Un après-midi, on sonne à la porte. Adrianne va ouvrir et trouve leur voisine en larmes. Sa vieille beagle, la gentille Queenie, a l'habitude de s'échapper. Après avoir traîné dans le quartier, elle finit généralement dans le jardin des Cullen. Adrianne l'a ramenée à sa maîtresse des dizaines de fois. C'est devenu un sujet de plaisanterie entre les deux femmes. À présent, dès que Queenie se fait la belle, la voisine vient directement chez eux. Mais ce jour-là, elle a trouvé le cadavre de sa chienne dans la ruelle qui longe leur maison. Le véto dit qu'on l'a empoisonnée.

Adrianne ne sait comment la consoler. Après son départ, elle se dirige vers la cuisine. Quelques jours plus tôt, elle a laissé sur le plan de travail des photos de Shauna et de ses copains prises à la crèche. Ce soir-là, elle a constaté que Charlie avait supprimé les petits garçons des clichés en les découpant soigneusement. Sur le moment, elle a eu peur, puis elle s'est efforcée d'oublier ces silhouettes vides qui lui rappelaient trop son mari. Elle repense aux photos, à son chiot, à Queenie, à la voisine en larmes sur le pas de sa porte et se met, à son tour, à pleurer.

4

Le 11 février 1991, Pam Allen, infirmière en pharmacie, dépose une poche de perfusion suspecte sur le bureau de Karen Seiden, gestionnaire des risques à Saint Barnabas. Quoique pleine, elle paraît avoir été utilisée. Seiden la confie à l'adjoint du responsable de la sécurité – Thomas Arnold, un ex-flic –, qui l'envoie au labo. Alors qu'elle était censée ne contenir qu'une solution saline et de l'héparine, l'analyse y décèle la présence d'insuline.

Trois jours plus tard, une patiente des soins intensifs, Anna Byers, reçoit une perfusion d'héparine. Au bout d'une demi-heure, elle ressent une grande faiblesse accompagnée de sueurs froides et de nausées. Un prélèvement sanguin révèle un pic insulinique. Les infirmières lui font boire du jus d'orange pour stabiliser sa glycémie, sans succès. Elles lui administrent alors du glucose en intraveineuse, lui sauvant ainsi la vie. Le lendemain matin, elle devait subir une angiographie. L'opération risque d'être repoussée mais, à tout hasard, le médecin de garde fait retirer la poche d'héparine[1]. Le taux d'insuline de la patiente retombe instantanément, et l'intervention peut avoir lieu.

Anna Byers regagne sa chambre à 14 heures, et on la remet sous héparine. Peu après, son état se dégrade à nouveau. À 23 heures, sa glycémie est si faible que toute mesure devient impossible.

Dans la précipitation, les infirmières débranchent sa perfusion avant de la ramener en soins intensifs. Vingt minutes plus tard, Anna Byers se rétablit comme par miracle.

Simultanément, à quelques chambres de là, un autre patient, Fred Belf, connaissait des tourments similaires. À 7 heures, il avait reçu une perfusion d'héparine. À midi, il vomissait tout le jus d'orange qu'on lui avait fait ingérer. Les médecins avaient pris la décision de lui administrer du glucose en même temps que l'héparine. Pendant tout un jour et toute une nuit, les deux s'étaient mutuellement neutralisés, soumettant son métabolisme à des variations dignes de montagnes russes. Le lendemain, à 19 heures, l'équipe soignante avait enfin fait le lien entre son état et l'héparine. À peine lui avait-on ôté sa perfusion que Belf s'était senti mieux. Une infirmière avait alors glissé la poche d'héparine entamée dans un sac stérile avant de l'expédier au laboratoire.

L'analyse révélera la présence d'insuline. Examiné au microscope, l'extérieur de la poche offre un aspect singulier, avec plusieurs traces de perforation, dont trois sur le côté. Il arrive qu'une aiguille perce une poche de solution saline quand on la fixe à la valve ou au bras d'un patient, mais jamais à cet endroit. Il ne peut s'agir d'un accident.

Arnold et Seiden se plongent alors dans les archives de l'hôpital pour voir si d'autres malades ont connu des hypoglycémies sévères sans explications physiologiques. Ils découvrent bientôt qu'au cours des mois précédents les cas se sont multipliés au point que, parfois, les infirmiers n'arrêtaient pas de courir du chevet d'un patient à un autre.

Les analyses mettront en évidence que les victimes de ces mystérieuses hypoglycémies présentaient non seulement des taux d'insuline exceptionnellement élevés, mais que celle-ci était « exogène » – en d'autres termes, elle n'avait pas été produite par leur organisme.

On croira d'abord à l'étourderie d'un infirmier qui aurait mal lu une prescription, ou à une ampoule mal étiquetée. Mais les dossiers des patients concernés ne contiennent pas d'ordonnance pour de l'insuline. Soit il s'agit d'une double erreur – des malades auxquels on aurait injecté une substance sans prescription, et un infirmier qui aurait oublié de le noter –, soit c'était intentionnel. Dans un cas comme dans l'autre, l'hôpital a un sérieux problème.

Arnold fait un rapport à son supérieur, Joe Barry, directeur de la sécurité et vice-président de Saint Barnabas. Dans une vie antérieure, Barry a servi trente ans dans la police d'État du New Jersey. Il a fini sa carrière avec le grade de commandant, bardé de décorations et respecté de tous. Nul n'est plus qualifié que lui pour une enquête aussi délicate. Une fois éliminés les visiteurs, les seuls suspects possibles sont les employés de l'hôpital. En étudiant les plannings, Barry et Arnold constatent que trois d'entre eux étaient présents lors de chacun des incidents. L'un d'eux les intéresse particulièrement : Charles Cullen[2].

Arnold a déjà interrogé plusieurs infirmières et infirmiers. Tous semblaient inquiets pour leur travail, leur réputation et la santé des patients. Tous, sauf Cullen. Le détachement qu'il affichait n'était pas qu'une façade : il donnait vraiment l'impression de se moquer de tout. En outre, il se montrait fuyant. À plusieurs reprises, Arnold a cherché à le mettre sur le gril. L'ennui, c'est que Cullen ne dépend pas directement de l'hôpital, mais d'une agence de placement. Par conséquent, son emploi du temps varie d'une semaine à l'autre. Le jour[3] où les deux responsables de la sécurité finissent par le coincer, il se borne à fixer le sol, les bras croisés – une attitude éloquente pour deux ex-flics.

— Nous savons que vous avez mis quelque chose dans ces poches, l'accuse Arnold.

Il bluffe, mais son instinct lui souffle que ce type n'est pas net.

— Vous n'avez aucune preuve, lui réplique Cullen.

Une réaction étrange pour un innocent…

— Rien ne m'oblige à vous répondre, poursuit Cullen avant de quitter la pièce.

Arnold et Barry ont déjà rencontré ce genre de provocation chez des voleurs à la tire, des barjos interpellés sur des parkings, mais jamais à l'hôpital. En tant que policiers, il leur est arrivé d'interroger des infirmiers qui avaient falsifié des registres pour se procurer de l'OxyContin ou du Vicodin. Les toxicos se ressemblent tous ; leurs mobiles sont transparents. Ce qui se joue ici est différent. Qu'est-ce qui peut inciter à empoisonner des poches de perfusion prises au hasard, ou à administrer de l'insuline à des patients qui n'en ont pas besoin ? Arnold s'explique encore moins la réaction de Cullen. Les accusations ne semblent pas l'ébranler ni même l'étonner. Le pire, c'est qu'il a raison : rien ne l'oblige à leur parler. Leur enquête devra donc apporter les réponses qu'il leur refuse.

En étudiant le taux de mortalité en cardiologie et en soins intensifs, Arnold et Barry vont mettre au jour d'autres cas douteux, sans trouver aucun élément de preuve irréfutable. Tous les patients concernés présentaient un large éventail de symptômes et de pathologies, et rien ne permet de lier leurs pics d'insuline, voire leur décès, à un événement particulier ou aux actions de Charles Cullen. Le fait que son planning se décide souvent au dernier moment, en fonction des besoins, complique encore la tâche des deux hommes. Leur enquête[4] ne pourra progresser qu'avec une aide extérieure.

Arnold et Barry rencontrent le chef de la police locale, Don Jones, une fois par mois. Rien d'étonnant à cela : Saint Barnabas est le premier employeur et le principal contribuable de Livingston. Par conséquent, les problèmes internes à l'institution rejaillissent forcément sur la ville.

Jones complète son salaire avec le genre de missions privées que recherchent plutôt les flics débutants ou chargés d'une nombreuse famille. À l'approche de la retraite, la perspective d'une reconversion lucrative comme responsable de la sécurité à Saint Barnabas a tout pour le séduire. Une occasion de gagner la confiance de l'hôpital s'offre à lui le 5 mars 1991, quand Barry et Arnold lui donnent rendez-vous dans un restaurant italien pour évoquer leur affaire.

Les deux hommes ont réuni suffisamment d'éléments pour justifier l'ouverture d'une enquête policière[5]. Ils soupçonnent plusieurs homicides dans au moins deux services. Ils détiennent deux poches de perfusion altérées par une dose mortelle d'une substance exogène. Ils ont identifié un suspect plausible au sein du personnel. Pourtant, Jones refuse de s'impliquer et les invite à régler le problème « en interne ». Peut-être croit-il leur accorder une faveur, à moins qu'il ne juge l'affaire trop hasardeuse en l'absence de preuves formelles.

Arnold et Barry vont tout mettre en œuvre pour réunir celles-ci. Ils installent une caméra image par image dans la réserve de médicaments dans l'espoir de prendre Cullen la main dans le sac. Ils interrogent un panel composé de médecins, d'employés et de proches d'anciens patients. Ils instaurent un protocole plus sévère pour les ampoules d'insuline, que les infirmiers traitaient déjà avec autant de rigueur que les doses de morphine. Malgré ces précautions, en octobre, deux malades en cardiologie sont victimes d'une hypoglycémie aussi soudaine qu'inexplicable. L'analyse de leurs poches révèle la présence d'insuline. Ces nouveaux incidents renforcent les soupçons des deux hommes tout en exacerbant leur frustration : une fois de plus, ils ne peuvent rien prouver[6]. Ce jeu du chat et de la souris se poursuivra jusqu'à ce que, du jour au lendemain, Charles Cullen cesse de travailler à Saint Barnabas. Son départ mettra un terme à l'épidémie d'hypoglycémies.

5

À cette époque, Charlie vit dans la crainte de voir son monde s'écrouler comme un château de cartes. La direction de Saint Barnabas l'a percé à jour[1] ; l'interrogatoire que lui ont fait subir les responsables de la sécurité ne laissait guère de doute à ce sujet. Peu importe qu'il ait trafiqué une seule poche, une centaine ou davantage : ils savent. Pendant plusieurs mois, ils se sont uniquement intéressés à deux patients décédés après un pic insulinique. Chez tous les autres, il était presque impossible de distinguer les symptômes inhabituels des nombreuses pathologies dont ils souffraient déjà. En comparant les plannings, ils ont découvert qu'il était présent au moment des deux incidents. Ils ont fait analyser les poches qu'il avait contaminées dans la réserve et les ont gardées comme pièces à conviction. Comme il ne portait pas de gants, il a dû y laisser ses empreintes. Le jour où ils voudront le coincer, ils n'auront aucun effort à faire.

La petite mort de l'attente confère aux heures les plus sombres de la nuit une tension presque jouissive. Le claquement d'un gant de latex, une gorgée de café, tout prend une signification et un relief particuliers, tel un mauvais présage. Pendant tout le printemps, il a cru son arrestation imminente. Puis l'été, l'automne, l'hiver se sont écoulés. Au début de l'année suivante, comme il ne se passait toujours rien, il est parvenu à la conclusion que la direction était stupide, ou qu'elle avait peur – peut-être les deux. Les conséquences légales de ses coups d'aiguille sont faciles à imaginer : une succession de procès médiatisés entraînant le versement d'indemnités astronomiques. Même un géant comme Saint Barnabas ne s'en remettrait pas. Si l'hôpital se soucie de quelque chose, ce n'est ni des patients ni de leurs proches. On a menti à ceux-ci comme on lui a menti quand il a demandé à voir le corps de sa mère. Ces hypocrites excellent à cacher la vérité et sont impuissants à traiter la douleur. Ils n'ont pas su guérir la sienne. Du point de vue professionnel, cette attitude le révulse. En tant qu'ancien catholique, il perçoit dans l'incapacité de l'hôpital à l'arrêter une forme d'absolution. Aussi, le jour où Saint Barnabas cessera de faire appel à lui[2], il éprouvera une surprise sincère.

6

10 janvier 1992

Charlie explique que son renvoi est lié à une question de politique interne : une partie de ses collègues envisageaient de se mettre en grève, ils en ont débattu au sein du service, et il a été un des rares à exprimer son désaccord au nom de ses principes. La sécurité des patients lui importait plus que sa fiche de paie, a-t-il dit. Cette opinion l'a rendu impopulaire, et il est devenu la cible d'une vendetta – un parfait bouc émissaire.

En l'écoutant, Adrianne a eu la sensation de retrouver un peu l'homme qu'elle a épousé, mais cette dernière affirmation la déconcerte. Pourquoi un bouc émissaire ? Assis très droit sur sa chaise, Charlie la dévisage d'un regard énigmatique, tel un chat. Eh bien, finit-il par avouer, Saint Barnabas a été le théâtre d'événements bizarres. Quelqu'un a introduit de l'insuline, un produit très dangereux, dans des perfusions. Avec un luxe de détails techniques, il lui explique qu'il était impossible de distinguer les poches contaminées des autres à l'œil nu, mais qu'un examen microscopique a révélé des dizaines de minuscules perforations. C'est la fréquence inhabituelle des arrêts cardiaques dans certains services qui a alerté l'administration. On ignore combien de patients sont concernés et combien en sont morts, mais leur nombre est probablement très élevé.

L'hôpital s'est livré à une enquête sans parvenir à identifier le responsable. Pour ne pas perdre la face, la direction devait désigner un bouc émissaire. Son choix s'est porté sur lui, parce qu'il s'était fait remarquer au moment de la grève. Une décision injuste, mais son existence n'est faite que d'injustices.

Il y avait longtemps qu'Adrianne n'avait pas vu son mari aussi animé. Ce brusque réveil jugule quelque peu l'horreur de la situation qu'il décrit, et si l'histoire qu'il raconte n'a aucun sens, elle ne cherche pas à lui en donner.

Charlie craignait que son monde s'écroule dans un grand fracas, mais la déflagration attendue n'a pas eu lieu. Il n'a reçu aucun appel de l'hôpital, n'a fait l'objet d'aucune surveillance, et la police ne l'a pas convoqué. Aussi, deux semaines plus tard, il remplit un dossier de candidature pour un poste à plein temps au Warren Hospital de Phillipsburg.

« Parcours professionnel » : technicien à bord d'un sous-marin nucléaire, manutentionnaire au magasin Caldor de West Orange, infirmier à Saint Barnabas de mai 1987 à janvier 1992[1].

« Nous autorisez-vous à contacter votre employeur actuel ? » Charlie entoure la réponse « Oui » et indique le numéro de téléphone de Saint Barnabas[2].

La recruteuse s'étonne alors qu'il veuille quitter un poste qu'il occupe depuis plus de quatre ans. Charlie prend une profonde inspiration et prétexte que ce changement raccourcirait son trajet quotidien de vingt minutes.

Ainsi, il pourrait consacrer plus de temps à sa famille, qui compte tellement pour lui. Une explication parfaitement rationnelle.

Il se porte volontaire pour les gardes de nuit, les week-ends et les jours fériés. Warren lui propose un tarif horaire de 14,84 dollars, rehaussé à 18,30 dollars s'il accepte de rester couvert par l'assurance de sa femme, ainsi qu'un bonus de 23 cents par heure en cas d'affectation au service de réanimation. Impatient d'annoncer la bonne nouvelle, Charlie appelle chez lui depuis la cabine du hall de l'hôpital. Après avoir raccroché, Adrianne remercie Dieu en silence. Si son mari avait fait quelque chose de mal, il n'aurait pas retrouvé aussi facilement du travail, si ? De toute manière, avec deux enfants et un crédit immobilier, l'important, ce n'est pas que Charlie ait raison ou tort, mais qu'il rapporte un salaire à la maison. L'histoire abracadabrante qu'il lui a racontée ne l'était peut-être pas tant que ça, en définitive. Si l'on ne peut plus faire confiance à un hôpital, alors à qui se fier ?

7

Adrianne se reprend à espérer. Quand Charlie a perdu son emploi, le sol s'est dérobé sous ses pieds. Ce renvoi semblait confirmer ses pires craintes quant à la santé mentale de son mari, mais la facilité avec laquelle il a retrouvé du travail l'a rassurée. Charlie a subi des tests tout au long de sa formation. Il a reçu toutes les attestations nécessaires à l'obtention de ses diplômes. Depuis, il a toujours été soumis au contrôle de ses superviseurs, de l'Ordre des infirmiers de l'État, du comité éthique et du département des Ressources humaines de l'hôpital. Il serait étonnant qu'une institution chargée de sauver des vies ne surveille pas son personnel avec autant de soin que ses réserves de morphine. Adrianne ne connaît rien à la médecine, mais elle sait comment on gère une entreprise. Si les accusations lancées contre son mari n'ont donné lieu à aucune poursuite, ça signifie que son licenciement était motivé par une restructuration et non par des questions morales.

Au début, le changement semble bénéfique pour Charlie. Sa carrière a pris un nouveau départ et il est mieux payé. Il se réjouit de découvrir d'autres techniques et de les appliquer à ses patients. Son enthousiasme rejaillit sur son attitude à la maison. Il a même accepté de renoncer au travail de nuit. Leurs frais de garderie vont augmenter, mais leurs emplois du temps seront moins décalés.

Cette embellie durera à peine une semaine.

Il y a longtemps qu'Adrianne ne voit plus en Charlie un bon mari. La naissance de leur deuxième fille, Saskia, en décembre 1991, a dissipé ses dernières illusions sur ses qualités de père. Pendant des années, il a bu en secret, mais son alcoolisme est devenu tellement flagrant qu'elle ne peut plus l'ignorer. Le jour où elle a mis la question sur le tapis, il a nié. En son absence, elle a alors fracturé la cantine dans laquelle il cache ses bouteilles et les lui a collées sous le nez. Il a tenté de faire diversion en lui reprochant d'avoir trahi sa confiance. Devant son insistance, il a admis la vérité tout en minimisant le problème. Oui, il boit parce qu'il se sent déprimé, mais il refuse de se soigner. Pourtant, l'alcool aggrave sa dépression, et cette spirale destructrice menace de faire éclater sa famille. Adrianne sait qu'il ne sert à rien de discuter avec lui lorsqu'il est ivre. Ils se disputent, se traitent de tous les noms, et Adrianne passe la nuit à pleurer. Le lendemain, Charlie prétend avoir tout oublié. Mais si elle aborde le sujet quand il est sobre, il fuit à la cave. Adrianne décide finalement de chercher de l'aide à l'extérieur. Son assurance peut prendre en charge une cure de désintoxication d'une semaine. Mais Charlie n'a pas l'intention de cesser de boire. Ayant retrouvé les journaux qu'il tenait à l'époque où il fréquentait les réunions des Alcooliques anonymes, elle les laisse traîner en évidence afin de lui rappeler ses bonnes résolutions passées. Cette initiative se révèle contre-productive. Charlie se met en colère, ou bien, feignant de vouloir s'amender, il reste vautré sur le canapé à se gaver de chips et de Coca, jusqu'au moment où il descend à la cave. L'alcool l'égaie, du moins au début. Il abolit le temps et lui donne l'illusion de vivre un éternel présent. Il lui procure une sensation de détachement et l'aide à se concentrer sur son principal objet de réflexion : lui-même. Personne ne le comprend, pas même sa femme. Elle ne voit pas combien il est fragile et rongé par la souffrance. Pourtant, il ne ménage pas ses efforts pour lui ouvrir les yeux. Par exemple, il fait en sorte qu'elle le surprenne en train de téléphoner à une entreprise de pompes funèbres pour se renseigner sur le montant des frais d'obsèques.

Ces manifestations ne font qu'agacer Adrianne et le conforter dans le sentiment de sa propre inutilité. Toutefois, il enfonce le clou. Quand il l'entend approcher, il se laisse tomber du canapé près du flacon de somnifères, qui répand son contenu sur le sol. Avec un soupir exaspéré, elle l'enjambe pour attraper un magazine sur la table basse et sort sans plus se soucier de lui. À quatre pattes sur la moquette, il ramasse alors les comprimés un à un en s'apitoyant sur son sort. Il passe ensuite plusieurs jours à remâcher sa rancœur avant d'imaginer une autre mise en scène. Mais plus il cherche à attirer l'attention de sa femme sur son mal-être, plus elle semble le prendre en grippe.

En novembre 1992, Adrianne n'en peut plus. À l'insu de Charlie, elle consulte un avocat et lui confie ses craintes que ses filles connaissent le même sort que la chienne de la voisine. Ce soir-là, elle regagne son domicile fortifiée par sa toute fraîche décision. Le seul problème, c'est qu'en janvier elle doit subir une ablation de la vésicule biliaire au Warren Hospital, l'établissement où travaille Charlie. Son avocat lui a dit que les papiers du divorce ne seraient pas prêts d'ici là, mais elle a insisté : pas question d'être hospitalisée sans un document stipulant pourquoi elle souhaite se séparer de son mari. Si Charlie est de service à ce moment-là, elle redoute qu'il lui arrive « quelque chose », a-t-elle expliqué sans s'étendre davantage.

Le jour de l'intervention, son père l'escorte jusqu'à la porte du bloc. Elle lui a recommandé de ne laisser entrer personne en salle de réveil, et surtout pas son futur ex-mari.

Cet après-midi-là, alors que Charlie travaille, un homme s'approche, l'oblige à s'identifier et lui tend les papiers du divorce devant ses collègues. À peine a-t-il digéré cette humiliation qu'il se met en quête d'Adrianne, mais il se heurte à son beau-père et à un rideau fermé. Quand la jeune femme regagne le domicile conjugal, M. Baum l'accompagne et passe la nuit sur le canapé convertible, comme s'il montait la garde. Charlie commence par s'en indigner, puis il s'effondre, suscitant la compassion d'Adrianne. Quoi qu'elle ait à lui reprocher, il reste le père de ses filles, et il est évident qu'il souffre. Il a fini par accepter le principe d'une séparation ; elle n'a pas besoin de le punir en plus. Ils conviennent alors qu'ils continueront à vivre sous le même toit jusqu'à ce que Charlie ait les moyens de déménager.

Adrianne ne tardera pas à regretter sa décision.

8

Janvier 1993

En pleine nuit, une voiture de police se gare dans la rue où vivent les Cullen, à la vue de tous. Deux jeunes agents en descendent et se dirigent vers la maison en s'éclairant avec leurs lampes torches. Adrianne leur décrit son futur ex-mari comme un dangereux ivrogne qu'elle accuse, en termes assez vagues, de violences domestiques. Quelques heures plus tôt, elle l'a trouvé devant la cheminée, le regard vide, en train de déchirer et de jeter au feu ses journaux des Alcooliques anonymes. Elle raconte qu'il a été visé par une enquête interne dans son ancien hôpital, qu'il s'est un jour vanté d'avoir tenté d'empoisonner le petit ami qui frappait sa sœur enceinte en versant de l'essence à briquet dans son verre… Elle a mis du temps à relier ces éléments, mais à présent elle tient à ce que tout ceci figure noir sur blanc dans un procès-verbal.

Au départ, elle a appelé la police pour faire pression sur Charlie. Maintenant qu'elle a commencé à vider son sac, on ne peut plus l'arrêter. Elle enchaîne avec l'étrange malédiction qui semble frapper les animaux du foyer. Pas seulement le chiot disparu, mais les furets, hamsters, poissons rouges successifs… et Lady. À une époque, Charlie attachait la chienne dans la cour en l'absence de sa femme. La pauvre bête aboyait si fort que la Société de protection des animaux, alertée par les voisins, a fini par l'emmener. Pour la récupérer, Adrianne a dû supplier les employés du refuge – ce qu'elle a vécu comme une humiliation. Depuis, Lady reste à l'intérieur. Certaines nuits, des coups sourds et des jappements en provenance du sous-sol la réveillent. Si Charlie prétend qu'il a entrepris de dresser la chienne, elle croit plutôt qu'il la maltraite. Alors elle enfile ses pantoufles, sa robe de chambre, et s'approche de la porte de la cave. Trop effrayée pour descendre, elle l'entrebâille et crie : « Fiche-lui la paix ! » Charlie ne répond pas, mais les bruits cessent. Elle devine qu'il retient son souffle, tel un gosse qui s'imagine être invisible sous une couverture. Puis elle retourne se coucher et plaque son oreiller sur sa tête.

Charlie l'écoute, blême de rage. De quel droit Adrianne déballe-t-elle ainsi leur intimité devant ces policiers ? Il ne comprend pas pourquoi elle les a appelés. On peut lui reprocher bien des choses, mais il n'a jamais levé la main sur sa femme. C'est sûrement ses avocats qui l'ont montée contre lui. Elle espère gagner le divorce en le faisant passer pour un salaud doublé d'un fou. Elle leur a même parlé de ses pseudo-tentatives de suicide. Histoire de lui donner une leçon, Charlie va avaler 20 comprimés de somnifère et une bouteille de cabernet bon marché. Et, cette fois, il ne fera pas semblant.

Tout gosse, déjà, Charlie se plaisait à imaginer sa propre mort. Dans ses rêves, il se voyait en flic modèle, en héros de guerre, en homme politique dont les discours résonnaient dans de vastes salles dallées de marbre, jusqu'au moment où une balle faisait voler son crâne en éclats. Une fin digne d'un martyr. Mais quand il rouvrait les yeux, il redevenait un moins que rien. À l'école, sa maladresse le prédisposait à la solitude et aux brimades. Certains jours, il se sentait tellement déprimé qu'il refusait d'aller en classe, voire de quitter la maison. Tout ce qu'il désirait, c'était rester auprès de sa mère.

À 9 ans, il a mélangé le contenu de la boîte de petit chimiste reçue en cadeau à un verre de lait, mais il n'a réussi qu'à se faire vomir. Sa deuxième tentative date de décembre 1977. Un jour qu'il traînait au lit après avoir séché le lycée, le téléphone a sonné. Sa sœur épileptique avait eu un accident de voiture alors que sa mère se trouvait à bord. On ne lui a pas précisé que celle-ci n'avait pas survécu à la collision frontale. Quand il a demandé à la voir, on lui a répondu qu'on avait déjà emporté le corps[1].

Charlie n'a jamais pardonné, et il a fini par considérer le mensonge comme une caractéristique commune à tous les hôpitaux. Fou de colère et de chagrin, il a cherché une consolation dans la mort. Cette tentative lui a valu un premier séjour en psychiatrie. Mais le jeune Charlie n'était pas disposé à se confier. Il n'était pas encore prêt à affirmer : « Je suis le seul à pouvoir soigner ma douleur. » Les médecins l'ont alors renvoyé chez lui.

Sa mère disparue, il n'a pas voulu retourner au lycée ni rester dans la petite maison humide, à la merci des types louches qui continuaient à aller et venir. La Navy lui a offert une échappatoire[2]. Les recruteurs lui avaient promis une identité et un uniforme : chaussures, pantalon, ceinture et calot, le tout d'un blanc qui n'avait pas viré au gris au fil des lavages. De tous les corps d'armée, la marine était celui qui semblait exiger le moins d'efforts : héroïque mais sans danger, comme ses rêves morbides de gosse. Il y risquerait sa vie, mais la mort ne ferait que le frôler. Il se voyait baignant dans un silence immaculé, ponctué de lumières rouges et de bips aussi réguliers que les battements d'un cœur humain. Alors il s'est engagé pour suivre une formation de technicien et assurer la maintenance des 16 missiles Poseidon de l'USS *Woodrow Wilson*. Très vite, il s'est lassé de la routine et s'est rendu compte que l'électronique ne lui plaisait pas vraiment. Il aimait encore moins recevoir des ordres[3] et rester coincé plusieurs mois sous l'eau avec des types mal dégrossis. Au fil des missions, le jeune homme timide, surnommé Charlie Fishbelly (« Ventre de poisson ») en raison de sa pâleur, est devenu le souffre-douleur de tout l'équipage, jusqu'aux novices. À plusieurs reprises, il tentera de rompre son contrat de six ans, ce qui lui vaudra d'être déclassé et privé de solde pour rébellion. Son comportement se révélant de plus en plus bizarre[4], il a passé sa dernière année à la surface[5], à récurer les latrines et à picoler. Quand l'alcool manquait, il consommait de la Listerine ou d'autres substances. Le 13 janvier 1984, après avoir, cette fois, avalé un flacon de détachant liquide, il s'est présenté à l'infirmerie de l'USS *Canopus*. « Je ne me sens pas bien, a-t-il dit au médecin du bord. J'ai bu du poison. » C'était sa troisième tentative de suicide depuis son engagement[6], et son troisième départ en ambulance pour le service psychiatrique de l'hôpital naval de Charleston[7]. Pourtant, Charlie n'a jamais eu l'intention de se tuer – pas réellement. Les religieuses de l'école catholique lui ont appris que le suicide est un péché, et il ne veut pas se retrouver au purgatoire. Mais rien ne lui interdit de se rendre malade. En un sens, c'est encore mieux : les gens ne vous témoignent jamais autant d'amour que lorsqu'ils croient vous perdre.

Toute fin 1993, Charlie est toujours en train de se remettre de sa dernière tentative de suicide quand il reçoit la visite de Michelle Tomlinson. Michelle est infirmière en télémétrie au Warren Hospital – une collègue, une amie, peut-être davantage. Charlie entretient une relation privilégiée avec elle. Ils ont fréquemment de longues conversations une fois terminés les soins aux patients et la paperasse. Michelle aussi est dépressive, et elle considère Charlie comme il estime devoir l'être. Elle éprouve de la compassion pour lui. Elle a perçu sa souffrance et le couve d'attentions maternelles. C'est elle qui lui a suggéré de demander son transfert à Muhlenberg, un établissement psychiatrique de Bethlehem, dans l'État voisin de Pennsylvanie. « Je connais du monde là-bas, lui a-t-elle dit. Tu verras, tu y seras bien. » Charlie ne regrette pas de l'avoir écoutée : il se plaît beaucoup à Muhlenberg. Michelle lui rend visite ; elle lui apporte des fleurs et s'assied à son chevet. Même alité, il parvient toujours à la faire rire. Elle le trouve drôle, plein d'autodérision et charmant. Elle lui donne la force de signer une décharge pour quitter l'hôpital afin d'affronter l'avocat de sa femme.

Il se présente seul à l'audience. Ce divorce va déjà lui coûter les yeux de la tête, à quoi bon payer un inconnu qui achèvera de le saigner ? À la vérité, il a hâte d'assurer sa propre défense. Il se sent de taille à rivaliser avec un professionnel comme Ernest Duh, l'avocat d'Adrianne, même s'il n'admet pas qu'une union scellée par Dieu puisse être annulée sur un coin de table. Duh lui soumet un projet de partage de leurs biens communs. À elle la maison, à lui les deux voitures. Le tapis d'Orient et le service en porcelaine Royal Doulton seront vendus.

Le jour du déménagement, Charlie entasse ses maigres possessions à l'arrière de sa Ford Escort avant de rejoindre son nouveau logement[8], à l'autre bout de Phillipsburg.

Il a entouré l'annonce dans le journal – « À louer, appartement privatif en sous-sol, dans maison en pierre vieille de soixante-dix ans » – et a conclu l'affaire au téléphone. La propriétaire hésitait à le prendre comme locataire sans l'avoir rencontré, mais elle s'est radoucie quand il s'est présenté : un infirmier avec une rémunération confortable, père de deux enfants, non-fumeur… Il a juste omis de lui préciser qu'il l'appelait depuis une unité de soins psychiatriques. Il faudra qu'il raconte ça à Michelle, ça devrait la faire rire.

L'épreuve qu'il vient de traverser a encore renforcé ses liens avec la jeune femme. À présent, il lui témoigne le même attachement qu'un chiot à sa maîtresse. Michelle est mère célibataire, empêtrée dans un divorce interminable et une relation intermittente avec un certain Jerry. Depuis qu'elle fréquente Charlie, sa vie lui paraît moins minable. Chaque fois qu'elle évoque ses échecs devant lui, il renchérit avec le récit d'une des multiples occasions où il s'est couvert de ridicule. Impossible de le battre à ce jeu. À eux deux, ils forment « le club des ratés », et s'ils feignent de s'en amuser, ils ont conscience que c'est la triste vérité. Aussi, après une énième rupture avec Jerry, Michelle décide de faire une entorse à ses principes en acceptant l'invitation à dîner de son collègue.

9

Charlie s'est rasé, douché, puis rasé de nouveau. Sur le chemin du restaurant, chaque fois qu'il jette un coup d'œil dans le rétroviseur, il se trouve vraiment beau gosse. Le temps que Michelle commande son dessert, un sundae au brownie, il est déjà fou amoureux. Assis en face d'elle, tandis qu'il la regarde enrouler le long ruban de caramel autour de sa cuillère, il a une révélation : il a trouvé en elle la femme de sa vie, son âme sœur.

Dès lors, il va multiplier les attentions pour la séduire. Elle aime les brownies ? Il lui en apportera chaque jour. Il en découpe une part et pose l'assiette en évidence près de ses dossiers, accompagnée parfois d'une ou deux babioles, pour lui faire une surprise. Devant son absence de réaction, il redouble d'efforts. Ils travaillent ensemble au moins trois nuits par semaine, mais ça ne suffit pas. S'il ne réussit pas à faire coïncider leurs emplois du temps, il vient quand même à l'hôpital et ne la lâche pas d'une semelle.

Un soir, il lui offre une bague et lui avoue son amour. Mais sa déclaration n'a pas l'effet escompté. Cette nuit-là, Michelle évitera le bureau des infirmières jusqu'à la fin de son service et partira sans même lui dire au revoir.

Quand il appelle chez elle, il tombe sur son répondeur. *J'aurai plus de chance demain*, pense-t-il.

Tout au long du mois de mars, il bâcle son travail et c'est d'un ton désinvolte qu'il annonce le décès de leur proche aux familles. Les heures tournent, le soleil se lève, l'équipe de jour arrive. Charlie attrape son manteau, rejoint sa voiture. Une fois au volant, il scrute la route à travers un petit trou dans le givre qui recouvre son pare-brise et s'interroge une fois de plus sur l'attitude de Michelle. On dirait qu'une lumière s'est éteinte en elle, le plongeant par la même occasion dans l'obscurité. Il ne voit qu'une explication : elle est de nouveau déprimée. Bon sang, c'est forcément ça ! Sa vie lui semble trop lourde à porter ; elle a toujours besoin de lui, mais elle est trop abattue pour le lui faire savoir.

Sitôt rentré, il se jette sur le téléphone sans même enlever son manteau et compose le numéro de Michelle. Tombant sur le répondeur, il raccroche avant de rappeler aussitôt, comme ça pendant plusieurs heures. Quand il renonce enfin, le téléphone sonne. C'est Jerry, le petit ami par intermittence.

— Michelle veut que tu lui foutes la paix. Elle n'en peut plus de ton cirque. Ça la rend hystérique.

Charlie bredouille de vagues excuses. Michelle, une hystérique ? Il connaît bien la jeune femme, il la comprend mieux que son amant ne pourrait le faire. Ce coup de fil était un appel au secours, même si c'est Jerry qui l'a passé. Michelle va mal, elle a peut-être des pensées suicidaires. Le seul qui puisse la sauver, c'est lui, Charlie. Elle a beau l'avoir oublié, il est toujours son héros.

10

23 mars 1993

Charlie connaît l'adresse de Michelle. Il ralentit à hauteur de sa maison, fait demi-tour au coin de la rue et repasse en sens inverse avant de rentrer chez lui et de la rappeler. Puis il remonte à bord de sa Ford et passe de nouveau devant chez elle en roulant au pas. Cette fois, il y a de la lumière, mais personne à l'intérieur. Sa voiture est garée dans l'allée. Nouveau passage pour s'en assurer. Toujours aucun signe de vie. Une pensée glaçante lui traverse l'esprit : et si elle essayait de le joindre en ce moment même ? Chaque circuit lui prend environ quarante minutes. Il va devoir accélérer.

Rentré chez lui, il constate que le répondeur ne clignote pas. Il vérifie quand même que Michelle n'a pas laissé de message, au cas où le voyant serait cassé. Il pianote alors sur les touches du clavier lumineux pour composer son numéro et enregistre un long message, lui disant tout ce qu'il a sur le cœur, avant de ressortir. La voiture de Michelle n'a pas bougé, la fenêtre est toujours éclairée. Il rentre chez lui. Le répondeur ne clignote toujours pas. Il est sur le point de rappeler quand il se rend compte qu'il est tard. Qu'importe. Personne ne décroche. Il retourne chez Michelle. Entre-temps, la pluie a remplacé le brouillard. Il se gare, éteint les codes, mouille ses chaussures blanches d'infirmier en traversant la pelouse et s'approche de la maison. Il distingue le voyant rouge du répondeur à travers la porte-fenêtre et brise une vitre à l'aide d'une brique. Comme personne ne vient, il entre dans la cuisine, uniquement éclairée par le minuteur du four, semblable à une lune. Il s'essuie les pieds sur le tapis, semant des éclats de verre. Hormis le tic-tac de l'horloge et le grondement du sang dans ses oreilles, il ne perçoit aucun bruit, pas même celui de ses pas dans l'escalier.

Il ouvre la porte de la chambre. Une odeur brute parvient à ses narines, celle d'un corps humain au souffle lent et régulier. Il s'attarde un moment sur le seuil, savourant ce moment d'intimité volée. Quoi de plus émouvant que d'épier le sommeil d'un être aussi inconscient qu'un enfant ignorant le regard de Dieu sur lui ?

Charlie reprend ensuite sa voiture et roule jusqu'à la supérette la plus proche. Il commande un grand café pour se réchauffer, puis attend le lever du jour pour appeler de nouveau Michelle depuis la cabine publique. Cette fois, elle décroche. Elle paraît exténuée : quelqu'un a cassé une vitre et s'est introduit chez elle pendant que son fils et elle dormaient. Elle a la sensation d'avoir subi un viol.

Le bras plaqué contre le câble métallique du téléphone, Charlie lui annonce qu'il a deux choses à lui dire. La première, c'est qu'il a parlé à Jerry. Par conséquent, il sait qu'elle a renoué avec lui. Il a saisi, et il ne l'embêtera plus, promis. Quant à la deuxième…

— La vitre cassée, c'était moi.

Michelle est estomaquée. C'est lui qui est entré chez elle ?

— Oui. Je voulais m'assurer que tu allais bien. Que tu n'avais pas fait de bêtises… Essayer de te tuer, par exemple.

Il enchaîne :

— Tu sais, je me sens un peu bizarre, en ce moment.

Il comprendrait très bien qu'elle souhaite prévenir la police, ajoute-t-il.

Il est conscient d'avoir déclenché une tempête qui va le balayer telle une feuille morte, mais il tenait à être sincère avec elle. Après avoir raccroché, il rentre chez lui et s'installe devant la télé, boit du Coca et mange des chips jusqu'à ce que le téléphone sonne. C'est un flic. Il a un mandat pour arrêter le dénommé C. Cullen, 1,72 mètre, 75 kilos, moustache et cheveux bruns. « C'est moi », répond Charlie, qui promet de se rendre immédiatement au poste.

C'est le moment idéal pour une tentative de suicide, mais cette convocation lui complique la tâche. Toutefois, en calculant bien, il doit pouvoir concilier les deux. À bien y réfléchir, la situation tourne même à son avantage : en perdant connaissance dans sa cellule, il a la certitude d'être trouvé à temps et sauvé. Avant de se mettre en route, il avale donc une poignée des cachets de Xanax 0,5 mg prescrits par son psychiatre et quelques comprimés de Darvocet dérobés à sa femme après son opération de la vésicule biliaire.

C'est tout lui, ça : l'infirmier au cœur brisé, à la fois assez bête et assez honnête pour tenir sa promesse et se présenter spontanément au poste de police. Plus tard, il sera Roméo prêt à mourir sur scène, terrassé par le désespoir et le poison.

Au début, son plan se déroule comme prévu. Sous l'effet du Xanax, un anxiolytique d'action rapide, Charlie se sent la tête de plus en plus légère tandis que les opiacés lui donnent l'impression de s'enfoncer dans le sol. Dans un état second, il répond aux questions de l'agent, qui relève ensuite ses empreintes, le prend en photo et le fait asseoir devant un bureau sur lequel trône une machine à écrire. Toutefois, les policiers n'ont pas l'intention de le placer en cellule. Ils ont noté son adresse et son numéro de téléphone ; ils savent où le trouver s'il omet de se présenter à l'audience.

Quand ils finissent par le relâcher, Charlie tient à peine debout. Il fait presque nuit, et une pluie froide tombe du ciel gris sale. Il ne peut pas rester sur ce parking, alors il roule au hasard, le regard rivé sur la ligne blanche. Il entend vaguement les coups de klaxon à travers le vacarme de la pluie sur le toit ; les reflets des feux de stop fleurissent comme des œillets sur le pare-brise. Il doit trouver une cabine téléphonique. Une enseigne lumineuse signale la présence d'un motel sur sa droite. Il quitte la route, se gare, essaie de sortir de la voiture. Une multitude d'aiguilles glacées lui piquent la nuque, et son pantalon est bientôt trempé. Dans ces circonstances, il ne peut appeler ni Michelle ni son ex-femme. Le seul autre numéro qui lui vient à l'esprit est celui de la baby-sitter. Après avoir raccroché, il s'assied sur le bord du trottoir pour attendre l'ambulance.

11

Avril 1993

L'ambulance emprunte une allée bordée d'arbres encore privés de feuilles et s'arrête devant une véritable forteresse de pierre grise. En cent cinquante ans d'existence, l'asile d'aliénés de l'État du New Jersey n'a subi que peu de changements. En 1924, signe de l'évolution de la société, il a été rebaptisé hôpital psychiatrique de Greystone Park, mais la plupart l'appellent simplement « Greystone ». Avec sa débauche de coupoles et de colonnades victoriennes, cette pièce montée architecturale présente un aspect intimidant. Elle tire son nom des blocs de gneiss qui ont servi à l'édifier, extraits d'une carrière située à l'intérieur même de son parc de 350 hectares. Charlie Cullen y est transféré le 16 avril 1993[1]. Après lui avoir fait franchir une porte en chêne cloutée, on l'introduit dans un bureau banal, au mobilier moderne, pour les formalités d'admission.

Greystone est un établissement vétuste et dépassé, qui sera définitivement fermé quelques années plus tard. Le linoléum est usé, la peinture s'écaille et des courants d'air balaient les salles. S'il a pu héberger jusqu'à 7 000 patients, à présent il n'en accueille plus que quelques centaines, sous la garde d'un personnel réduit au minimum. Il conserve néanmoins assez de majesté pour que Charlie se sente flatté d'y être interné. Selon le docteur Kirkbride, concepteur de ce type d'établissements, l'architecture et le cadre idyllique contribuaient autant à traiter la dépression et les tendances suicidaires que la psychochirurgie et les thérapies de choc.

Charlie réside dans l'une des deux ailes qui flanquent le bâtiment central. Dans chaque chambre, une fenêtre à barreaux ouvre sur la vision apaisante des collines. Une allée imposante sinue à travers la forêt, reliant l'hôpital à l'extérieur. Cette atmosphère bucolique, jointe à l'exercice physique et à une lumière abondante, est censée débarrasser le patient des idées noires, des obsessions et autres spasmes de l'esprit provoqués par le monde moderne. Si les maux de l'âme proviennent non de l'individu mais de son environnement, il suffit de changer celui-ci pour régénérer celui-là. Du moins dans l'idéal.

Le fait est que Charlie se sent plus détendu depuis son arrivée à Greystone. D'une certaine manière, il est même heureux. Il évite de se demander si cette amélioration n'est que temporaire ou s'il est en train de découvrir sa vraie nature : le bonheur risque d'éclater comme une bulle de savon quand on réfléchit trop. Derrière ses murs de pierre, l'hôpital ressemble à une cave ; il l'isole des pressions professionnelles et sentimentales qui pèsent sur lui au-dehors, tout en le protégeant de ses compulsions.

Durant les séances de thérapie, il n'a pas besoin de s'imposer pour qu'on l'accepte. Il apprend à tenir ses démons au loin grâce à des formules toutes faites. Non seulement on l'encourage à parler de lui, mais les conversations tournent autour de ses problèmes personnels. Chaque matin, à son lever, il se campe à la fenêtre pour contempler le parc, la pelouse qui reverdit, les arbres auréolés d'un halo de bourgeons. Un voile de brume adoucit les aspérités du paysage, une pluie fine tombe du ciel strié de nuages. Par contraste, la vaste bâtisse humide paraît presque douillette. Ici, les journées s'écoulent sans courriers ni coups de fil, sans surprises ni sollicitations d'aucune sorte. Que ce soit grâce aux médicaments, aux entretiens ou aux attentions dont il fait l'objet, Charlie vivra ce mois d'avril comme un temps de vacances. Malheureusement, ça ne durera pas.

Brusquement, le ciel s'éclaircit, les nuages se dissipent et la chaleur s'installe, battant chaque jour de nouveaux records, comme si Dieu montait le thermostat un cran après l'autre. La deuxième semaine de mai, la température dépasse les 30 °C. Une clarté aveuglante baigne les pièces transformées en fournaises. La météo devient le premier sujet de conversation lors des séances de groupe. C'est dans ce climat étouffant qu'un matin Charlie découvre une note manuscrite dans son casier.

À Greystone, les chambres individuelles ne sont pas équipées de téléphones. Une standardiste prend les communications et écrit les messages au crayon sur un petit carré de papier blanc. *Cette fois, ça y est*, pense Charlie en reconnaissant le numéro du Warren Hospital. Ont-ils juste appelé pour le prévenir qu'ils le viraient ou doit-il s'attendre à des ennuis plus sérieux ?

Il ne s'est pas montré sous son meilleur jour au Warren Hospital. Il redoute moins les conséquences de ses actes criminels – les deux morts qui lui viennent à l'esprit sont passées totalement inaperçues – que celles de l'étalage de sa vie privée. Tous ses collègues savent qu'il a harcelé Michelle et ils ont vu la baby-sitter le conduire aux urgences dans un fauteuil roulant. Il devine ce qu'ils pensent de lui : Charlie le barjo, le type qui a raté sa dernière tentative de suicide et pourrait bientôt se retrouver derrière les barreaux… Mais, au moins, les gens lui prêtent attention. Il décide alors de rappeler.

En raccrochant, cinq minutes plus tard, il se retient d'éclater de rire. C'est trop drôle ! La direction du Warren Hospital voulait savoir s'il était prêt à reprendre le travail. Dès que les psychiatres de Greystone l'auront déclaré apte, il réintégrera l'équipe de nuit.

12

Sitôt rentré chez lui, Charlie applique les principes du Dr Kirkbride à son asile privé. Entre deux tours de garde, il consacre ses loisirs à cultiver le jardin qu'il avait jusque-là négligé. Comme les graines qu'il y sème, il puise son énergie dans le soleil. Ses fleurs ont besoin de lui pour se développer. Ici, dans cet espace délimité par des haies, tout repose sur lui.

À l'hôpital, il aperçoit parfois Michelle Tomlinson avant que les portes de l'ascenseur se referment, ou sur le parking, lorsqu'elle regagne sa voiture et que les lumières jaunes jettent des reflets sur ses cheveux. Mais soit elle ne le voit pas, soit elle l'ignore délibérément. Il doit se faire violence pour ne pas crier son prénom. Le juge a prononcé une ordonnance restrictive qui lui interdit de travailler dans le même service qu'elle, comme le lui a bien inutilement expliqué sa superviseuse, Connie Trembler. Il est resté impassible pendant qu'elle lui rabâchait les nouvelles règles. Il n'a pas besoin qu'on lui rappelle qu'il s'est mal comporté avec Michelle. Il est d'autant plus résolu à faire profil bas que Connie l'a affecté à un nouveau poste qui lui procure des satisfactions secrètes.

La télémétrie[1] est une sorte de purgatoire entre la surveillance de chaque instant à laquelle sont soumis les patients en soins intensifs et le confort presque digne d'un hôtel dont jouissent ceux moins lourdement atteints. À l'origine, le service était réservé aux pathologies cardiaques – pas les cas critiques, mais les malades stabilisés dont l'état risquait néanmoins de se dégrader.

Du point de vue des patients, ce purgatoire reste extrêmement pénible. Telles des marionnettes, ils sont reliés à des fils eux-mêmes raccordés à une machine qui émet en permanence des signaux sonores et lumineux, comme celle dont l'écran affiche un tracé plat en gros plan dans les séquences les plus dramatiques des séries médicales. Ce dispositif les rend nerveux, ce qui augmente leur tension artérielle et affole la machine. C'est alors que Charlie entre en scène. Son point fort, c'est la pédagogie. Il n'a pas son pareil pour expliquer et rassurer. « C'est vrai, leur dit-il, vous êtes branché à une sorte de détecteur de mensonges. Mais ce n'est pas aussi effrayant que ça en a l'air. » Charlie sait de quoi il parle : il connaît le fonctionnement de l'appareil mieux que beaucoup de flics.

Un électrocardiogramme (ECG) contient énormément d'informations. Le sang pénètre dans le cœur par les oreillettes et en sort par les ventricules, propulsé par les contractions dues à des impulsions électriques. L'ECG traduit cette activité par un graphique sur une bande de papier.

En général, Charlie donne ces précisions tout en posant les électrodes sur les torses maigres des vieillards, couverts d'une toison rêche d'où émergent des tétons pareils à des pointes de marqueur.

Un muscle cardiaque sain agit comme la main qui presse le pis d'une vache pour en faire jaillir du lait. Un tracé d'ECG ressemble à une chaîne de montagnes. La taille, la régularité et l'espacement des pics en disent long sur l'état du cœur qui s'agite comme un sac rempli de souris à l'intérieur de la cage thoracique.

Ce printemps-là, Charlie a été soumis au détecteur de mensonges à deux reprises. La première était motivée par les allégations d'Adrianne, qui réclamait la garde exclusive de leurs deux filles au prétexte que son mari, un alcoolique dangereux, buvait en leur présence. C'est Charlie qui a eu l'idée du polygraphe. La séance s'est déroulée le 18 juin, deux mois après sa sortie de Greystone. L'appareil a conclu qu'il disait la vérité. Malgré cette petite victoire, douze jours plus tard, le juge aux affaires familiales du comté de Warren prononçait une ordonnance restrictive définitive contre lui.

Il est également visé par une plainte pour harcèlement et violation de domicile. Il avait prévu d'assurer lui-même sa défense devant le tribunal d'instance de Northampton, toutefois il a rapidement compris qu'il ne ferait pas le poids.

Il dépose alors une demande d'aide juridique, incluant au dossier la liste de ses dépenses – 1 460 dollars mensuels de pension alimentaire, frais de thérapie, remboursement de crédit. Mais il omet celles de la vie courante telles que le loyer et les frais de bouche. Sa demande est donc rejetée. Il s'endette un peu plus pour rémunérer un avocat[2] choisi au hasard dans l'annuaire, auquel il verse une avance sur honoraires. Leur relation s'interrompra brutalement : au bout de trois jours, l'avocat jette l'éponge en invoquant sa « personnalité difficile ». Charlie va chercher à évacuer sa frustration en adressant à la cour de longues missives rageuses où il compare la profession d'avocat à la sienne : imagine-t-on un infirmier tourner le dos à un patient ? Non, bien sûr. Ce serait contraire à l'éthique et irresponsable.

Lors de l'audience, il apparaît presque incohérent. Le 10 août, il renonce à se défendre et plaide coupable. Il en est quitte pour une amende et une mise à l'épreuve. À peine sorti du tribunal, il absorbe un cocktail d'alcool et de somnifères avant de se présenter aux urgences du Warren Hospital. Cette nouvelle tentative le soulage brièvement, comme un éternuement ou l'assouvissement d'une pulsion, mais, dès le lendemain soir, on le renvoie chez lui.

Son appartement en sous-sol est frais même en été. Michelle a le téléphone et il sait où elle habite, mais s'il entre en contact avec elle, il ira en prison. On l'a humilié, réduit au silence sans étouffer pourtant son besoin de parler. Ses dents s'entrechoquent en rythme avec le tic-tac de l'horloge du four. Les bouteilles de vin paraissent danser sur l'étagère quand il cligne d'un œil, puis de l'autre. Les coudes plantés sur la table en Formica, il rédige une nouvelle lettre pour le juge.

« Il excitait *(sic)* une relation itime *(re-sic)* de nature sexuelle entre Michelle Tomlinson et moi[3] », écrit-il. Ce juge n'a pas vu Charlie tel qu'il est – du moins, tel qu'il souhaiterait l'être. Charlie, lui, a vu des magistrats parmi les patients du service des brûlés de Saint Barnabas ; des hommes fragiles une fois dépouillés de leur robe, réduits à des probabilités de survie, dépendants d'une machine pour respirer. Il écrit jusqu'à ce que l'aube fasse pâlir l'encre du ciel. Puis il se brosse les dents, recrache une mousse teintée de sang dans le lavabo, et prend sa voiture afin de distribuer une épaisse liasse de lettres à leurs destinataires. Il va ensuite à son rendez-vous avec George, le conseiller familial appointé par le tribunal.

Charlie a plus que jamais besoin de ses filles. Elles admirent sans réserve la version de lui-même qu'il leur dévoile. Elles dépendent de lui autant que ses patients.

Il est persuadé qu'avec le temps il deviendra le père attentionné, l'ami fidèle, l'infirmier plein d'empathie qu'elles l'imaginent être. Certains de ses collègues lui attribuent ces qualités. Sa mère le voyait ainsi. Adrianne aussi, du moins au début, et même Michelle. S'il obtient la garde de ses filles, peut-être les convaincra-t-il de l'aimer. Une fois comblé, il ne voudra sans doute plus risquer de les perdre en empoisonnant les patients comme Mlle Natoli. George tient la clé de son avenir entre ses mains. C'est pourquoi Charlie se présente sobre à tous leurs entretiens.

George ignore que Charlie tue des gens. En revanche, il est au courant de ses multiples tentatives plus ou moins mises en scène pour se supprimer. Le suicide est « la pire forme d'abus, de négligence ou d'abandon qu'on peut infliger à un enfant », écrit-il dans son dossier. Quelques jours plus tard, l'avocat d'Adrianne citera ce rapport en pleine audience. Si l'on rajoute son alcoolisme, les appels d'Adrianne à la police, ses craintes qu'il n'attente à sa vie et à celle de leurs filles, Charlie n'a aucune chance devant le tribunal. La seule scène sur laquelle il conserve un semblant de crédibilité, c'est l'hôpital.

13

1er septembre 1993

Charlie n'a rien prémédité. Mais lors d'une visite aux soins intensifs, il a repéré une certaine Helen Dean, une femme âgée qui se remet d'une intervention pour une tumeur au sein. Son fils, Larry, semble ne jamais quitter son chevet. Ce détail va peser dans la décision de Charlie.

La digoxine – la « dig », comme l'appellent les infirmiers – est un produit de la même classe que la digitaline couramment employé pour ralentir les mouvements du cœur. À l'hôpital, on la conserve dans un tiroir spécial. Charlie en vide trois ampoules dans une seringue, calculant : *0,5 mg × 3 = 1,5 mg*. Injectée en intramusculaire, la dose devrait suffire. Il cache ensuite la seringue dans le creux de sa paume, comme s'il accomplissait un tour de magie, et entre dans la chambre.

Comme il le racontera plus tard, Larry Dean était assis près du lit de sa mère quand l'infirmier est apparu. Il flaire aussitôt quelque chose de louche. Au fil des jours, il a appris à connaître les employés, mais c'est la première fois qu'il voit ce type. Encore plus bizarre, il est entièrement vêtu de blanc, comme un vendeur de glaces ambulant, alors que ses collègues du service portent des blouses bleues.

L'infirmier en blanc s'adresse à Larry :

— Je vous prie de sortir un instant.

Il a parlé sans le regarder, avec un visage inexpressif. Néanmoins, Larry obtempère et se rend à la machine à café. Quand il revient, dix minutes plus tard, sa mère est seule et mécontente.

— Il m'a piquée ! déclare-t-elle.

Elle retrousse sa chemise de nuit et indique une marque à l'intérieur de sa cuisse. Larry ne se sépare jamais de son couteau suisse, le modèle de luxe équipé d'une loupe miniature. Pas de doute, il s'agit bien d'une trace de piqûre. Il appelle immédiatement un médecin.

— C'est sans doute un insecte, hasarde celui-ci.

Mais le lendemain, l'état d'Helen Dean s'aggrave subitement. Elle est épuisée et transpire énormément. Quand son cœur s'arrête, on ne parvient pas à la ranimer.

Larry est inconsolable[1]. En proie à des soupçons, il mène son enquête. L'oncologue lui confirme qu'il n'avait pas prescrit d'injection à la défunte. Quand il se plaint aux infirmières, celles-ci lui apprennent que le collègue masculin dont la présence dans le service l'avait étonné est un certain Charles Cullen.

Il téléphone ensuite au procureur du comté de Warren : sa mère a été assassinée et il connaît le nom du coupable.

Après avoir procédé à l'injection, Charlie est rentré chez lui sans plus réfléchir aux conséquences. Tout au plus s'est-il demandé si l'on allait enfin le démasquer. Quand il retourne travailler, le lendemain, il est surpris d'apprendre que Mme Dean a mis vingt-quatre heures à mourir[2]. Le médecin du service, les administrateurs de l'hôpital, ses superviseurs et deux enquêteurs du bureau du procureur[3] l'interrogent successivement. Il nie tout en bloc, y compris l'injection, et reste impassible pendant qu'on fouille son casier. Un légiste a effectué un prélèvement sur le corps de Mme Dean. Il va rechercher une centaine de substances potentiellement létales mais, pour une raison mystérieuse, il fera l'impasse sur la digoxine, et le décès d'Helen Dean sera attribué à une cause naturelle[4].

Dans les jours qui suivent, la superviseuse de Charlie l'informe que la direction le met en congé forcé avec effet immédiat. Être payé à ne rien faire, ça ne paraît pas si mal, jusqu'au moment où il se retrouve à déprimer tout seul dans son appartement en sous-sol. La police va-t-elle venir l'arrêter ? Doit-il programmer sa mort en cellule ? La journée s'écoule lentement, rythmée par le tic-tac de l'horloge du four. Il reste vautré devant la télé jusqu'à ce que la torpeur le gagne. Il se lève alors, se dirige vers la table de la cuisine, puis vers son lit, avant de rejoindre le canapé. L'ambulance arrive peu avant 23 heures. Cette fois, Charlie n'a pas fermé la porte à clé.

14

Le même cycle se répète : arrivée aux urgences, séjour en psychiatrie[1], consultations externes avec un thérapeute. À peine dehors, il reçoit une convocation de la police du comté de Warren. Comme d'habitude, il nie. Mais à la fin de l'interrogatoire, les enquêteurs le soumettent au polygraphe.

Des fils le relient à l'appareil. Des aiguilles à encre tracent des courbes sur une bande de papier, mettant en évidence les pics du complexe QRS et la durée de l'onde P. Les policiers ne reçoivent aucune formation médicale. Ils ne s'intéressent qu'aux données élémentaires telles que le pouls, le rythme cardiaque et la tension artérielle. Ils se fondent sur elles pour accéder à ce qu'ils nomment « vérité ». Charlie, lui, sait que la digoxine, les bêtabloquants ou le nitroprussiate de sodium peuvent altérer ces données. Ça fait partie de son métier.

Le polygraphe mène à des conclusions grossières. Il ignore les aspects les plus fascinants de l'ECG. Il croit pouvoir rattacher la vérité enfouie dans l'esprit d'un homme aux mouvements de son cœur, tel un enfant qui fabrique un téléphone à ficelle avec deux boîtes de conserve. Charlie réussit l'examen haut la main.

Néanmoins, il reste persuadé que ses interrogateurs l'ont percé à jour.

L'année s'achève sans que le Warren Hospital le rappelle. Même s'il perçoit toujours son salaire de base, celui-ci ne suffira pas à payer la pension alimentaire de ses filles. Le juge a fondé sa décision sur les revenus qu'il tirait de ses 80 heures de travail hebdomadaires. Il se fait alors embaucher par le Hunterdon Hospital, un établissement coquet situé dans la petite ville de Flemington, dans le New Jersey. Dans son dossier de candidature, il a indiqué les numéros de téléphone du Warren Hospital et de Saint Barnabas[2]. En avril 1994, Charles Cullen gagne 23 dollars de l'heure, hors heures supplémentaires, et donne toute satisfaction à ses employeurs.

En octobre 1995, dans sa fiche d'évaluation annuelle, sa superviseuse, Marjorie Whelan, le dépeint comme « soucieux du bien-être des patients [...], organisé, jamais avare de son temps, très intelligent et plein d'esprit ». Entretemps, il s'est rapproché de Kathy, une collègue malheureuse en ménage, mère de trois enfants, qui le couvre d'attentions. Cet hiver-là, elle lui décerne un faux certificat sur lequel elle a écrit au feutre : « À Charles Cullen, de la part d'"Une maman formidable", pour toutes les fois où tu m'as sortie du pétrin. Merci ! » Marjorie Whelan redouble d'éloges : « Charles se montre toujours poli et positif. Il est serviable, proche des patients, et il ne commet jamais d'erreurs de médication. »

En cela, elle se trompe lourdement.

Un glissement s'est opéré en Charlie, aussi subtil que la transition entre le crépuscule et la nuit. Il ne saurait dire pourquoi ni à quel moment, mais le Charles Cullen de novembre 1995 n'a plus rien à voir avec l'infirmier modèle que le Hunterdon Hospital croit avoir recruté.

Il ne se rappelle pas plus les noms de ses dernières victimes[3] qu'il ne se préoccupe des blâmes et des avertissements qui remplissent à présent son dossier professionnel. Certains collègues l'accusent d'abuser de la lotion glycérinée quand il procède à la toilette des patients, comme s'il « les enduisait de beurre », ce qu'ils jugent peu professionnel et quasi pervers. Pire, il multiplie les erreurs[4]. On l'a surpris en train d'administrer à des malades des remèdes qui ne leur avaient pas été prescrits. Inversement, il en a privé d'autres d'un médicament indispensable. Si Marjorie Whelan ne s'explique pas ce changement chez un employé jusque-là irréprochable, elle s'en inquiète au point de ressortir les dossiers des patients qu'il a traités. Dans plusieurs cas, en plus d'injecter le mauvais produit, il a omis de noter celui-ci. Il ne peut s'agir d'un simple oubli. La vérité, c'est que Charles Cullen joue au docteur. Il a même demandé au laboratoire de procéder à des analyses pour son compte !

Le matin du 19 juillet – dix jours plus tôt, Charlie a tué un vieillard, Jesse Eichin, avec une dose de digoxine –, Marjorie Whelan lui pose un ultimatum : au prochain incident, c'est la porte.

Charlie se remet à peine de la blessure que vient de lui infliger Kathy en renouant avec son mari. Cette menace est la goutte d'eau qui fait déborder le vase. Ce n'est pas juste, proteste-t-il. Si on l'estime si mauvais, eh bien, il n'a plus rien à faire ici. Après une sortie fracassante, il rentre chez lui, furieux, et entreprend de taper une lettre de démission, avec des phrases entières en majuscules suivies de lignes de « !!!!! » et de « ????? », pour donner plus de poids à son propos. Il insiste sur le fait que l'hôpital lui doit 170 heures de congés payés. « Gardez tout », ajoute-t-il, grand seigneur. Qu'ils emploient cet argent à lui trouver un remplaçant ! Seul un homme aux intentions pures, un innocent accusé à tort – surtout aussi fauché que lui –, renoncerait ainsi à des vacances honnêtement gagnées. Il ressort ensuite pour poster sa lettre, savourant à l'avance la réaction de ses destinataires. Il glisse l'enveloppe dans la boîte, rouvre le clapet pour s'assurer qu'elle est bien tombée au fond, puis, saisi de regrets, il retourne chez lui et rédige une nouvelle lettre annulant la première. Mais il est trop tard : sa démission a été prise en compte. La direction de Hunterdon lui propose néanmoins d'effectuer des missions ponctuelles pour l'établissement, en tant qu'infirmier indépendant. Charlie accepte cet arrangement à contrecœur. Mais chaque fois qu'ils l'appelleront, il ne décrochera pas. Son indifférence lui procure un sentiment de puissance. Ils vont voir à qui ils ont affaire, tous autant qu'ils sont – son ex-femme, sa famille, Michelle, Kathy, l'hôpital.

Puis, un jour, le téléphone cesse de sonner. Un matin, il trouve dans sa boîte un courrier de Hunterdon lui souhaitant « bonne chance dans la poursuite de sa carrière ». Il ressort alors sa machine à écrire électrique, attrape sur le dessus de la pile une lettre de l'avocat d'Adrianne pour s'en inspirer et entre directement dans le vif du sujet :

On a interrogé d'autres employés, je le tiens de LOretta. Quand un sperviseur lui a demandé : « À quoi bon faire passer tous ces entretiens si on prend aucune sanction contre Charlie ? »

Elle lui a repondu : « CE n'est pas une option, il trop in-stable. »

Si Loretta qui se permet de dire à un collègue que je suis instable, dans ce cas, pourquoi personne a insisté pour me faire exminer ou au moins, dire que cet infirmier *est trop « INSTABLE » pour travailler ici même pour des missions ponctuelles ?**

Voici son raisonnement :

Un infirmier « instable » n'a pas sa place à l'hôpital.

La direction de Hunterdon a continué à lui proposer des missions.

Conclusion : il ne représente aucun danger, les plaintes qui le visent sont injustes et il est la seule victime dans cette affaire.

Comme de bien entendu, Hunterdon ne donnera aucune suite à ce courrier. Cet incident lui aura coûté 170 heures de congés payés, mais il lui aura enseigné une leçon précieuse : ne jamais laisser de traces écrites.

---

* Orthographe et typographie d'origine.

15

Peu après sa démission du Hunterdon Hospital, en octobre 1996, Charlie postule au Morristown Memorial, quelques kilomètres plus loin. Un cabinet spécialisé vérifie ses antécédents et l'embauche en dépit de plusieurs incohérences dans son CV : après tout, personne ne se rappelle précisément les dates des emplois qu'il a occupés, pas même un infirmier certifié totalisant neuf ans d'expérience à Hunterdon, Warren et Saint Barnabas[1]. Morristown a besoin de personnel ; il propose un contrat de 75 heures hebdomadaires aux soins intensifs de cardiologie, sans compter les gardes, au tarif horaire de 23,27 dollars. Mais Charlie, mal remis de ses derniers déboires, peine à assurer sa charge de travail.

Un matin, ses collègues de l'équipe de jour trouvent le bureau en désordre, avec 25 gants de toilette souillés dans l'évier et des patients baignant dans leur sang. Ils signalent l'incident dans le cahier de liaison. Charlie est stupéfait. Ils sont allés jusqu'à compter les gants ? Quelle mesquinerie ! Un malade menace l'infirmière-chef de porter plainte. Cette fois encore, Charlie s'en tire avec un blâme, mais il se doute que ses supérieurs vont l'avoir à l'œil. Ils finiront par remarquer qu'à plusieurs reprises il a injecté des doses trop élevées de propofol[2] ou d'héparine. Ils le vireront après moins d'un an, non pour avoir tué des patients – pas beaucoup, croit-il se rappeler : à peine un ou deux[3] –, mais pour résultats « insatisfaisants » et « mauvaises pratiques de soins ». Les incidents ont été trop nombreux pour que ses supérieurs les ignorent[4]. À présent, ils s'inquiètent pour leur réputation.

Le déclic a été le décès d'un patient – Charlie n'a pas retenu son nom – qui devait être opéré le lendemain matin. En prévision de l'intervention, Charlie était censé lui administrer de l'héparine à intervalles réguliers. Il a oublié, et le type a clamsé. Naturellement, le médecin de garde était furieux. Il a passé un savon au fautif, qui s'entêtait à répéter qu'il s'agissait d'un « accident ». Une excuse pitoyable, mais sincère : Charlie n'a pas volontairement tué cet homme. Même s'il n'a rien fait pour lui éviter de mourir.

Si l'on n'a pu établir de lien direct entre son erreur et la mort du malade, il a en tout cas fait courir un grave danger à ce dernier. La directrice administrative, Lisa Gannon, juge son attitude « inexcusable », un avis partagé par le chef de l'unité de chirurgie cardio-vasculaire, le Dr John Banas. Dans son rapport, Gannon émet des doutes sérieux sur « les compétences de Charles et son aptitude à exercer tout en assurant la sécurité des patients ». Charlie écope d'une suspension d'une semaine. Il trouve cette décision injuste, mais il ne la conteste pas – du moins pas tout de suite. Une fois rentré chez lui, il se laisse tomber sur le canapé et attend que son téléphone sonne. Quand la direction de Morristown l'appelle enfin, c'est pour le convoquer à un entretien. Charlie n'a pas l'intention de se déplacer.

— S'ils veulent me virer, surtout, qu'ils ne se gênent pas ! rétorque-t-il à la secrétaire.

Quand Gannon le rappelle, une heure plus tard, il ne décroche pas. Elle lui laisse un message l'invitant à passer la voir « pour discuter ». On est le 13 août. Charlie est déterminé à ne jamais remettre les pieds à Morristown. Après plusieurs tentatives infructueuses, Gannon lui enverra une lettre officielle stipulant la résiliation de son contrat avec effet immédiat et exigeant qu'il restitue son badge. Pourtant, le samedi suivant, Charlie se présente à l'hôpital et s'étonne en constatant qu'on a barré son nom du tableau de service.

Privé d'emploi et d'exutoire, il roule jusqu'à la supérette la plus proche, où il achète du Coca, des chips et un bloc-notes. Rentré chez lui, il rédige une longue lettre à la directrice de Morristown, Kathleen C. Chumer, lui demandant de reconsidérer son renvoi. Ça le soulage un peu, mais ça ne suffit pas. Il tape alors une seconde lettre à la machine, en corrigeant ses fautes de frappe au stylobille.

Les réponses de Chumer et de la commission d'étude de l'hôpital lui parviennent une semaine plus tard. L'une et l'autre estiment son licenciement conforme à la procédure. Charlie réclame un arbitrage externe. Cet échange de fax et de recommandés va se poursuivre pendant un mois. Son affaire progressant trop lentement à son goût, il avale une poignée de comprimés avant d'appeler le 911, sachant qu'on le conduira au Warren Hospital.

Jusque-là, chacune de ses tentatives de suicide s'est traduite par une détente momentanée, comme après un orage en été. Quand tout le monde se détourne de lui, les ambulanciers et le personnel des urgences le prennent au sérieux et lui prodiguent leurs attentions. Le faisceau de la lampe stylo braquée vers ses pupilles plonge au cœur de son être. Le brassard du tensiomètre presse son biceps telle une main amicale. Il ressent chaque évaluation de ses signes vitaux comme un encouragement sincère et bienveillant à vivre. Le trajet jusqu'à l'hôpital se déroule à merveille. Charlie a dit aux ambulanciers qu'il était infirmier. Pour leur prouver qu'il est du métier, il s'attache à désigner tous les objets qui l'entourent par leur nom dans le jargon médical. Les choses se gâtent à l'arrivée. Le souvenir de Charlie, l'ex-collègue tombé dans la dépression, le harceleur de Michelle, est encore vivace au Warren Hospital. Dans le box où on l'a conduit, il devine qu'on l'épie par l'entrebâillement des rideaux. Mais il est résolu à atteindre son but : il veut retourner à Greystone. Pour cela, il lui faut passer par la case hôpital. Tout ce qu'il attend de Warren, c'est un coup de tampon sur un formulaire. Mais avant tout, le médecin des urgences exige qu'il se soumette à un prélèvement sanguin – peut-être le soupçonne-t-il d'avoir simulé une tentative de suicide à seule fin de profiter du système. En fonction du résultat de l'analyse toxicologique, il décidera de l'envoyer ou non à Greystone.

Charlie refuse catégoriquement. Il a donné son sang des dizaines, des centaines de fois, de son plein gré. Là, ce n'est pas lui qui offre, ce sont eux qui prennent. Plusieurs internes et infirmières essaient de négocier avec lui. Il les chasse de son box et se lève afin de partir. Quand ils cherchent à le retenir, il les repousse avec violence. L'un d'eux finit par appeler la sécurité. Charlie n'imagine que trop ce que ses ex-collègues vont raconter derrière son dos, mais il a obtenu ce qu'il souhaitait.

Greystone paraît encore plus gris en octobre, comme s'il aspirait la couleur des nuages. L'immense bâtisse aux allures de manoir hanté accueille Charlie la veille d'Halloween. Il y restera plusieurs mois. Depuis la fenêtre de sa chambre, il peut voir le ruban d'asphalte de la route s'étirer entre deux rangées de peupliers dénudés. La neige tombe sans relâche, effaçant peu à peu les champs et les prairies. De tendres panaches de fumée s'élèvent de cheminées invisibles. Le monde extérieur retient son souffle. Ici, il n'y a rien à faire, sinon attendre l'effet d'un nouveau traitement et des séances de thérapie, se vider l'esprit et se régénérer. Mais Charlie n'entend pas renoncer à ses obsessions. Sitôt sorti de Greystone, le 11 décembre, il se précipite au poste de police pour porter plainte contre le médecin du Warren Hospital qui a voulu lui « voler » un échantillon de sang. Après avoir vérifié que le fonctionnaire médusé a correctement retranscrit son témoignage, il saute dans sa voiture afin de récupérer son courrier à la poste restante. Il y trouve une mise en demeure de payer la pension alimentaire de ses filles ainsi que plusieurs lettres du Morristown Memorial : son licenciement ne sera pas réexaminé, car il n'a pas réglé sa part des frais d'arbitrage[5]. En janvier 1998, il conteste cette décision, faisant valoir qu'il était interné et ne pouvait donc pas se référer à son manuel de l'employé. En mars, il menace l'hôpital de poursuites si on ne lui laisse pas un délai supplémentaire. La direction lui envoie un exemplaire du manuel, en recommandé, et lui accorde le délai réclamé. Mais Charlie ne donnera aucune suite à ce courrier. Le litige qui l'opposait à Morristown a perdu tout intérêt pour lui. Entre-temps, il a trouvé un nouvel exutoire à sa frustration.

16

Pour la plupart des gens, la frontière avec la Pennsylvanie ne représente qu'une ligne sur une carte. Mais aux yeux de Charlie, elle est la promesse d'un nouveau départ.

Sitôt obtenue la licence pour exercer dans l'État voisin du New Jersey, il va postuler au Liberty, un centre de soins et de rééducation à Allentown. L'agence chargée du recrutement, Health Force, exige des références. Le Morristown Memorial Hospital, qui a renvoyé Cullen pour incompétence, se contente de confirmer qu'il a bien travaillé pour eux. Pour le Hunterdon Hospital, il a donné le nom de Marjorie Whelan, qui avait menacé de le virer à cause d'erreurs à répétition. Le dossier de candidature retiendra que Charles Cullen est « un excellent professionnel, consciencieux et apprécié des patients ». Personne ne se demandera ce qui peut inciter un infirmier avec dix ans d'expérience à accepter un tarif horaire inférieur de 5 dollars à son salaire précédent. Ils ont besoin de personnel, et Charlie a désespérément besoin d'argent.

Ses dettes s'élèvent maintenant à 66 888 dollars. Les intérêts sur sa carte de crédit augmentent au même rythme que les pensions alimentaires impayées. S'il ne trouve pas rapidement une solution, Adrianne saisira cette occasion pour braquer ses filles contre lui. À 9 ans, Shauna a l'âge de se poser des questions, et il refuse de passer pour un mauvais père à ses yeux. Aussi, soir après soir, il monte à bord de sa Ford Escort vieillissante et trimballe ses soucis jusqu'au Liberty.

Francis Henry[1], un des résidents, nécessite une attention toute particulière en raison d'une vertèbre cassée. Afin de stabiliser sa colonne cervicale, on lui a posé un halo, véritable instrument de torture constitué d'un cercle d'acier vissé directement dans le crâne et relié à un système de potences et de poulies. Charles Cullen estime qu'il serait mieux à l'hôpital.

Il n'a eu besoin de personne pour établir son diagnostic. Tout comme il n'aura besoin de personne pour injecter une dose massive d'insuline dans la perfusion de M. Henry. Dans la nuit du 6 mai 1998, celui-ci fait un choc diabétique entraînant des convulsions violentes et tombe dans le coma[2]. Le « diagnostic » de Charlie s'est révélé exact : l'état du patient nécessite une hospitalisation. Dès le lendemain, M. Henry regagne le centre Liberty et meurt peu après. Trois jours plus tard, le 13 mai, Charles Cullen se déclare en faillite personnelle.

Inévitablement, la mort de M. Henry a fait naître des soupçons. Le Liberty ouvre une enquête interne. Le laboratoire trouve un niveau extrêmement élevé d'insuline exogène dans le sang du défunt. En l'absence de prescription, l'hypothèse d'un accident de médication paraît la plus plausible. Charlie a déjà écopé de plusieurs avertissements pour des négligences. Il s'attend à ce que le couperet tombe de nouveau mais, à sa grande surprise, la direction renvoie une infirmière-cadre, Kimberly Pepe, qui porte plainte pour licenciement abusif[3]. Son avocat va jusqu'à désigner nommément l'infirmier Charles Cullen en raison de ses antécédents.

Kimberly Pepe a été interrogée une première fois par sa supérieure directe, quelques jours après la mort de M. Henry. « À ce moment-là, raconte-t-elle, ce n'est pas moi qui étais visée, mais mon collègue Charles Cullen. » La direction réfute avec véhémence les accusations de l'infirmière-cadre et nie avoir jamais soupçonné Charles Cullen[4]. Pepe et son avocat réclament plus de 50 000 dollars de dommages et intérêts. Les deux parties finiront par conclure un accord garantissant la confidentialité sur la somme effectivement versée, et l'affaire en restera là.

Si la justice n'aura pas à se prononcer sur le renvoi de Kimberly Pepe, *quelqu'un* a bien empoisonné M. Henry. Néanmoins, la police n'enquêtera pas. Le Liberty et sa société mère, HCR Manor Care, persisteront à soutenir qu'ils ignoraient l'origine criminelle de l'incident[5]. Charles Cullen est réaffecté au service psychiatrique de l'établissement, où les patients se montrent parfois moins dociles qu'en soins intensifs. Le 1er octobre, on le voit entrer dans la chambre d'une malade âgée à laquelle il tente d'injecter des produits qu'on ne lui a pas prescrits. S'ensuit une altercation durant laquelle la patiente se fracture le poignet. Cinq mois après la mort de M. Henry, son assassin est enfin licencié pour avoir enfreint le protocole de soins[6]. Charlie passera à peine deux jours sur son canapé avant qu'une agence de recrutement ne le contacte – les établissements médicaux ont toujours besoin de personnel pendant les congés de fin d'année.

Charlie est heureux de reprendre le collier. L'hôpital d'Easton, en Pennsylvanie, n'est qu'à quelques kilomètres du Liberty. Il engrange les primes en bouchant les trous dans le planning des différents services. Surtout, il se réjouit de retrouver l'ambiance des gardes en soins intensifs, où la mort peut frapper à chaque instant.

Quand l'homme en blanc est entré dans la chambre, une seringue à la main, Kristina Toth lui a à peine prêté attention. Depuis un an, son père, Ottomar Schramm, enchaînait les AVC, chaque nouveau caillot éteignant la lumière dans une autre pièce de son cerveau. S'il n'était plus capable d'enfiler ses chaussettes ou de monter un escalier, à ses yeux, il n'en restait pas moins « Papa », même inconscient et enveloppé dans un cocon de fils et de tuyaux. Kristina puisait un peu de réconfort dans l'idée qu'Ottomar s'était préparé à endurer les maux et infirmités qui avaient déjà frappé ses amis plus âgés. Il avait économisé et rédigé des directives anticipées. Et elle le pensait entre de bonnes mains à Easton[7].

L'homme en blanc lui a dit qu'il venait chercher M. Schramm pour lui faire passer « des examens ». Il s'était muni d'une seringue, a-t-il ajouté, pour le cas où « son cœur s'arrêterait ». Kristina ne croyait pas que son père souffrait de problèmes cardio-vasculaires, mais elle l'a laissé faire.

Quand elle retourne à l'hôpital, le lendemain, son père a le teint cireux et se sent plus mal qu'à son arrivée dans le service. D'après les médecins, son dernier AVC n'explique pas cette dégradation. Son rythme cardiaque est très fluctuant, sa tension artérielle plonge. Mais alors que Kristina redoutait le pire, le surlendemain matin elle apprend que l'état d'Otto s'est stabilisé. Cette amélioration se confirme les deux jours suivants. Sa femme et sa fille lui apportent des cookies et un Thermos de café. La joie se lit sur ses traits quand il les voit, et plus encore quand Kristina dépose un baiser sur son crâne avant d'aller travailler. Elle se reprend à espérer.

Mais le troisième jour, elle reçoit un appel qui la laisse perplexe : le médecin traitant de son père, le Dr Robert Silberman, a appris que l'hôpital avait fait analyser un échantillon du sang du vieil homme. Fait étrange, le laboratoire a relevé un niveau « astronomique » de digoxine, un médicament qui ne lui a jamais été prescrit. Ne s'expliquant pas cette anomalie, Silberman a réclamé une contre-analyse. Il rappelle Kristina à 13 h 25, atterré : les deux résultats concordent. Et Otto est mort entre-temps.

— Écoutez-moi attentivement, dit-il. Easton va vous demander si vous souhaitez une autopsie. À votre place, je répondrais oui.

Kristina ne comprend pas.

— À cause de la digoxine, ajoute alors Silberman, sans plus de précisions.

Lorsque les proches d'Otto arrivent à l'hôpital, le lendemain matin, ils sont accueillis par Charles Cullen, qui les guide jusqu'à une chambre. En découvrant le corps du vieil homme lavé, peigné et débarrassé des fils qui le reliaient aux machines, sa fille s'écroule.

— Je vous laisse un moment avec lui, dit Cullen.

Kristina est ulcérée – on dirait que l'infirmier lui accorde une faveur en l'autorisant à rester près de son père –, mais elle se tait.

À son retour, Cullen souhaite savoir si la famille compte demander une autopsie.

Kristina repense alors aux recommandations du Dr Silberman.

— C'est probable, dit-elle.

Cette réponse n'a pas l'air de plaire à Cullen. Il lui rappelle que M. Schramm s'était opposé à ce qu'on le maintienne artificiellement en vie. Le soumettre à une pratique aussi intrusive irait à l'encontre de sa volonté.

Sans prendre la peine de discuter, Kristina exige qu'il quitte la pièce.

Quelques minutes plus tard, une infirmière entre et demande à son tour si la famille d'Otto veut une autopsie.

Kristina ne comprend pas. Est-ce du harcèlement ou y a-t-il un problème de communication au sein de l'hôpital ?

— Nous y réfléchissons, dit-elle.

L'infirmière ressort, et Kristina rejoint ses proches.

Quelques minutes s'écoulent encore, puis une autre infirmière arrive et pose la même question à Kristina, pour la troisième fois !

— Bien sûr que nous voulons une autopsie ! répond-elle, excédée. Mon père est mort d'une surdose, et le responsable…

— À votre place, la coupe l'infirmière, je n'en dirais pas plus.

17

Le décès d'Ottomar Schramm donne lieu à une enquête interne. L'autopsie ayant révélé un niveau potentiellement létal de digoxine dans son sang, le rapport est transmis au coroner du comté, qui conclut à une mort accidentelle[1]. Charlie ne connaîtra pas l'issue de l'affaire et n'en sera guère affecté. Il ne s'est jamais senti à l'aise à Easton et n'avait pas l'intention d'y rester. Quand les interrogations commencent à circuler, en mars 1999, il n'est déjà plus là. Il travaille à temps plein au service des brûlés du Lehigh Valley Hospital, à une quarantaine de kilomètres.

Au Lehigh Hospital, on nettoie encore les plaies des patients sur un brancard métallique, on emploie toujours des combinaisons de contention, mais les couloirs ne résonnent plus de cris comme à l'époque où Charlie débutait dans le métier. Une nouvelle classe d'antalgiques tels que l'OxyContin, apparu sur le marché à peine trois ans plus tôt, a supplanté la morphine dans le traitement de la douleur. Ces produits se révèlent particulièrement efficaces, même chez les plus jeunes.

Cette révolution thérapeutique en a entraîné une autre, dans la gestion des médicaments. Ceux-ci sont maintenant conservés dans une armoire informatisée, le Pyxis, fabriquée par une société de l'Ohio, Cardinal Health. La machine se présente comme une sorte de caisse enregistreuse équipée d'un clavier et d'un écran d'ordinateur. Certains infirmiers peinent à s'y habituer, mais pas Charlie. Il s'est toujours senti à l'aise avec la technologie et il apprécie l'efficacité du système. À la manière d'un guichet automatique, le Pyxis relie chaque retrait au compte d'un patient et d'un employé. Il simplifie la facturation et permet à la pharmacie de l'hôpital de mieux maîtriser ses stocks. Un outil commode, mais imparfait, au service d'un art pratiqué par des êtres humains eux-mêmes imparfaits.

Fort de son expérience à Saint Barnabas, un établissement réputé, Charlie se considère comme un expert des soins aux brûlés. Pourtant, ses nouveaux collègues le traitent comme un bleu, ce qui le ramène à ses années de calvaire dans la marine. Il n'aime pas davantage leur attitude professionnelle, mais dénuée d'empathie, envers les patients[2]. Quand il leur reproche leur froideur, ils l'accusent d'être « bizarre » et « malsain ». Alors, cet hiver-là, il cède de nouveau à la tentation. Aujourd'hui, il ne se rappelle pas le nombre exact des patients dont il s'est « occupé » durant les seize mois où il travaillait de nuit[3]. La plupart sont morts sous les yeux de ses collègues « insensibles ». Il a agi parce qu'il en avait la possibilité, pour affirmer sa volonté dans un environnement tyrannique.

La plupart des jeunes patients mâles du service sont là à cause d'un feu de camp qui a mal tourné ou d'un accident de voiture. Matthew Mattern appartient à la seconde catégorie. Il est resté captif d'une épave en flammes et a été brûlé sur 70 % du corps. Sa présence provoque une émotion inhabituelle même chez les infirmiers les plus endurcis ainsi qu'un afflux inédit de visiteurs à peine sortis de l'adolescence. Aux employés les plus âgés, il évoque un fils ou un petit-fils ; aux plus jeunes, un amant ou un frère. Et si aucun n'ose l'avouer, beaucoup ont calculé que selon la règle des 9 le malheureux a 92 % de chances de décéder.

À 22 ans, Matthew Mattern est un mort en sursis. Depuis son arrivée, Charlie n'a cessé de l'observer. Même s'il survit, même si les greffes prennent, il demeurera handicapé, prisonnier d'une combinaison de compression et d'un cocon de tissus cicatriciels. Les chirurgiens ont commencé par l'amputer des extrémités, calcinées jusqu'à l'os, et ils continuent à le découper, un morceau après l'autre – une véritable boucherie[4]. Beaucoup d'infirmiers et d'infirmières prient pour que l'inévitable survienne.

Charlie se sent aussi impuissant qu'il l'était, enfant, devant les types bizarres qui défilaient à la maison pour acheter du shit à son frère, les petits amis de ses sœurs, et, plus tard, les marines confirmés ou même novices qui s'acharnaient sur lui. L'ancien gosse mutique et solitaire n'était pas équipé pour déchiffrer les codes de la dynamique de groupe au sein de la Navy. Quand on se moquait de lui, il vous regardait de biais en marmonnant comme s'il projetait de vous tuer dans votre sommeil. Les gars redoublaient alors de violence à son égard, le traitant de « taré », de « pédé » et de « gogol ». Ils le frappaient avec une serviette mouillée, assez fort pour laisser des marques sur sa peau d'une pâleur cadavérique. Lorsqu'il pétait un plomb, il devenait rouge jusqu'aux oreilles, et ça les faisait marrer. Mais ce passé est révolu. À présent, Charlie tient son destin et celui des patients dans ses mains. Le 31 août 1999, il injecte une dose massive de digoxine dans la perfusion de Mattern, le mort en sursis. Quand le jeune homme succombe à un arrêt cardiaque, peu avant le lever du jour, une partie du personnel remercie Dieu d'avoir mis fin à ses souffrances. Charlie, lui, regagne sa voiture sans un mot.

La plupart de ses actions des derniers mois visaient à soulager ses tensions. Même s'il prétend intervenir pour le bien des patients, ceux-ci lui importent moins que l'assouvissement de ses pulsions. Chaque meurtre l'apaise temporairement. Cette nouvelle rémission se prolonge jusqu'à l'automne et lui permet de supporter le stress des fêtes de Noël. Mais l'effet finit par se dissiper, et un matin pluvieux, à l'aube du nouveau millénaire, Charlie roule vers la supérette la plus proche.

Des barbecues de table sont exposés à l'entrée, à côté des bidons de liquide lave-glace et des glacières en polystyrène. Il choisit un modèle bon marché, à la taille de la baignoire de son appartement. Une fois chez lui, il arrose le charbon de bois d'une giclée d'essence à briquet et y jette une allumette enflammée. En attendant que le feu ait pris, il regagne la cuisine et se sert un verre d'alcool.

Quelques minutes plus tard, une voiture de patrouille se gare dans l'allée de la maison. L'agent Duddy est accueilli par la propriétaire, Karen Zembia. C'est elle qui a appelé le 911 après avoir senti la fumée. Elle raconte au policier avoir vu à plusieurs reprises une ambulance emmener son locataire. Duddy descend les marches qui mènent à l'appartement. Il remarque qu'on a glissé des serviettes roulées sous la porte. Il tape du poing contre le battant. Presque aussitôt, il entend un déclic et un visage apparaît dans l'entrebâillement.

— Vous n'auriez pas un problème de chauffage, monsieur ? demande l'agent.

— Euh, non, bredouille Charlie.

Pourtant, une forte odeur d'essence s'échappe de l'appartement.

— Si ça ne vous ennuie pas, reprend Duddy, j'aimerais jeter un coup d'œil à l'intérieur.

— Je vous dis que tout va bien, répond Charlie sans bouger d'un pouce.

— Vous feriez mieux de me laisser entrer, insiste Duddy. Les pompiers vont bientôt arriver.

Avec un soupir, Charlie ouvre en grand. Le policier s'avance. Quelque chose est en train de brûler. On a obstrué les bouches d'aération avec des serviettes et de la mousse d'isolation. Le boîtier de l'alarme incendie, posé sur la table de la cuisine, a été vidé de ses piles. Duddy se tourne vers Charlie, qui regarde fixement le sol, l'air contrit. L'odeur d'essence le guide jusqu'à la salle de bains, où il découvre le barbecue enflammé. Charlie lui explique qu'il l'a volontairement placé dans la baignoire pour éviter que le feu ne se propage à toute la maison. Duddy appelle néanmoins une ambulance. Charlie soupire de nouveau et va chercher ses chaussures.

Quand l'ambulance arrive, il demande aux brancardiers de le conduire dans un autre hôpital que Warren, pour ne pas exciter la curiosité malsaine de ses ex-collègues[5].

18

Avril 2000

Charlie sait qu'il vit ses derniers jours au Lehigh Valley Hospital. Ses collègues ne cachent même plus le mépris qu'il leur inspire. Il demande son transfert au service de cardiologie, qui ne souhaite pas s'embarrasser de lui[1]. Il tiendra encore trois mois, en tuant de nouveaux patients pour compenser ses frustrations et en réduisant peu à peu ses heures de présence afin de chercher du travail ailleurs.

Par chance, la population de la vallée a connu une croissance à deux chiffres au cours de la décennie précédente. Les hôpitaux ont poussé comme des champignons le long des anciennes veines de charbon. Une tache de café sur une carte routière recouvre au moins une demi-douzaine d'établissements susceptibles de l'embaucher à moins d'une demi-heure de chez lui. À tous, il a envoyé un CV à jour. Il cumule treize années d'expérience dans six hôpitaux différents, et malgré les accusations d'incompétence – ou pire –, il peut compter sur ses ex-collègues pour confirmer ses dates d'emploi. Il peut également se prévaloir d'une licence pour exercer en Pennsylvanie et de références vantant son « esprit d'équipe », son caractère « posé », sa « disponibilité », ses « aptitudes pour la communication » et la « qualité de son travail »[2]. Un des premiers à recevoir son CV est le Saint Luke's Hospital de Fountain Hill.

Au fil des ans, l'établissement n'a cessé de renforcer son offre en services vitaux tout en développant de nouvelles spécialités telles que la chirurgie bariatrique et le traitement des troubles du sommeil. Si la direction ne rechigne pas à former son personnel, un infirmier aussi expérimenté est assez rare pour justifier une prime à l'embauche de 5 000 dollars[3].

C'est une sacrée promotion pour Charlie : Saint Luke's figure parmi les meilleurs hôpitaux du pays et son unité de soins intensifs de cardiologie, avec ses neuf chambres individuelles, est assurément le joyau de sa couronne. Il va enfin jouer dans la cour des grands. Le jour de son arrivée, il commence par mettre de l'ordre dans son nouvel environnement de travail, tel un oiseau qui prépare son nid. « C'est la première impression qui compte », explique-t-il à ses collègues.

Tout le monde ne le remarque pas, au début. Les décès sont fréquents à l'hôpital, en particulier en soins intensifs, et ils surviennent parfois en série. Mais quelque chose a changé ; les infirmiers les plus chevronnés ont la sensation qu'un vent mortifère souffle sur le service, emportant leurs patients l'un après l'autre. Les arrêts cardiaques sont à présent quasi quotidiens, avec une issue presque toujours fatale.

Certains soignants aiment la montée d'adrénaline et le sentiment d'urgence qui accompagnent le sauvetage d'une vie, jusqu'à devenir accros. Charles Cullen ne donne pas cette impression, et pourtant, chaque fois qu'une alarme retentit, il est souvent le premier à accourir. Il saute sur le lit et enfourche le patient afin de pratiquer un massage vigoureux. Si son enthousiasme ne fait aucun doute, ses collègues jugent sa manière d'agir excessivement théâtrale, et en même temps curieusement dépourvue d'émotion.

La nouvelle recrue est certes bizarre, mais comment reprocher à un infirmier de prendre sa mission trop à cœur ? On ne peut pas accuser Charlie de négligence. En revanche, il accorde une importance démesurée à des détails futiles, comme le nombre de chaises dans le bureau. Chaque nuit, il en déplace une partie jusqu'à une chambre inoccupée. Et chaque nuit, sa superviseuse, Ellen Amedeo, lui demande de les remettre à leur place. Il s'exécute en soupirant, pour recommencer le lendemain matin. Quand ses collègues de l'équipe de jour s'en aperçoivent, il est déjà parti. Ils font alors le tour du service afin de récupérer les chaises manquantes. Ce rituel les exaspère. Il leur semble que Charlie cherche à éprouver leur patience en se livrant à un jeu absurde.

19

Février 2001

Treize ans se sont écoulés depuis que l'ex-marine appelé Charles Cullen s'est retrouvé le seul élément mâle d'une classe exclusivement féminine. Le monde a changé. À présent, des femmes s'engagent dans la Navy et, inversement, on compte de plus en plus d'hommes parmi le personnel infirmier. Cette évolution déplaît à Charlie. Il juge ses collègues masculins mesquins et indifférents. S'il communique peu avec eux, il multiplie les attentions envers les benjamines de l'équipe. Il apprécie tout particulièrement une certaine Julie[1]. Il dépose des petits présents à son intention dans le bureau, de la part « d'un admirateur secret ». Au début, tout le monde trouve cela touchant, mais quand les cadeaux deviennent quotidiens, un malaise s'installe. Charlie laisse alors traîner une carte signée : « Pour Julie, ton admirateur, Brian Flynn. » Les filles n'y voient que du feu et occupent leurs pauses à s'interroger sur le mystérieux Brian Flynn. Charlie est flatté de se retrouver au centre des conversations. Toutefois, n'y tenant plus, il finit par dévoiler la supercherie. Cet aveu n'a pas l'effet escompté : les hommes se moquent de lui, les femmes paraissent effrayées. En redevenant lui-même, il a ruiné le prestige dont il bénéficiait en tant que Brian Flynn. Une fois de plus, il se sent rejeté et humilié. À l'avenir, mieux vaut qu'il reste dans l'ombre et jouisse des pouvoirs que confère l'anonymat – pouvoir de nier, de disparaître, de disposer des vies à l'égal d'un dieu.

Charlie fait souvent équipe avec les trois mêmes infirmiers : Joe, Brad et un autre dont il a oublié le prénom. Il désapprouve leurs méthodes, comme celle qui consiste à imposer des protections aux malades plutôt que les accompagner aux toilettes. Il se débrouille autant que possible pour ne pas travailler avec eux mais, ce soir-là, il n'a pas eu le choix. Ce sont eux qui l'ont appelé chez lui parce qu'ils avaient besoin de renforts pour accueillir une patiente. Alors il a enfilé son uniforme et sauté dans sa voiture. Il a trouvé ses trois collègues en train de pester. La nouvelle, une femme très âgée, vient d'un autre établissement. Il a fallu la ranimer deux fois durant le trajet. Sa mort n'est qu'une question d'heures. Charlie n'est pas dupe. Il sait que les hôpitaux ont l'habitude de « refourguer » leurs malades les plus mal en point pour s'assurer une bonne place dans les classements. Saint Luke's figure dans le Top 100 de l'*US News & World Report*[2], et les employés en sont fiers. Mais ces pratiques plombent les statistiques.

Plus tard, il racontera que ses collègues masculins plaisantaient au chevet de la malheureuse. Le médecin de celle-ci a justifié son transfert en expliquant à sa famille que Saint Luke's allait tenter l'impossible. Charlie lui-même est passé maître dans ce genre de discours. Les proches des mourants refusent d'affronter la réalité. C'est le rôle des soignants de les préparer à l'inéluctable.

Entre-temps, ses trois collègues ont entamé une partie de foot avec une balle en ruban adhésif. Charlie est choqué. Lorsqu'on côtoie quotidiennement la mort, il est normal de vouloir se défouler. Mais pas en jouant au foot. Ni en puisant dans la réserve de nitroglycérine, utilisée dans certaines affections cardiaques, pour voir si elle explose quand on la balance sur le parking.

Durant la nuit, il décide d'accélérer le départ de la patiente en injectant de la digoxine dans sa perfusion. Si quelqu'un le surprend, il prétendra que c'est de la solution saline – les deux sont incolores. Mais personne ne vient, et le service ne comporte que des chambres individuelles. C'est un critère déterminant pour figurer dans le Top 100 des établissements hospitaliers.

Charlie jette l'ampoule et l'aiguille usagées dans un collecteur à déchets avant de quitter la pièce. Puis il fait du rangement, déplace des chaises. Quand l'alarme retentit enfin, fidèle à sa réputation, il est le premier à accourir et ne ménage pas ses efforts pour essayer de relancer le cœur de la pauvre femme.

Plus tard, tandis que la famille de la défunte se recueille autour de sa dépouille, il entend les autres infirmiers s'esclaffer, tout à leurs jeux stupides. La morte était sa seule patiente cette nuit-là. On lui donne l'autorisation de regagner son appartement, où l'attend le cheval à bascule qu'il a entrepris de sculpter pour Jane, une collègue enceinte. Ces derniers temps, il lui a semblé que les types du service se moquaient d'elle du fait de son état. Charlie tient à lui faire savoir qu'il ne ressemble en rien à ces idiots. Pour le lui prouver, il est prêt à lui offrir le cheval anonymement.

20

Au printemps, les infirmiers de Saint Luke's constatent que des médicaments disparaissent. Pas tous, mais un dont ils possèdent des stocks importants, quoiqu'ils l'utilisent rarement : le Pronestyl. Tous les soirs, ils le rangent dans la réserve. Le lendemain matin, il n'y est plus. Le mystère persiste pendant six mois, donnant lieu à toutes sortes de plaisanteries : « Ce n'est pas possible ! Quelqu'un doit s'en servir comme engrais ! » Nul ne comprend ce qui arrive, mais personne n'enquête.

Charlie est dépité. Avec ces larcins, il espérait faire passer un message. Le Saint Luke's Hospital l'a déçu. Parce qu'il porte le nom d'un des saints dont les sœurs lui parlaient au catéchisme, il croyait y respirer une atmosphère de piété. Ça demeure un établissement de premier ordre, au moins pour les malades, mais Charlie n'aime pas l'attitude de ses collègues. Jour après jour, ils s'obstinent à rapporter les chaises qu'il a pris soin de sortir du bureau. Ils l'accusent d'abuser de la lotion glycérinée pour la toilette des patients. Alors, pour se venger, il fait disparaître les flacons de talc. Parfois, l'absurdité de sa situation lui saute aux yeux : un catholique renégat travaillant dans un hôpital catholique[1]… Il a renié la religion de ses parents pour se marier et fonder une famille. Il a ensuite perdu sa femme, ses filles, et le voici, un Juif converti au service de saint Luc, patron des médecins et des chirurgiens, mais aussi des bouchers, des peintres et des sculpteurs. D'après ses calculs, il a déjà coûté à l'institution plusieurs centaines, voire plusieurs milliers de dollars, simplement parce qu'il en avait le pouvoir. C'est sa façon de communiquer avec eux – comme une mise à l'épreuve ou un acte de foi. *Ils finiront par comprendre*, se répète-t-il. Mais ils s'entêtent à ne pas voir sa part d'ombre. Jusqu'au jour où celle-ci surgira en pleine lumière.

Thelma Moyer, l'infirmière-chef de jour, est la première à remarquer que les pénuries de Pronestyl surviennent « par poussées[2] ». En avril 2002, elle en réfère à sa supérieure, Ellen Amedeo, et au pharmacien de l'hôpital, Tom Nugen. Celui-ci consulte ses registres, mais ne parvient pas à expliquer ces disparitions ; celle-là prend note sans donner suite.

Le 1er juin 2002 tombe un samedi. La réussite des week-ends de Charlie dépend de son humeur et des visites de ses filles. Il n'aime rien tant que cueillir dans son jardin les fleurs qu'il piquera dans les cheveux de ses princesses, ou les gaver de crème glacée au Dairy Queen. Mais ce samedi est un jour « sans ». La météo avait annoncé de la pluie, qui n'est jamais venue : typique. Inversement, quand on vous promet du beau temps, vous pouvez être sûr qu'il va flotter pendant une semaine. En fin d'après-midi, Charlie s'habille pour aller travailler, se demandant s'il doit prévoir un ciré ou non.

À 18 h 15, il se gare sur le parking de Saint Luke's. Cinq minutes plus tard, il ôte son manteau et change de chaussures dans le vestiaire des hommes. Celui-ci est vide à cette heure-ci, une raison supplémentaire pour arriver en avance. Vous pouvez uriner sans que personne vous entende ou lorgne vos parties, et vous évitez les bavardages puérils. Une rumeur confuse lui parvient à travers les portes. Les derniers visiteurs s'attardent, le bureau des infirmiers est désert.

Charlie accomplit son rituel quotidien avec les chaises tout en surveillant les écrans du coin de l'œil. Chacun correspond à un nom, un numéro de chambre, un lit, une vie. Puis il rassemble les médicaments que le coursier de la pharmacie a livrés, emprunte le couloir qui mène à la réserve, tape son code d'accès et referme derrière lui. Il trouve la paix dans le silence et les espaces clos telles les caves, les chaufferies et les salles de bains. Il actionne l'interrupteur et entreprend de ranger les boîtes. Ses collègues apprécient qu'il se charge de cette corvée. Plus tard, il aidera l'une d'elles à installer une perfusion. Encore plus tard, quand l'alarme sonnera, il sera le premier à intervenir. Aucune ne reliera ces trois événements entre eux. Charlie n'a pas besoin de se cacher ni de mettre des gants. Il n'a qu'à extraire une seringue de 10 millilitres de son emballage, comme une friandise, enlever le capuchon et piquer l'aiguille dans une poche de solution saline. Il jette ensuite l'ampoule et la seringue usagée dans le collecteur à déchets et répartit les cocktails d'antibiotiques sur les plateaux étiquetés au nom des patients. Il s'apprête à sortir quand il aperçoit les flacons de Pronestyl sur l'étagère au-dessus de lui. Quelqu'un a renouvelé le stock.

Charlie n'en croit pas ses yeux. C'est comme avec les chaises. Comme s'il hurlait à s'en déchirer les cordes vocales et que personne n'écoutait. Alors, il continuera à hurler. Ce n'est qu'une image, bien sûr. Mais les autres finiront bien par l'entendre. Il éteint la lumière et remonte le couloir d'un pas pressé. Quand l'équipe de jour prendra son service, à 7 heures, quelques centaines de dollars de médicaments se seront volatilisées, et plusieurs patients des soins intensifs auront rendu leur dernier souffle[3].

21

Juin 2002

Au matin, la pluie finit par arriver. Elle n'a pas cessé quand, dans l'après-midi, une infirmière de 31 ans, Kim Wolfe, pénètre dans la réserve pour préparer ses perfusions. Son travail terminé, elle jette sa seringue usagée. D'habitude, elle entend un cliquetis lorsque l'aiguille touche le fond du conteneur, mais celui-ci est tellement plein que la seringue n'y loge pas.

Les hôpitaux confient la collecte de leurs déchets dangereux[1] à des agents des services de l'environnement qui leur font ensuite traverser l'État du New Jersey avant de les incinérer. En général, les infirmières s'abstiennent de manipuler les conteneurs, mais la curiosité de Kim l'emporte sur la crainte d'attraper le sida ou l'hépatite B en se piquant accidentellement. Elle soulève le couvercle, regarde par l'orifice et aperçoit des boîtes en carton blanc.

Aussitôt, elle va prévenir ses collègues Gerry Kimble et Candy Wahlmark. Gerry est un vétéran ; cela fait seize ans qu'il travaille aux soins intensifs. À son tour, il se rend à la réserve, certain que la jeune femme s'affole pour un rien. Mais après avoir vérifié ses dires, il décide de passer un coup de fil.

Seuls les services de l'environnement possèdent la clé du collecteur à aiguilles. Une fois celui-ci ouvert par leurs soins, Gerry le vide dans un bassin hygiénique. Candy et lui s'installent alors afin d'en trier le contenu.

Le spectacle des dizaines d'emballages alignés sur un comptoir au terme de l'opération a de quoi choquer des infirmiers : ces médicaments sont non seulement toxiques, mais ils ont un coût. Gerry et Candy en dressent la liste sur un bloc-notes. Outre six flacons de bromure de vécuronium, un myorelaxant utilisé en anesthésie, il y a là du sulfate de magnésium, de la phényléphrine, de la noradrénaline, de la dobutamine, de la nitroglycérine, du labétalol ainsi que 40 boîtes de Pronestyl.

Cet assortiment ne colle pas avec l'hypothèse d'un employé volant des médicaments pour les revendre ou pour sa consommation personnelle. Ce phénomène bien connu des hôpitaux concerne des substances addictives ou qui permettent de fuir la réalité – kétamine, OxyContin, Vicodin, Percocet, Darvocet, Demerol, morphine… Mais qui achèterait 48 doses de phényléphrine ? Quoi de récréatif dans une élévation de la tension artérielle et une altération du rythme cardiaque ? Si le gâchis que représente la perte des boîtes de Pronestyl désole les deux infirmiers, la quantité impressionnante d'emballages de bromure de vécuronium vides les inquiète. Le « véc » est conditionné en poudre. Pour le sortir de son flacon scellé, on doit obligatoirement injecter une solution saline à travers le bouchon en caoutchouc et secouer vigoureusement avant d'aspirer le produit reconstitué à la seringue.

Le véc a une action paralysante extrêmement puissante[2]. En cas de surdosage, il provoque une lente asphyxie, comme lors d'une noyade. La victime reste consciente, mais elle ne peut ni bouger ni crier. Pire, elle souffre le martyre jusqu'à ce que son cœur et ses poumons cessent de fonctionner.

Par le passé, l'usage prolongé ou excessif du vécuronium a occasionné des dommages cérébraux chez des malades comateux. Les médecins l'utilisent de moins en moins en raison de ses effets secondaires potentiellement graves, et quand ils y recourent, la dose ne dépasse pas 5 milligrammes. Aucun patient du service ne s'en est vu prescrire au cours du week-end. Pourtant, quelqu'un semble avoir reconstitué 60 milligrammes de cette substance dangereuse afin de l'injecter… à qui ? Dans toutes les chambres, des malades reposent, inconscients. Visiteurs, spécialistes, employés permanents ou intérimaires se croisent dans les couloirs de l'hôpital. Gerry, Candy et Kim décident de monter la garde à tour de rôle. Kim est la première à s'y coller. Depuis le bureau des infirmiers, elle jouit d'une vue dégagée sur la réserve. Un type qui lui est inconnu s'arrête devant, tape un code et cale la porte avec son pied pour l'empêcher de se refermer le temps d'y ranger des médicaments. Elle ne le quitte pas des yeux jusqu'à ce qu'il s'éloigne. Une demi-heure plus tard, c'est au tour du pharmacien. Kim échange un regard avec Candy. Cette affaire vire au vaudeville, et elles doivent encore prendre soin des patients avant de passer le relais à l'équipe de nuit.

À 18 h 20, Charlie arrive en avance, comme à son habitude. Kim Wolfe se réjouit de le voir. Cela fait plus de deux ans qu'ils se croisent chaque soir. Sans être amis, ils entretiennent des relations cordiales, sur le mode bonjour-au revoir. Il est un peu excentrique, certes, mais la jeune femme ne s'en formalise pas. Il n'est pas avare de son temps et ne rechigne jamais à rendre service. Les deux infirmières terminent leur paperasse tandis que Charlie accomplit son rituel quotidien en emportant les chaises en trop dans une pièce vide. Mais au deuxième voyage, il s'arrête devant la réserve de médicaments, tape le code et se glisse à l'intérieur. La porte se referme derrière lui. Kim va prévenir Candy, à laquelle le manège de leur collègue n'a pas échappé.

Cinq longues minutes s'écoulent, puis Charlie réapparaît et se dirige vers le fond du couloir. Kim se précipite vers la réserve. Le collecteur à aiguilles est de nouveau plein. Candy et elle appellent alors la surveillante d'étage, Ellen Amedeo, à son domicile et lui annoncent qu'elles savent qui a vidé les flacons de vécuronium.

Une demi-heure plus tard, Gerry, Candy, Kim ainsi que le reste de l'équipe de jour se retirent. Charlie a toute la nuit devant lui. Le premier arrêt cardiaque surviendra au bout de quelques heures[3].

Le lundi matin – on est le 3 juin –, l'infirmier Gerry Kimble et son supérieur, Terry Koehler, enfilent des gants stériles et entreprennent de vider le collecteur devant le responsable de la sécurité. Ils en sortent plusieurs dizaines de flacons, dont une dizaine ayant contenu du vécuronium. Ils l'ignorent encore, mais Cullen en a injecté à un patient, Edward O'Toole, sept heures plus tôt[4].

Entre-temps, Ellen Amedeo est arrivée, et la machine administrative s'est mise en branle. La gestionnaire des risques de Saint Luke's, Janice Rader, a instauré un protocole : pendant la journée, la surveillante d'étage vérifiera à intervalles réguliers qu'on n'a pas jeté d'autres emballages. En l'absence de Cullen, le collecteur de la réserve reste vide.

Rader n'a plus le choix : elle doit faire un rapport à son supérieur direct, Ken Vail. Il manque des produits cardiologiques potentiellement dangereux dans la réserve, des quantités massives d'un agent paralysant ont été activées avant de disparaître. L'infirmier Charles Cullen est de service ce soir-là. Vail et Rader ont moins de huit heures pour prendre « la meilleure décision possible pour l'hôpital ». Ils consultent alors le juriste de Saint Luke's, Sy Traub, qui contacte à son tour le cabinet Stevens & Johnson, spécialisé en droit médical[5]. Un des associés, Paul Laughlin, a été l'adjoint du district attorney de Philadelphie.

À 14 heures, Laughlin assiste à un briefing dans les bureaux de l'administration de Saint Luke's, puis il rentre chez lui. Peu après minuit, son téléphone sonne. Charles Cullen a pris son service, et on a de nouveau trouvé des emballages de médicaments dans le collecteur à aiguilles. De retour à l'hôpital, Laughlin s'installe dans une pièce vide à l'étage des soins intensifs. Quelques minutes plus tard, Brad Hahn, un infirmier, fait entrer Charles Cullen. Celui-ci n'a pas vu venir le coup. « Tu aurais pu me prévenir ! » lance-t-il, mécontent, à son collègue[6].

22

Le jeune avocat prie Charles Cullen de s'asseoir. Au début, il se montre cordial, questionnant l'infirmier sur son parcours et ses habitudes de travail. Charlie sait pertinemment où il veut en venir. Il lui répond qu'il aime arriver en avance, vers 18 h 30, afin de ranger les médicaments. C'est ce qu'il a fait ce jour-là, et ça lui a pris environ dix minutes.

— Et ensuite ? l'interroge Laughlin.

— Je suis retourné dans la réserve.

— Pour quelle raison ?

— Je ne me rappelle pas. Sans doute que quelqu'un me l'avait demandé.

— Qui ?

Charlie fixe le sol et marmonne :

— J'ai oublié. Vous savez, je n'ai pas une minute de repos pendant mes gardes, alors c'est dur de me souvenir des détails.

— Vous êtes au courant qu'on a retrouvé le collecteur à déchets plein de médicaments ?

Laughlin pose celui-ci sur la table et l'ouvre, révélant son contenu. Charlie reste impassible. Il devrait feindre l'étonnement mais, en réalité, tout cela l'indiffère. Comment est-on censé réagir dans ces circonstances ? Il reporte son attention sur le lino moucheté.

— Je vous répète ma question, monsieur Cullen : étiez-vous au courant des disparitions de produits dans la réserve ?

Charlie sort de son silence.

— Oui, répond-il. Thelma Moyer, l'infirmière-chef… C'est elle qui m'en a parlé.

— Savez-vous qui a pu les placer dans ce collecteur ?

Laughlin énumère alors les dates et heures auxquelles on a constaté des vols. Seul Charlie était à chaque fois présent. Comment l'explique-t-il ?

Le regard de Charlie se pose tour à tour sur le bureau, les chaises, l'ordinateur portable de l'avocat. Celui-ci est bien renseigné sur le mode d'emploi et les dangers du vécuronium. Il a lu les dossiers des patients et les résultats d'analyse. Et il a les flacons vides[1]. Ils l'ont percé à jour. Alors pourquoi lui faire subir cet interrogatoire ? C'est de la cruauté mentale !

À présent, il doit faire un choix, même si ça n'en est pas vraiment un. S'il démissionne, l'incident ne laissera pas de trace dans son parcours professionnel[2], et Saint Luke's conservera sa place dans le classement annuel de l'*U.S. News & World Report*. Une fois de plus, il se sent rejeté – par un hôpital qui porte le nom d'un saint, en plus ! Qu'est-ce que les sœurs du catéchisme auraient pensé de ça ? Il acceptera le compromis qu'on lui propose, même si c'est lui qu'on lèse dans cette histoire. Deux vigiles l'escortent ensuite à travers le service, tel le Christ montant au calvaire, et l'abandonnent à l'entrée du parking.

23

Cinq jours plus tard, le 8 juin, nous retrouvons Charlie sur le parking du Sacré-Cœur d'Allentown, en Pennsylvanie, qui lui a offert un poste de nuit en soins intensifs. Dans son dossier de candidature, il a indiqué avoir travaillé à Saint Luke's « de juin 2000 jusqu'à présent », ce que l'établissement a confirmé, sans donner d'appréciation[1]. Ce que Charlie ne sait pas, c'est que des administrateurs de Saint Luke's ont appelé plusieurs hôpitaux concurrents pour les mettre en garde contre lui. Mais ils ont oublié le Sacré-Cœur[2].

Dès le premier soir, Charlie a le sentiment qu'il va s'y plaire. Il se lie immédiatement à une de ses collègues, Cathy Westerfer. La jeune femme est une nouvelle recrue, comme lui. Elle élève seule ses enfants et travaille également de nuit. Au bout d'une semaine à peine, Charlie lui propose un rendez-vous, qu'elle accepte. Mais quinze jours plus tard, la direction met brusquement fin à son contrat. Un mal pour un bien : ce passage éclair lui confère une aura romantique. Cathy, attendrie, l'invite à emménager dans la maison qu'elle loue à Bethlehem.

La lettre de licenciement mentionnait des « conflits interpersonnels ». Charlie en a déduit que des rumeurs à son sujet sont parvenues aux oreilles de la hiérarchie. En réalité, une des infirmières du Sacré-Cœur a travaillé à Easton, où l'émotion suscitée par le décès suspect d'Ottomar Schramm n'est pas retombée. Mis au courant, ses collègues ont menacé l'administration d'une démission collective si elle ne renvoyait pas Charles Cullen. Si celui-ci ignore ces détails, il sait ce qu'il lui reste à faire. Pour prendre un nouveau départ, il n'a qu'à franchir une ligne sur une carte et rentrer chez lui.

Charlie peut se réjouir que Saint Luke's n'ait pas fourni d'appréciation sur son travail[3]. L'hôpital déclarera plus tard qu'en dépit de plusieurs enquêtes internes il n'a pu lui attribuer aucun décès suspect en lien avec les flacons de vécuronium vides. Toutefois, ses administrateurs ont préféré se séparer de lui. Au mois d'août 2002, Charles D. Saunders, le vice-président des affaires médicales et scientifiques, appellera même ses homologues de la région de Bethlehem pour les mettre en garde contre Charles Cullen. Vince Joseph, le vice-président de Saint Luke's et ex-directeur de Saint Barnabas, en fera autant, de même que l'avocat Paul Laughlin[4]. Mais aucun ne jugera utile d'alerter le public, la police ou l'Ordre des infirmiers de l'État[5]. Et malheureusement pour les patients du centre médical de Somerset, personne ne songera non plus à avertir celui-ci[6].

24

Septembre 2002

Penché au-dessus de l'évier, Charlie étudie la brochure en couleurs, imprimée sur un papier de qualité supérieure, destinée à recruter des infirmiers qualifiés. « Rejoignez notre équipe ! » peut-on lire sur la première page. Répondra-t-il à cette invitation ? Ses décisions ont toujours été dictées par des portes qui s'ouvraient au moment opportun pour l'entraîner dans une spirale destructrice. Il ne connaît pas le centre médical de Somerset, mais après cinq renvois en moins de quatre ans[1], il est grillé en Pennsylvanie[2]. Il a eu aussi des problèmes au New Jersey, mais ça fait quatre ans qu'il n'y a pas travaillé, et l'État est vaste. Et si le comté de Somerset se trouve à moins d'une heure de route de la maison où il a grandi, il se situe sur une autre planète que West Orange sur le plan social et économique.

Somerset est l'un des plus anciens comtés des États-Unis, une bande de terres fertiles entre des collines boisées et les vastes résidences secondaires de riches financiers et industriels. Dans les années 1880, John F. Dryden, le fondateur de la Prudential Insurance Company, s'est fait construire un château de style Versailles à Bernardsville. Trois décennies plus tard, Brooke Kuser, la future philanthrope et romancière Brooke Astor, habitera le manoir Denbrooke, à quelques kilomètres de là. Dans la période faste qui suivra la guerre de Sécession, la région accueillera les familles les plus fortunées de la nation la plus prospère au monde, prêtes à dépenser sans compter pour satisfaire leurs moindres désirs. Et en 1898, ce que ces familles désirent plus que tout, c'est un hôpital.

Pour cela, il aura fallu qu'un garçon de 16 ans meure des suites d'un coup à la tête. Même à l'aube du XXe siècle, ce genre d'accident entraîne rarement un décès. La trépanation, qui consiste à percer un trou dans la boîte crânienne pour éviter la compression de l'encéphale, est une pratique aussi ancienne que les pointes de flèches des Indiens lenapes enfouies dans l'argile de la baie de Raritan. Mais durant le long trajet en chariot jusqu'à Newark, le cerveau du malheureux avait continué à gonfler comme de la pâte à pain. L'émotion soulevée par sa mort avait été suivie d'un appel pressant à la construction d'un hôpital local.

Grâce à un don initial de 5 500 dollars, une maison d'East Main Street a été dotée de l'électricité, de l'eau courante et d'équipements modernes telles une machine allemande permettant de photographier l'intérieur du corps humain à l'aide de rayons « inconnus », ou « X », et une salle d'opération éclairée grâce à la récente invention de Thomas Edison, habitant de la ville voisine de Menlo Park : l'ampoule incandescente. L'établissement, qui comptait à sa création 10 médecins pour 12 lits, a connu un développement parallèle à celui du comté. Au fil des agrandissements successifs, la maison en bois des origines a été absorbée par un vaste ensemble de bâtiments en brique réunissant une vingtaine de spécialités médicales, plus de 350 lits et plusieurs milliers d'employés généreusement rémunérés. Implanté en bordure de deux routes nationales, il a les moyens d'offrir une prime de 10 000 dollars aux infirmiers chevronnés qui acceptent de signer un contrat de six mois minimum.

Le 15 août 2002, Charlie remplit un dossier de candidature pour Somerset. S'il dit la vérité en ce qui concerne ses diplômes, il ment délibérément quant à son casier judiciaire, sans se soucier que les recruteurs vérifient ou non ses réponses. Il exprime une préférence pour les soins intensifs, mais se déclare prêt à travailler dans n'importe quelle unité, même la nuit, les week-ends et les jours fériés[3]. À la rubrique « références », il indique Saint Luke's, précisant qu'il a quitté l'établissement par « besoin de changement ». Il mentionne également ses expériences au service des brûlés du Lehigh Valley Hospital, où il « ne s'est pas plu », ainsi qu'au Liberty, où « il n'y avait pas assez de travail ». Tout est vrai, du moins en partie. Il laisse au département des Ressources humaines de Somerset le soin d'approfondir.

Si ses ex-supérieurs du Warren Hospital louent son intelligence et sa conscience professionnelle, Saint Luke's se contente de confirmer ses dates d'emploi[4]. En septembre 2002, Charles Cullen se voit donc offrir un poste à temps plein auprès des patients les plus vulnérables du centre médical de Somerset.

Charlie devient rapidement populaire à Somerset. Selon les infirmiers, le passage de relais entre l'équipe du matin et celle du soir peut prendre jusqu'à une heure. Mais le nouveau comprend vite, et il ne pose pas de questions. Ses collègues de la nuit l'apprécient encore plus : il arrive toujours en avance afin de préparer les poches de perfusion pour tout le service, et quand une alarme retentit, il est le premier à réagir.

Charlie partage souvent les gardes d'une grande et belle blonde, Amy Loughren[5], laquelle se qualifie elle-même d'« emmerdeuse » en raison de son franc-parler. Amy est le genre de personne qui projette une ombre dans laquelle il aime se réfugier. Il se fait d'abord discret, puis il entame ses travaux d'approche en glissant des commentaires ironiques sur la bureaucratie quand ils se croisent devant le Pyxis ou en levant ostensiblement les yeux au ciel pendant une réunion interminable. En fin de nuit, quand chacun a installé ses perfusions et s'est occupé de ses patients, il se confie à elle sur sa dépression, sa malchance et son passé de victime avec un humour qui la fait rire et une franchise qui réveille son instinct maternel. Au fil des semaines, leur sympathie mutuelle se transforme peu à peu en amitié.

De son enfance maltraitée, Amy Loughren a gardé un sentiment de révolte permanent contre cette chienne de vie ainsi que la conviction quasi mystique que l'univers lui doit une revanche. À 38 ans, son existence a été une succession d'épreuves et de coups de tête qui lui ont valu dix amants, deux filles, un diplôme d'infirmière et une Jaguar blanche en crédit-bail. Mais sa blondeur éclatante masque un vide indicible. Ses jours de congé sont ponctués de crises d'angoisse qui l'empêchent parfois de sortir de chez elle, et elle passe ses nuits à travailler ou à boire. Elle partage son temps entre sa maison, dans le nord de l'État de New York, et l'hôpital, dans le New Jersey. Ce cloisonnement la rassure, et elle ne ménage pas ses efforts pour le préserver. Elle ne se livre jamais complètement, que ce soit avec ses amants, ses filles ou la plupart de ses collègues. Il n'y a qu'avec Charlie qu'elle se sent pleinement en sécurité. Et lui aussi a besoin qu'elle le protège.

Amy a aimé Charlie dès le premier jour. Pas aimé « avec un grand A » – elle souffre de sa solitude, mais pas à ce point, et le nouveau paraît conscient de ses limites. Avec sa blondeur, son 1,80 mètre et ses formes généreuses, elle ne passe pas inaperçue, même en uniforme. Elle a l'habitude d'être importunée, mais Charlie ne représente pas une menace. Il se montre attentionné sans être collant, et s'il ne la regarde pas toujours dans les yeux quand il lui adresse la parole, il ne lorgne pas non plus son décolleté. Et il ne parle pas trop, du moins pas dans les premiers temps. Amy éprouve une attirance instinctive pour les gens silencieux. *Ce type a des secrets*, pense-t-elle. *Comme moi.*

Son nouveau collègue est aussi sérieux qu'elle, si ce n'est plus. Son efficacité et sa méticulosité frisent l'obsession. Quand il fait la toilette d'un patient, il ferme la porte de la chambre et baisse les stores pour être seul avec lui. Après l'avoir lavé, il l'enduit d'une telle quantité de lotion hydratante qu'il a l'air aussi gras qu'un beignet. Il se distingue également par un usage immodéré du Cerner, le logiciel qui gère les dossiers médicaux. Certes, l'aspect paperasse fait partie du métier, mais Charlie passe des heures à tapoter le clavier de l'ordinateur portable loin des regards. Amy lui a demandé un jour s'il était en train d'écrire un roman. Lui d'ordinaire si susceptible a pris la question pour ce qu'elle était : une taquinerie sans malice.

Comme beaucoup d'infirmières, Amy se considère comme une héroïne au service des plus fragiles. Avec sa silhouette voûtée, ses cheveux fins et gris, ses vestes en laine miteuses de vieux garçon, son nouveau collègue lui est immédiatement apparu comme une autre âme sensible en quête de protection. Les lavages rapides à la main ont défraîchi son uniforme et, derrière les verres graisseux de ses lunettes bon marché, son regard exprime une rage profondément enfouie. Amy n'a pas tardé à découvrir que Charlie Cullen était aussi une des personnes les plus drôles qu'elle ait jamais rencontrées. À 4 heures du matin, il est capable de la faire rire aux éclats avec des anecdotes qui l'amènent à relativiser ses propres malheurs. Elle peut toujours compter sur lui pour lui délivrer la dose d'humour et de potins qui aident à supporter la souffrance et le chagrin inhérents à leur profession. Plusieurs de ses histoires ont pour sujet la marine et son règlement absurde : il lui a raconté comment on l'a chargé de veiller sur des missiles nucléaires avec une matraque pour seule arme et les humiliations qu'il a subies pour avoir refusé de pisser dans un gobelet devant un autre type. Mais la plupart concernent sa petite amie, Cathy, et ses efforts sporadiques pour le mettre à la porte. Soir après soir, il la régale avec de nouveaux épisodes du « Charlie & Cathy Show ». En retour, elle se confie peu à peu à lui.

Dès qu'il a expédié ses patients, Charlie va de chambre en chambre jusqu'à ce qu'il trouve Amy. Contrairement à lui, celle-ci est toujours en retard sur son planning. Elle admire l'efficacité de son collègue, fruit de son expérience dans neuf hôpitaux différents. Très vite, elle prend l'habitude de se reposer sur lui. Ses conditions de travail à Somerset sont les meilleures qu'elle ait connues en presque quinze années d'exercice. Pas question pour elle de renoncer à la prime de 20 000 dollars pour un engagement de sept mois minimum ni à l'indemnité de logement de 1 700 dollars mensuels, dût-elle mourir à la tâche.

Une nuit d'octobre, Charlie la trouve adossée au mur blanc et froid du bureau. Il l'accompagne jusqu'à une chambre vide en la soutenant et ferme la porte pendant qu'elle reprend son souffle, assise sur le lit. Elle lui raconte ensuite une histoire qui ne manque pas d'ironie, du moins pour deux infirmiers adeptes de l'humour noir : alors qu'elle travaille dans une des meilleures unités cardiologiques du pays, sans que personne n'en sache rien, son cœur est en train de lâcher.

Amy s'est autodiagnostiqué une fibrillation atriale persistante, un trouble qui explique au moins en partie ses crises de panique à répétition. Si elle attribue son état à un virus, transmis peut-être par un patient, elle se demande parfois s'il ne résulte pas d'un mal plus profond : un virus émotionnel, hérité des monstres qui ont peuplé son enfance. Les secrets logés dans sa mémoire tels des éclats d'obus la tuent aussi sûrement que son insuffisance cardiaque.

Charlie l'écoute sans un mot, puis sort. Il revient une minute plus tard et lui tend un comprimé vert de Diltiazem qu'elle avale aussitôt. Elle tente ensuite de se lever en s'accrochant à un pied à perfusion – il est à peine 2 heures, et elle a encore du travail –, mais Charlie la retient.

— Reste ici et repose-toi, lui dit-il. Ordre du docteur ! Je me charge de tes patients.

— Charlie…

— Ne t'inquiète pas. Je sais garder un secret.

Charlie ne connaît pas le nombre exact de ses victimes à Somerset. Tout ce qu'il se rappelle, c'est qu'il a recommencé à tuer à l'époque où Amy a été conduite aux urgences, et qu'une fois lancé, il n'a pas pu s'arrêter.

La cardiomyopathie d'Amy passe inaperçue jusqu'au jour où, en février, elle s'écroule en plein travail. On va lui poser un pacemaker et elle devra prendre un congé.

Privé de ses attentions, Charlie va de nouveau céder à ses pulsions.

Seuls les plus âgés ou les plus fragiles semblent avoir laissé une trace dans sa mémoire, telle Elanor Stoecker, 60 ans, décédée d'une surdose de digoxine à la mi-janvier[6]. Cinq semaines plus tard, le jour de son quarante-troisième anniversaire, Charlie mélange du Pavulon, une drogue paralysante très puissante, à d'autres médicaments. Il ne saurait dire combien de personnes sont mortes à cause de lui cette nuit-là, ni ce qui a tué Joyce Mangini et Giacomino Toto. En revanche, il est presque certain que John Shanagher a succombé à une surdose de noradrénaline, le 11 mars. En mai, son aptitude quasi miraculeuse à deviner quel produit ferait repartir le cœur de Dorthea Hoagland suscitera une fois de plus l'émerveillement de ses collègues. Les internes eux-mêmes le laisseront prendre les rênes. Chaque patient réagit aux drogues d'une manière unique en fonction de son tableau clinique. Charlie est très occupé ce printemps-là, mais les noms et les dates l'intéressent moins que les causes et les effets.

Michael Strenko est un des plus jeunes malades de l'unité. Depuis son hospitalisation, son état n'a cessé de s'améliorer. Ses parents le croient en voie de guérison, mais l'étudiant en informatique de 21 ans est atteint d'une affection auto-immune génétique nécessitant des soins lourds. À son retour de congé, Amy se montre pessimiste quant à ses chances de survie. Charlie veillera à ce que sa prédiction se réalise.

Le coup de grâce viendra-t-il de la digoxine, de la noradrénaline ou d'un cocktail d'autres substances ? L'existence des grands malades ne tient qu'à un fil, tellement ténu qu'il suffit d'un rien pour le briser. À l'instant fatidique, nul ne s'interroge sur les causes pour se concentrer sur les effets. Cette nuit-là, après avoir relancé deux fois le cœur de Michael, Charlie se dirige vers la salle où attendent les parents du jeune homme et leur brosse un tableau cru et technique de ce qui se passe dans le corps de leur fils. « Pas sûr qu'il s'en sorte », précise-t-il. Le couple, bouleversé, exige alors qu'il quitte la pièce. Mais quand Mme Strenko demandera aux infirmiers de cesser leurs efforts, le 15 mai, à 2 heures du matin, la ligne plate sur l'écran de l'ECG lui donnera raison.

C'est plus fort qu'elle, mais il faut toujours qu'Amy conteste. Pas pour le plaisir de râler, mais parce qu'elle n'est pas un mouton. Une grande gueule, oui, mais un mouton, non ! L'histoire a fait le tour de l'hôpital : Amy, l'infirmière des soins intensifs qui refuse de se plier au nouveau protocole.

Jusqu'ici, l'insuline était en accès libre dans un petit réfrigérateur. Mais Dieu sait pourquoi, la direction exige maintenant des infirmières qu'elles estiment la quantité de produit restant dans une ampoule entamée et apposent leur signature électronique sur le formulaire correspondant. Amy trouve ça débile. Elle ne va pas risquer sa place et sa réputation sur une évaluation au pifomètre ! Et à quoi bon ces précautions ? L'insuline n'est pas un narcotique !

Comme sa superviseuse, Val, ignore ses questions, Amy refuse de coopérer. Val insiste. Amy persiste.

Val se met alors en colère. Amy ne comprend pas sa réaction : pourquoi s'énerve-t-elle pour un stupide protocole ? Il n'y a pas mort d'homme…

Val hurle presque :

— Contente-toi de signer ce foutu formulaire ! Qu'est-ce que ça peut te faire ? Ce n'est pas toi qui es en cause.

Qu'est-ce que ça veut dire ? Si Amy n'est pas en cause, alors qui ?

Amy n'a pas encore fait le lien entre le nouveau protocole et la soudaine augmentation des arrêts cardiaques au sein de l'unité. Tout ce qu'elle constate, c'est qu'elle n'a jamais glissé autant de corps dans des housses. Elle a vu plus de morts au cours des six derniers mois que durant toute sa carrière. Toutefois, elle ne s'interroge pas sur la raison de ces multiples décès, soupçonne encore moins Charlie d'en être responsable. Son collègue est un excellent infirmier, un des meilleurs qu'elle ait jamais connus, et c'est toujours avec joie qu'elle lit son nom à côté du sien sur le tableau de service. Les médecins lui ont dit d'« y aller mollo », mais elle a tant de travail qu'elle doit parfois choisir entre sa santé et celle de ses patients. Dans ces moments-là, Charlie est son joker. Il trouve toujours du temps pour la soulager.

Le 14 juin 2003, Charlie arrive à Somerset avec une demi-heure d'avance. Il consulte plusieurs dossiers sur son terminal Cerner et arrête son choix sur « l'Asiatique[7] ». Mme Jin Kyung Han souffre d'un lymphome hodgkinien et de problèmes cardiaques. Son cardiologue, le Dr Zarar Shaleen, l'a mise sous digoxine à faible dose. La prochaine injection était prévue le 13, mais en étudiant son électrocardiogramme, le médecin s'est aperçu que la digoxine, loin d'améliorer son arythmie, risquait de la tuer. Il a alors supprimé la prescription.

Le passage de relais entre les équipes de jour et de nuit a lieu à 19 heures. Sitôt le briefing terminé, Charlie se dirige vers le Pyxis et passe une commande pour deux doses de digoxine, qu'il annule aussitôt. Le tiroir s'ouvre néanmoins. Pas plus compliqué que ça ! Le nouveau protocole de sécurité est complètement à côté de la plaque.

Charlie trouve Mme Han endormie dans sa chambre. Sans perdre une minute, il injecte la digoxine dans le tube qui relie la poche de perfusion à sa veine. Les deux ampoules représentent huit fois la dose maximale que la patiente a jamais reçue[8]. Puis il jette l'aiguille dans le collecteur à aiguilles et quitte la pièce. Le temps que la drogue agisse, il aura achevé son service. Il passe les deux journées suivantes dans une attente fébrile qui lui brouille les idées. Mais lorsqu'il reprend le travail, dans la soirée du 16, Mme Han vit encore.

Charlie consulte immédiatement son dossier. La veille, le rythme cardiaque de la patiente a ralenti de manière spectaculaire. Une analyse a révélé un niveau de digoxine anormal dans son sang. Le cardiologue lui a aussitôt administré un antidote. Si elle est toujours fragile, son état s'est stabilisé, et elle a survécu.

Amy attendait le retour de Charlie avec impatience. Elle apprécie tout particulièrement son aide lors des soins post mortem. Il y fait preuve du même sérieux et de la même efficacité qu'à son habitude et, contrairement à d'autres, il s'abstient de bavarder pendant qu'il retire les aiguilles, décroche les tubes à perfusion et lave le mort. Le mot « linceul » a toujours eu pour Amy une connotation solennelle, presque sacrée. S'il lui évoque un drap tissé à la main et empesé, à Somerset il prend la forme d'une feuille de plastique aussi fragile que du film alimentaire. La première difficulté consiste à en glisser plusieurs sous le corps sans les froisser ni les déchirer. Il faut ensuite les replier en veillant à ce qu'elles recouvrent entièrement le défunt. Amy a beau s'appliquer, celui-ci se retrouve généralement le ventre à l'air. Si elle tire d'un côté, les pieds dépassent ; si elle tire de l'autre, c'est la tête. Elle finit par rafistoler le tout avec des bouts de ruban adhésif, telle une gosse qui emballe vite fait un cadeau d'anniversaire. Ou, mieux, elle appelle Charlie à la rescousse.

En deux temps trois mouvements, il replie proprement les feuilles de manière à envelopper le mort dans un cocon en polymère bien net. Amy admire son coup de main.

— C'est juste une question d'habitude, lui répond-il quand elle le complimente.

Le révérend Florian Gall est arrivé au service des soins intensifs de Somerset en ambulance, neuf mois presque jour pour jour après Charlie. Il présentait les symptômes – température élevée, ganglions lymphatiques gonflés et durs comme des pierres – d'une grave infection bactérienne, probablement une pneumonie. Ses poumons engorgés ne parvenaient plus à oxygéner son cœur et son cerveau. Pour lui permettre de respirer, on a inséré dans sa trachée un tube en plastique relié à un soufflet et à un ventilateur. Comme ses reins menacent également de le lâcher, une autre machine filtre son sang dans l'attente d'une hypothétique guérison[9].

Sa sœur vient le voir tous les jours. Lucille Gall a exercé comme infirmière cadre dans un hôpital de la région, ce qui lui vaut le privilège de prolonger ses visites au-delà de l'heure réglementaire. Elle a un avis bien arrêté sur le traitement de son frère. Par exemple, compte tenu de l'état de son foie, elle ne trouve pas que ce soit une bonne idée de lui administrer du paracétamol. Charlie et elle ont eu une discussion un peu vive à ce sujet. Elle l'exaspère au point que, lorsqu'il pense au pasteur, ce n'est pas son visage qui lui apparaît, mais celui de sa sœur.

Le vrai problème du révérend Gall, c'est son arythmie. L'interne de garde lui a prescrit de la digoxine pour ralentir les mouvements de son cœur et faciliter ainsi l'oxygénation et la circulation de son sang.

Il est resté entre la vie et la mort pendant toute la première semaine. Sa famille a refusé l'acharnement thérapeutique afin de préserver la dignité de ses derniers instants s'il devait rejoindre prématurément son Créateur. Mais son rythme cardiaque s'est stabilisé. Sur la suggestion des médecins, sa sœur est revenue sur ses directives de non-réanimation et s'est reprise à espérer. Si son état persiste à s'améliorer, il pourra bientôt quitter l'hôpital.

Charlie l'observe nuit après nuit. Avec son crâne qui brille à la lumière des écrans, la blouse jetable qui remplace ses vêtements sacerdotaux, il ne ressemble en rien aux hommes d'Église qu'il a connus dans son enfance. Pour un représentant de Dieu sur Terre, il a l'air très ordinaire, et malade. Charlie ne donne pas cher de ses chances de survie, un pronostic fondé sur une étude minutieuse de son dossier.

À la surprise générale, le cœur du révérend Florian Gall s'arrête le samedi 28 juin à 9 h 32. L'équipe soignante met tout en œuvre pour le ranimer, sans succès. À 10 h 10, il est déclaré mort. Une analyse révèle un taux de digoxine astronomique dans son sang. Somerset a un sérieux problème. Gall n'est pas mort de causes naturelles, et il n'est pas le premier. La direction lui a attribué un nom de code : « Patient 4 ». Elle entend régler l'affaire le plus rapidement possible, en interne[10]. Une aide-pharmacienne, Nancy Doherty, est chargée de contacter le Centre antipoison du New Jersey afin de déterminer quelle dose de digoxine on a injectée à Gall pour parvenir à un tel taux.

25

7 juillet 2003

La musique d'attente est un air de jazz enjoué et réconfortant. Le message vocal répète en boucle : « Un spécialiste va vous répondre, merci de patienter. Un spé… »

— Centre antipoison du New Jersey, que puis-je pour vous ?

— Hum, bonjour. Ici Nancy Doherty, pharmacienne au centre médical de Somerset. Nous enquêtons sur une… intoxication à la digoxine dont a été victime un de nos malades. Je souhaiterais en discuter avec quelqu'un de chez vous.

— Je vois. Quand l'incident a-t-il eu lieu ?

— En fait, à l'heure qu'il est, le malade est…

Décédé. Nancy se tait, puis elle répond :

— C'est arrivé le 28 juin[1].

Le Dr Bruce Ruck[2], du Centre antipoison du New Jersey, rappelle Somerset dix minutes plus tard. Le standard le met en attente. Il patiente pendant qu'une voix féminine au ton très professionnel affirme sur un air de

Vivaldi : « Au centre médical de Somerset, votre sécurité est notre priorité… »

— Nancy Doherty, j'écoute ?

— Bonjour, ici Bruce Ruck.

Bruce et Nancy partagent plus que l'accent du New Jersey : ils ont suivi à peu près le même parcours de formation. Il sait pertinemment que la jeune femme n'est qu'une messagère, chargée par ses employeurs de gérer un grave problème interne.

— Bonjour.

Nancy soupire avant d'enchaîner :

— La situation est un peu… compliquée.

Elle explique à Bruce qu'une patiente de l'établissement a fait un arrêt cardiaque trois semaines plus tôt, le 16 juin. Une analyse sanguine a révélé un taux excessif de digoxine.

— Puis le 28, dans le même service, nous avons eu un autre cas d'intoxication à la digoxine…

Bruce l'interrompt :

— Une seconde ! Deux malades empoisonnés par la même substance, à deux dates différentes, dans le même service ?

— Oui.

Ruck interroge alors la pharmacienne sur la première patiente, Mme Han. Affichait-elle déjà un taux de digoxine supérieur à la normale à son entrée ?

— Non.

— Aïe ! Rappelez-moi le nom de votre établissement ?

— Le centre médical de Somerset. J'ai l'impression de faire œuvre de détective…

— Ce que vous racontez est très inquiétant.

— Oui, hein ?

Nancy paraît soulagée qu'un confrère partage ses craintes. Elle met Ruck en attente pour reprendre la conversation dans son bureau, à l'abri des oreilles indiscrètes. Elle lui énumère alors les taux de digoxine relevés dans le sang du révérend Gall, le « Patient 4 » : 1,2 le 20 juin ; 1,08 le 22 ; 1,59, puis 1,33, et enfin 9,61 le 28 à l'aube.

— Lui en avait-on injecté dans les heures précédant le pic ?

— Non. Ça faisait plus de vingt-quatre heures que le médecin la lui avait supprimée.

— Ma première hypothèse est celle d'une erreur du labo…

— Ils m'ont assuré qu'ils avaient procédé à une contre-analyse.

— Hum… Franchement, je ne vois pas comment il aurait pu monter à plus de 9…

— Le patient a fait un arrêt cardiaque. Il est mort, vous comprenez ?

Ruck reste silencieux.

— OK, dit-il enfin. Laissez-moi digérer l'info.

— Désolée.

— C'est bon. De mon point de vue, son taux de digoxine n'a pas pu augmenter aussi vite ni dans de telles proportions sans apport extérieur. On est d'accord ?

— Oui.

L'explication est aussi simple et aussi terrifiante que ça.

— Toutefois, avant de rendre un avis définitif, je souhaiterais consulter un collègue.

— Bien sûr. Une dernière chose…

— Oui ?

— Ça restera entre nous ?

— Promis.

— Avant ça, il y a eu deux autres cas.

Nancy Doherty fait les cent pas dans la pharmacie en attendant que Bruce la rappelle. Enfin, le téléphone sonne. Elle décroche et murmure :

— Ne quittez pas ! Je vous reprends dans mon bureau.

Puis elle bascule la ligne vers un message préenregistré : « Notre nouveau système entièrement informatisé est garanti pour réduire les risques d'erreur de médication… »

Nancy ferme la porte et presse la touche clignotante « En attente ».

— Merci d'avoir patienté ! dit-elle d'une voix essoufflée.

— Nancy, je n'irai pas par quatre chemins. Vous êtes face à un vrai… dilemme.

— Un dilemme… On peut le dire, oui.

— J'ai utilisé différents modes de calcul.

— Et… ?

— Pour obtenir un taux de digoxine aussi élevé, il faut une dose comprise entre 2 et 4 milligrammes.

— Entre 2 et 4, répète Nancy en prenant des notes.

— C'est ça. Le problème, c'est que le corps humain ne fabrique pas de digoxine.

— En effet.

— Quelqu'un l'a donc administrée au patient.

Nancy était déjà arrivée à cette conclusion, et elle n'est pas la seule. Elle a eu une conversation à ce sujet avec Mary Lund, la gestionnaire des risques, et avec le Dr William K. Cors, le directeur des services médicaux de l'hôpital. Mais pour remonter jusqu'au responsable, ils doivent déterminer à quelle heure le révérend Gall a reçu la dose mortelle.

— Je ne sais pas si c'est possible, reprend-elle, mais il nous faudrait un schéma avec une courbe. Vous voyez ce que je veux dire ?

— Il y a autre chose qui m'inquiète, poursuit Bruce. Les deux hypoglycémies dont vous m'avez parlé.

Marty Kelly, l'infirmier praticien qui a alerté Lund, et Nancy ont paniqué en découvrant les résultats des analyses : les deux patients présentaient des taux anormaux d'insuline ET de digoxine. Nancy espérait que le Centre antipoison se bornerait à résoudre le problème d'arithmétique qu'elle lui soumettait, comme un service d'assistance téléphonique.

— Il n'est pas question de ça pour le moment, dit-elle. Ces deux patients ne sont pas... Vous me comprenez.

— Nancy, vous ne parlez pas sérieusement ! Vous devez avertir la police.

Comme le silence se prolonge, Bruce insiste :

— Vous m'entendez, Nancy ? Cette affaire est du ressort de la police, et c'est à vous de les alerter.

— D'accord.

— Si ces deux malades présentaient un niveau élevé d'insuline, mais pas de peptide C, vous savez ce que ça veut dire ?

Nancy le sait très bien. C'est de la chimie, pas de la magie. Un taux bas de peptide C implique que l'insuline n'est pas d'origine humaine, mais a été fabriquée en laboratoire. Et si les patients ne l'ont pas sécrétée eux-mêmes, alors quelqu'un la leur a injectée dans l'intention de les tuer.

— Vous avez un gros problème, insiste Bruce. Ce n'est pas à moi de vous dire ce que vous devez faire...

— J'entends bien.

— Vous avez certainement de bonnes raisons d'agir ainsi...

— En effet.

— Mais si vous tardez à signaler ces incidents, le jour où l'affaire éclatera, tout le monde vous traînera dans la boue.

Nancy soupire.

— Ma direction ignore que je vous ai parlé des hypoglycémies, finit-elle par avouer.

— Vous avez bien fait.

— Si vous le dites…

— Croyez-moi.

Ruck propose ensuite de venir à Somerset afin d'étudier les dossiers des patients. Nancy l'en dissuade : elle doit d'abord faire un rapport à ses supérieurs. Parce qu'elle en a trop dit, la situation risque de leur échapper. Il lui incombe maintenant de la rattraper.

Bruce Ruck lui donne son numéro direct. Elle promet de le rappeler dès que possible.

À peine Ruck a-t-il raccroché qu'il se précipite dans le bureau de son patron, le Dr Steven Marcus. Celui-ci l'interrompt en plein exposé. Les données sont éloquentes : quelqu'un à Somerset « expédie » des patients. Et plus la direction tardera à réagir, plus il y aura de victimes.

Le lendemain, Ruck et Marcus attendent toujours un coup de fil de Nancy. Pour finir, Ruck prend l'initiative d'appeler Somerset. Après avoir donné son nom à la standardiste, il est mis en relation avec la pharmacie. C'est un homme qui décroche : Stuart Vigdor, pharmacien-chef et supérieur direct de Nancy. Bruce adopte un ton cordial.

— Je venais juste aux nouvelles, dit-il. Qu'est-ce que vous avez décidé ?

— L'administration a repris les choses en main, répond Vigdor d'une voix crispée.

— C'est…

— Nos avocats sont sur le coup. On m'a demandé de ne divulguer aucune information tant que l'enquête interne…

— Je vois. Je vais devoir en aviser mon directeur. La suite le concerne, mais vous le placez dans une situation délicate.

Comme Vigdor garde le silence, Ruck revient à la charge :

— Donc, vous ignorez si votre hiérarchie a alerté les autorités.

— Je ne peux rien dire pour le moment.

La discussion ne mène nulle part. Vigdor est conscient qu'en cas de problème c'est sa tête, et non celle de Nancy, qui tombera[3].

— J'ai pour instruction de diriger tous les appels vers la gestionnaire des risques, Mary Lund, précise-t-il. Vous lui avez parlé, il me semble ?

— En effet, répond Ruck.

Il ment, mais tout ce qui compte, c'est d'empêcher Vigdor de refermer complètement la porte.

— D'ailleurs, ajoute-t-il, j'aurais besoin de la joindre à nouveau. Pourriez-vous me donner son numéro direct ?

— Pas de souci !

Vigdor paraît soulagé.

— Je comprends parfaitement vos supérieurs, affirme Ruck d'un ton complice. Ils ont raison de se montrer prudents.

— C'est vrai, acquiesce Vigdor. Parce qu'on n'est pas certains que ces patients ont été… L'enquête n'a pas livré ses conclusions, achève-t-il maladroitement.

— Tout à fait.

— On ignore encore s'il y a eu volonté de nuire ou si…

— Absolument. Mais la responsabilité de l'enquête…

— C'est nous qui la menons, affirme Vigdor, avant de rétropédaler : enfin, notre direction. Je peux vous assurer qu'elle met tout en œuvre pour résoudre cette affaire.

— Je n'en doute pas. Maintenant, vous voulez bien me donner le numéro de Mme Lund ?

Bruce entend un bruit de papiers que l'on déplace, puis plus rien. Quelques minutes plus tard, Vigdor est de retour au bout du fil. Il a réfléchi et il tient à ce que son interlocuteur sache que les surdosages constatés ne sont pas dus à une erreur de la pharmacie. Sans doute redoute-t-il de se retrouver entre deux feux, à l'instar de Nancy. C'est aux administrateurs de l'hôpital, pas à lui, de faire le boulot.

— Mais à titre personnel, vous estimez qu'ils devraient alerter les autorités ?

— Eh bien… Oui.

Ruck se reproche d'avoir mal jugé Vigdor. Il n'a pas mauvais fond ; il est jeune, probablement ambitieux, et il a peur pour sa place.

— Ça restera entre nous, dit-il d'un ton apaisant.

— Si vous voulez mon avis, ils ont l'impression que vous cherchez à leur forcer la main…

— Je vois.

— En plus, vous êtes censés être neutres. On doit pouvoir vous joindre sans craindre les conséquences.

— Je comprends. Mais en matière de surveillance toxicologique, nous avons l'obligation de rapporter les cas suspects.

— Je sais bien…

— Ça risque de créer un point de friction.

— C'est vrai aussi, mais…

— Comment puis-je joindre Mme Lund ?

Vigdor lui dicte le numéro, visiblement soulagé, avant de préciser :

— Mary Lund est la responsable des ris… de la qualité des soins. Je crois que vous vous êtes entretenu avec elle hier ?

— C'est ça.

— Ainsi qu'avec Bill Cors ?

— Exact.

— Mes supérieurs m'ont dit qu'ils allaient faire venir des spécialistes.

Ruck sourit : en tant qu'expert en toxicologie, il est qualifié pour mener cette enquête. Mais, à l'évidence, on ne souhaite pas sa présence à Somerset.

— Pas de souci !

— Je vous en ai probablement dit plus que je n'aurais dû…

— Ne vous inquiétez pas de ça, Stu. Cette conversation est strictement confidentielle.

— Vraiment ?

— Motus et bouche cousue !

Ce que Bruce Ruck se garde de mentionner, c'est qu'il a enregistré la totalité de leur échange.

26

8 juillet 2003

Une téléconférence entre les administrateurs de Somerset et le Centre antipoison du New Jersey est programmée à 9 heures[1]. Mary Lund garde un souvenir cuisant de sa première conversation avec le Dr Steven Marcus, et elle n'est pas fâchée que ses supérieurs essuient à leur tour les foudres de l'éminent toxicologue.

La voix de Marcus gronde :

— Vous vous rendez compte de la situation dans laquelle vous nous mettez ? Si un de vos employés attente *délibérément* à la vie des malades, la loi nous oblige à le signaler !

— Euh, c'est-à-dire…, bredouille Cors.

— C'est du ressort de la police scientifique, bon sang ! poursuit Marcus, de plus en plus énervé. Je n'ai pas l'intention de payer les pots cassés, comme à Long Island. Ou comme dans le Michigan, il y a cinq ou dix ans, quand un dingue s'amusait à expédier *ad patres* les patients d'un hôpital.

L'assemblée paraît tétanisée. Lund finit par rompre le silence :

— Docteur Marcus, nous comprenons parfaitement votre inquiétude. Comme je vous l'ai dit hier, nous butons sur les mêmes problèmes et nous cherchons des solutions appropriées.

Ruck intervient :

— Il y a également les deux glycémies anormales.

— Hum ! En effet. Vous en avez discuté avec Nancy, je crois ?

Ruck a promis à la jeune pharmacienne de ne pas l'impliquer. Il détourne alors la conversation en posant à Lund une question dont il connaît déjà la réponse :

— Avez-vous pensé à vérifier les niveaux d'insuline et de peptide C chez ces deux patients ?

Un nouveau silence gêné s'installe.

— Oui, marmonnent enfin Cors et Lund.

— Et... ?

— Eh bien, reprend Cors, dans un cas au moins – je ne me rappelle plus lequel, je n'ai pas les dossiers sous les yeux –, l'endocrinologue ne pouvait expliquer le taux d'insuline autrement que par... un apport exogène.

— Et voilà ! s'exclame Marcus. Vous voyez le problème ? Tout indique que ces surdosages ont une origine commune !

— C'est aussi notre avis. Ça nous place devant un dilemme : soit nous déchaînons le chaos sur cette institution, soit nous mettons nos patients en danger. Croyez-moi, nous y réfléchissons.

Marcus et Ruck se taisent, attendant que Cors leur livre le fruit de ses réflexions.

— Plutôt que d'agir dans la précipitation, ajoute-t-il, nous avons d'abord cherché à établir précisément les faits. C'est pourquoi nous avons fait appel à votre expertise. Si nous vous avons mis dans une situation inconfortable, sachez que je le regrette.

— Le problème, réplique Marcus, c'est que dans toutes les affaires du même genre, les structures concernées ont tardé à alerter les autorités. Un praticien hospitalier, aussi expérimenté soit-il, n'a pas les compétences pour mener une enquête médico-légale.

— À qui faut-il s'adresser pour ça ?

— C'est du ressort de la police, répète Ruck, pour la dixième fois au moins au cours des quarante-huit dernières heures.

— Oh ! dit Cors. Je vois.

— Je vais être franc avec vous, reprend Marcus. Si vous ne prévenez pas les autorités et qu'un nouveau décès survient…

— Je vous rassure : la sécurité des patients est notre priorité.

— La mienne aussi, cela va de soi. Ce que je voulais dire, c'est que le jour où l'affaire éclatera, les uns comme les autres, nous passerons pour des imbéciles doublés d'incompétents.

Cors s'éclaircit la voix.

— Je propose que nous mettions un terme à cette discussion. Nous devons consulter nos avocats avant de prendre une décision.

— À votre guise, soupire Marcus. Vous savez, en plus de vingt ans de carrière, j'ai collaboré à plusieurs enquêtes judiciaires sur des situations comparables. Si j'ai un conseil à vous donner, c'est de ne pas perdre trop de temps.

Dans toutes les affaires auxquelles il fait allusion, les médecins ont commencé par traiter l'épidémie de décès comme une maladie à étudier, et les administrateurs, comme autant de procès potentiels. Ils ont traîné les pieds avant de sonner l'alerte, et pendant qu'ils tergiversaient, leurs patients tombaient comme des mouches. Le même schéma est en train de se répéter à Somerset.

— Je veux l'assurance que vous allez avertir les autorités, poursuit Marcus. Si elles décident de ne rien faire, ce sera leur problème.

— Je comprends, dit Cors d'une voix lasse.

— Nous entendons vos arguments, ajoute Lund.

— N'oubliez pas le département de la Santé ! glisse Ruck.

— En effet, acquiesce son directeur. C'est bel et bien un événement sentinelle[2].

Marcus connaît le pouvoir de ces mots sur un conseil d'administration : la loi oblige un hôpital à signaler tout incident qui porte une atteinte grave à la sécurité de ses patients.

— C'est noté, dit Lund, à l'évidence pressée de raccrocher.

— Merci de votre contribution, ajoute Cors. Nous vous recontacterons dès que… D'une manière ou d'une autre, vous aurez bientôt de nos nouvelles.

— Espérons qu'il s'agit juste d'une erreur, dit Ruck, histoire d'alléger l'atmosphère.

— C'est sûr ! soupire Cors. Je dormirais mieux la nuit si un de nos employés venait me trouver et me disait : « Désolé, mais j'ai merdé. »

— Quatre cas suspects, c'est beaucoup pour une simple erreur, fait observer Marcus.

Bruce craint de dépasser les bornes, surtout après la bombe que Marcus a lâchée durant la téléconférence, mais il s'inquiète pour Nancy. Il appelle alors la pharmacie de Somerset, prêt à inventer une excuse s'il tombe sur Vigdor. On décroche à la seconde sonnerie.

— Pourrais-je parler à Nancy ? demande-t-il sans décliner son nom.

— Je vous la passe.

Son interlocutrice éloigne le combiné et murmure :

— C'est pour toi !

Nancy prend l'appareil.

— Nancy Doherty, que puis-je pour vous ?

— C'est moi, Bruce.

— Oh ! Bonjour, répond un peu trop vivement la jeune femme.

— Je sais que vous n'avez pas le droit d'évoquer l'affaire…

— En effet.

— Je voulais juste vous mettre en garde : vos employeurs vont chercher à vous causer des ennuis.

— D'accord.

— J'en ai discuté avec mon directeur. On vous soutient à 500 %.

— Merci.

— Ils vous en font voir ?

— Disons que l'ambiance est un peu… tendue.

— Je vois.

— Très tendue, même.

— OK. Mais, Nancy…

— Oui ?

— Vous n'avez rien à vous reprocher.

— Je sais.

La jeune femme semble au bord des larmes.

— Alors, si jamais on vous menace de sanctions…

— Oui ?

— On ne vous laissera pas tomber. Je dirai que vous m'avez juste contacté pour obtenir des renseignements. Ce n'est pas à vous de porter le chapeau.

Nancy pousse un soupir de gratitude.

— Vous ne savez pas à quel point c'est important pour moi d'entendre ça !

Quelques jours plus tard, lors d'une nouvelle téléconférence, Marcus rappelle aux administrateurs de Somerset qu'ils ont largement dépassé le délai légal pour déclarer les incidents suspects. Ses interlocuteurs campent sur leurs positions : pas question d'avertir la police ou le département de la Santé et des personnes âgées de l'État, le DOH, avant d'avoir bouclé leur enquête.

Cette seconde conversation diffère de la première sur deux points essentiels. En premier lieu, le Dr Marcus se dit « extrêmement préoccupé » et « mécontent ». Plus tard, Cors le dépeindra comme « grossier, agressif et insultant envers les employés » de Somerset. Le directeur du Centre antipoison est furieux et il ne mâche pas ses mots. Il leur accorde vingt-quatre heures pour se soumettre à la loi. S'ils s'obstinent à ne rien faire, il alertera lui-même le DOH, et, ajoute-t-il, « ce sera pire si c'est moi qui m'en charge ».

En réalité, Marcus n'a pas attendu pour mettre sa menace à exécution. Quelques heures plus tôt, il a appelé le Dr Eddy Bresnitz, épidémiologiste de l'État et sous-commissaire du DOH, et lui a appris l'existence à Somerset d'un « foyer de maladies imputables à des actes criminels ». Il a ensuite adressé un mail à Amie Thornton, sous-commissaire du département de la Santé, dénonçant la survenue « de quatre événements cliniques suspects au centre médical de Somerset et le refus de la direction de les signaler avant d'avoir mené sa propre enquête[3]. » L'autre différence, c'est qu'au bout de vingt minutes de téléconférence Marcus annonce aux administrateurs de Somerset qu'il a enregistré tous leurs échanges.

Quelques heures plus tard[4], Mary Lund contacte le département de la Santé afin de déclarer les quatre incidents[5] et de détailler les démarches entreprises par l'établissement. Ils se sont assurés que les lots de digoxine et d'insuline impliqués ne faisaient pas l'objet d'un rappel du fabricant et ont écarté la piste d'une éventuelle interaction avec d'autres médicaments. Ils ont vérifié que le matériel de perfusion et les appareils de contrôle fonctionnaient correctement. Ils ont durci le protocole pour la délivrance de digoxine.

L'hypothèse la plus probable est celle d'une erreur – aucun hôpital n'est à l'abri de ce genre d'incidents thérapeutiques. Mais, jusqu'ici, les données des deux principaux systèmes informatiques de Somerset, le Pyxis MedStation 2000 et le Cerner, n'ont pas permis d'étayer cette théorie.

L'autre possibilité est moins commune et beaucoup plus inquiétante. « Nous procédons actuellement à une évaluation des facteurs de ressources humaines », indique Lund dans son rapport du 10 juillet, adressé au DOH par mail et par fax. « Des enquêteurs indépendants ont entrepris d'interroger les membres du personnel impliqués[6]. »

Le 14 juillet, Mary Lund accueille Raymond J. Fleming, un avocat de West Orange, au centre médical de Somerset. Après l'avoir mis au courant de l'affaire, elle l'installe dans une salle de réunion puis envoie chercher Charles Cullen.

En entrant dans la pièce, Charlie remarque immédiatement que le visiteur porte l'association costume sombre/cravate de couleurs vives qui distingue l'avocat du croque-mort. Il devine que sa présence est liée aux récents décès dans le service. Il a déjà vécu plusieurs fois cette situation ; il est prêt à répondre aux questions.

Ray Fleming paraît bien renseigné à son sujet[7]. Il sait qu'il travaille à Somerset depuis moins d'un an, et qu'auparavant il a exercé dans plusieurs autres hôpitaux. Charlie en déduit qu'il a lu son dossier de candidature. Peut-être sait-il aussi qu'il a menti sur les dates dans son CV.

Il ignore si c'est important ou pas. Jusqu'à présent, ces petites entorses à la vérité ne lui ont jamais causé d'ennuis.

Fleming connaît également les circonstances du décès du révérend Gall. Apparemment, c'est la vraie raison de cet entretien. Il sait par exemple que Charlie a consulté le dossier de Gall à plusieurs reprises. Il est au courant des pathologies du pasteur, du rétablissement qui a suivi son hospitalisation et de la brusque hausse du taux de digoxine dans son sang qui a précédé sa mort. Il sait enfin que Charlie s'est occupé de lui pendant trois nuits, du 15 au 17 juin.

Le premier soir, Charlie a demandé au Pyxis de lui délivrer une dose de digoxine pour Gall, avant d'annuler la commande.

S'il s'était trompé de code ou de touche, une nouvelle requête aurait suivi immédiatement. Or, ce n'est pas le cas. Charlie semble avoir pris son temps pour entrer son nom, celui du patient, et indiquer le produit souhaité avant de confirmer. Ce n'est qu'après l'ouverture du tiroir qu'il a annulé la transaction. Le même enchaînement s'est répété plusieurs fois durant la nuit.

Autre fait troublant : la pharmacie a constaté la disparition de plusieurs ampoules de digoxine au cours du mois de juin. Fleming ne profère ni menaces ni accusations ; il ne pousse pas non plus Charlie à démissionner. L'interrogatoire prend une tournure encore plus étrange quand il demande :

— Vous êtes conscient que, lorsque vous annulez une commande, celle-ci apparaît toujours dans l'historique du Pyxis ?

— Oui, répond Charlie.

S'il l'ignorait auparavant, ce n'est plus le cas.

27

Charlie est quasi certain que seule la digoxine les intéresse. Comme si c'était elle, le problème ! La veille de son interrogatoire avec Fleming, il a tué un homme[1] avec de la dobutamine, une substance proche de l'adrénaline. Ça a très bien fonctionné.

La garde de nuit n'a pas encore commencé que Charlie est déjà en uniforme. Il pénètre dans la chambre de James Strickland et le regarde respirer. Tout à coup, il sent une présence derrière lui. Il remonte le drap, comme s'il venait d'accomplir un soin, et se retourne.

La fille de M. Strickland, Janece – une blonde d'âge mûr, avec un sac trop lourd dont la lanière lui cisaille l'épaule –, se tient sur le seuil. Elle connaît son prénom, laisse traîner ses yeux partout, pose des tas de questions. Au début, elle mettait Charlie mal à l'aise, comme un chien menaçant que l'on croise dans la rue. Au fil de ses visites, ils ont noué une relation qui lui convient davantage. Il aime lui expliquer les aspects techniques de la maladie de son père, et elle donne l'impression de l'écouter. Parfois, elle vient avec son fils autiste, un gosse qui touche Charlie par sa vulnérabilité. Mais ce soir, elle est seule.

— C'est vous qui vous occupez de papa ? demande-t-elle.

Charlie n'est pas d'humeur causante. Feignant de ne pas avoir entendu, il sort et attend le départ de Janece dans une autre chambre. Puis il pousse le chariot du Cerner jusqu'au bout du couloir et consulte le dossier de M. Strickland. Il n'est pas censé s'occuper du vieil homme ce soir-là. Pourtant, il a scellé son sort.

Contrairement à la digoxine, l'insuline est naturellement présente dans l'organisme. À l'hôpital, elle s'écoule goutte à goutte d'une poche de perfusion avant de pénétrer dans le circuit sanguin. Dans le corps, elle est sécrétée par le boudin rosâtre du pancréas, plus précisément par des amas de cellules appelés îlots de Langerhans, un nom qui fait penser à un film de pirates. À l'époque où Charlie faisait ses études d'infirmier, l'insuline médicament, celle qu'on injectait aux malades, était prélevée sur des animaux, bœufs ou porcs. Le jour où leur professeur leur avait révélé ce détail, les élèves avaient poussé un cri de dégoût collectif, alors que les pires horreurs les laissaient impassibles.

L'insuline fonctionne un peu comme un bouton de réglage. Si vous en manquez, vous êtes diabétique ; si vous en avez trop, vous êtes hypoglycémique. Ce n'est pas un poison, vous pouvez l'ingérer par voie orale sans tomber malade. Mais une intoxication médicamenteuse par injection demeure possible.

L'hypoglycémie se traduit d'abord par des picotements dans les lèvres et les doigts. Sous l'effet de l'insuline, les cellules affamées absorbent le glucose, appauvrissant le sang qui n'alimente plus les extrémités. Privé de sucre et d'oxygène, le cerveau s'engourdit, créant un état de confusion qui conduit parfois les hypoglycémiques en salle de dégrisement. Le sujet ne parvient plus à se concentrer ; il est pris de vertige et peut devenir agressif. Puis il se met à transpirer, il a des palpitations et sa vision se brouille. Le temps s'écoule sans que sa mémoire en garde la moindre trace.

Ces altérations des perceptions et des fonctions intellectuelles peuvent passer inaperçues chez un patient déjà affaibli ou abruti par un tranquillisant. Le stade suivant, celui des convulsions, est beaucoup plus visible[2].

Les recherches les plus approfondies sur l'insuline ont été menées par des scientifiques nazis, qui en injectaient des doses croissantes à des enfants afin de tester leur résistance à une hypoglycémie sévère[3]. Au-delà d'un certain seuil, ces expériences conduisaient immanquablement à la mort du sujet. Mais à une époque, l'induction d'un coma insulinique était considérée comme le traitement par excellence de certains troubles mentaux tels que la schizophrénie. Cette technique, mise au point dans les années 1920, était encore appliquée à la fin des années 1950, avant de tomber en désuétude du fait de sa brutalité et de ses effets secondaires : comme lors d'une noyade, la gravité des lésions cérébrales dépend de la durée de la privation d'oxygène. Une hypoxie prolongée altère la structure chimique du cerveau. Ses circonvolutions s'atrophient, comme chez les patients atteints de maladies neurodégénératives. Les conséquences vont d'une rigidité parkinsonienne à une altération des facultés intellectuelles irréversible.

Mais bien sûr, la conséquence ultime est la mort. Il suffit de trouver le bon dosage.

28

Charlie préfère l'hôpital la nuit, sans bénévoles, ni visiteurs, ni administrateurs. Les toilettes publiques et la boutique de cadeaux sont fermées. Même les agents d'entretien sont partis, laissant leurs machines ronronnantes amarrées à des rallonges électriques jaunes.

Dans les couloirs, le bourdonnement des plafonniers fait écho à celui des distributeurs automatiques. Gobelets en plastique avec des empreintes de dents, pailles tachées de rouge à lèvres, emballages de mini-beignets et d'assortiments de biscuits apéritifs composent des natures mortes sur les tables de la salle de repos. Certains infirmiers grignotent constamment pendant leur service, mais pas Charlie.

Au petit matin, il consulte le dossier de M. Strickland sur le Cerner, puis il prépare du café. Certains membres de l'équipe vident la verseuse sans se soucier de ceux qui viendront après eux. Heureusement que Charlie veille. À travers les stores, il regarde ses collègues remuer leur café – *son* café –, ignorant à qui ils doivent ce moment de réconfort.

Il injecte ensuite 10 cm^3 d'insuline dans la perfusion de M. Strickland, jette seringue et ampoules usagées dans le collecteur à déchets, puis rentre chez lui. Il n'assistera pas aux convulsions du pauvre homme, mais il a tout le trajet pour imaginer la scène.

Le 22 septembre 2003, à peine arrivé, il se dirige vers la chambre de Strickland, qu'il trouve inconscient. Il consulte son dossier sur le Cerner portable, loin des bavardages de ses collègues.

Ce matin-là, un examen de routine a révélé un taux de glycémie nul chez M. Strickland. Le labo a cru à une erreur : personne ne peut survivre à une absence totale de glucose dans le sang. Ce qu'ils ignoraient tous, c'est que le patient était déjà en état d'hypoglycémie sévère depuis trois heures.

Janece est arrivée peu après midi, accompagnée de son fils. Apparemment, il est le premier à avoir remarqué que quelque chose n'allait pas chez son grand-père.

Ça a commencé par un tressaillement presque imperceptible du bras. Au fil des heures, ces soubresauts se sont accentués en gagnant tout le corps. Même les infirmiers les plus chevronnés ont été horrifiés : le patient agité de spasmes violents, les hurlements stridents des alarmes, les cris de la famille suppliant les soignants de « faire quelque chose »… Tout au long de la journée, ils lui ont injecté du glucose en continu tandis que le gosse désignait les appareils sophistiqués qui entouraient le lit en braillant : « Merde ! Elles servent à quoi, ces putains de machines ? »

Charlie imagine la scène avec délice. Il attendra vingt-quatre heures pour achever le vieil homme avec une injection de digoxine. Celle-ci n'apparaît ni dans son dossier ni dans l'historique du Pyxis.

Chaque patient présente un éventail de symptômes qui peuvent être traités ou aggravés par un grand nombre des produits disponibles dans le service. Charlie ne se souvient que de quelques-uns : Melvin Simcoe, un chef d'entreprise, père de quatre enfants, auquel il a administré du nitroprussiate de sodium jusqu'à ce que son sang devienne aussi fluide que de l'eau ; Christopher Hardgrove, un toxicomane en état de quasi-mort cérébrale à son arrivée ; Philip Gregor, qui a miraculeusement survécu à un arrêt cardiaque ; Frances Agoada, qui a failli succomber après une injection d'insuline ; ou Krishnakant Upadhyay, expédié *ad patres* par une dose massive de digoxine, comme M. Strickland.

Pourquoi renoncerait-il ? L'éventail des possibilités est quasi inépuisable, surtout en soins intensifs. Et même au bout de seize ans, c'est toujours aussi facile.

DEUXIÈME PARTIE

29

Chaque affaire criminelle commence par un coup de fil. L'opérateur envoie un véhicule d'intervention d'urgence. Sur place, des policiers en uniforme procèdent à un premier examen du corps. S'il ne s'agit ni d'un accident, ni d'un suicide, ni d'une mort naturelle, ils alertent la brigade des homicides.

Si chaque cadavre implique une mort, toutes les morts n'induisent pas un crime. En général, les plus jeunes meurent d'accident, les plus âgés de causes naturelles, et presque tous les autres par balle, du moins à Newark. Quand on ramasse un corps au pied d'une tour d'habitation, il convient de déterminer si le mort a sauté de son propre chef ou si on l'a poussé. Selon les statistiques, les dépressifs ne sautent pas, ils tombent. En cas de décès par balle, si l'arme est toujours là, il faut envisager un suicide, même avec des blessures multiples. Un cadavre au coin de la rue ? Presque à coup sûr un meurtre. Sur des rails ? Une boucherie. Dans une rivière ? Un mystère. Dans le New Jersey, on raconte qu'un jour des policiers ont rejeté un noyé dans la rivière Passaic afin que le courant l'emporte jusqu'à une autre juridiction.

Quand un flic prend son service, il prie pour qu'on ne signale aucun macchabée. Une nuit, alors qu'il travaillait encore à Newark, Tim Braun s'en est tapé quatre d'affilée. À croire qu'il les attirait ! Dans la plupart des postes de police, l'inspecteur de garde classe les signalements suivant l'ordre de priorité. Le numéro 1 de la liste, que les flics se refilent comme une patate chaude, est un « code rouge ». Si les caméras de télé vous précèdent sur une scène de crime, vous êtes sûr qu'il s'agit d'un code rouge. Si un gosse ou le fils du maire – un petit con – est impliqué : code rouge. Mais chaque nouveau meurtre vient rebattre les cartes ; chaque appel au standard remet les pendules à l'heure et bouleverse l'ordre des priorités.

Tim Braun a vu ses premiers morts quand il était agent de sécurité au centre médical Saint Barnabas, le méga-hôpital de sa ville natale, Livingston, dans le New Jersey. L'adolescent vigoureux et invulnérable ne considérait pas ces morts souvent âgés comme des personnes, mais comme des fardeaux anonymes dont il se chargeait pour rendre service à une mignonne infirmière. Le premier à compter vraiment est venu plus tard, le jour où, jeune policier en uniforme, il a répondu à l'appel d'un pêcheur qui l'a ensuite guidé à travers les roseaux au bord de la rivière. Le type étendu dans la vase portait des chaussures et des vêtements banals. Il avait l'air normal, hormis la plaie béante à sa gorge qui dévoilait l'éclat blanc de ses vertèbres, tel un sourire obscène. Il était une victime – une « vic », comme disent les flics. Tous ceux qui côtoient la mort de près finissent par adopter un langage volontairement impersonnel. Trop d'empathie rendrait leur travail impossible. Mais ça, Tim ne l'avait pas encore appris. Cet automne-là, il avait passé des concours et demandé son transfert à Newark, où, espérait-il, l'attendait une brillante carrière de justicier.

Dans les années 1990, Newark était « la ville la plus dangereuse d'Amérique », selon le magazine *Time*, et l'une des plus corrompues, selon l'opinion générale. Travailler sous les ordres du procureur du comté d'Essex impliquait d'obtenir le grade d'inspecteur et d'adopter le style de vie qui allait avec : costumes de bonne coupe, pistolets chargés à balles réelles, bars à flics ouverts vingt-quatre heures sur vingt-quatre. Tim s'imaginait concrétiser enfin son rêve de gosse et pourchasser des malfaiteurs, comme son père. Le bureau était devenu sa deuxième maison. Il était rapidement devenu accro à l'adrénaline. Ses collègues et lui jouissaient d'un prestige comparable à celui des rock stars, le flingue en plus, et certains en abusaient. Chaque soir, avant de partir patrouiller, il chargeait une caisse de bières fraîches et une boîte de balles supplémentaires dans sa voiture. En général, il avait vidé l'une et l'autre avant le lever du jour. Son couple battait de l'aile, même s'il ne devait en prendre conscience que plus tard. À l'époque, il ne s'en souciait pas plus que de tout le reste, ou presque. L'alcool l'aidait à tenir ce rythme infernal, jusqu'au jour où cet allié finit par se retourner contre lui. Il avait passé son trentième anniversaire dans un centre de désintoxication et troqué la bière contre une ceinture noire de judo avant de regagner son poste, sobre et prêt à en découdre avec les criminels de Newark[1].

Le bureau du procureur du comté d'Essex employait 10 inspecteurs pour environ 400 signalements annuels. Braun et ses collègues menaient une guérilla dans laquelle chaque civil était un ennemi potentiel. Une fois l'excitation des débuts retombée, il avait vu s'estomper la ligne entre sa vie personnelle et la violence dans laquelle il baignait au quotidien. À Livingston, un flic qui insultait un quidam récoltait un blâme. À Newark, les suspects s'estimaient heureux quand ils évitaient un passage à tabac, et les rares plaintes qui parvenaient au chef de la police locale étaient rapidement balayées par un flot continu de nouvelles affaires. Au fil des ans, Tim avait appris son métier, engrangé de nombreuses médailles et mis de l'argent de côté pour sa retraite. Peu importait qu'on découvre un cadavre sur une voie ferrée, au fond d'une rivière ou au coin de la rue : neuf fois sur dix, son histoire avait commencé par un trafic de drogue et s'était achevée par une balle dans la tête. Quand il informait une mère de la mort de son fils, elle avait à peine séché ses larmes qu'elle l'interrogeait sur l'indemnisation versée par l'État aux familles des victimes d'homicide. Sitôt l'argent encaissé, les proches du défunt semblaient s'en désintéresser et ne rappelaient jamais pour savoir si l'enquête progressait. *Même leurs parents se fichent de leur sort*, se disait Tim, oubliant que les statistiques incitaient inconsciemment ces femmes à faire le deuil de leurs gamins avant même qu'ils soient tués ou emprisonnés. *Alors pourquoi devrais-je m'en préoccuper, moi ?*

Chaque jour apportait sa moisson de cadavres, brouillant de plus en plus la frontière entre le bien et le mal. Une affaire en particulier avait précipité la fin de sa période Newark. Elle avait commencé d'une manière inhabituelle : une femme abattue dans la rue, sans les caractéristiques d'un banal crime de rue. Ethel Duryea, 50 ans, infirmière, était blanche, issue de la classe moyenne, avec un neveu policier. Un joggeur l'avait trouvée étendue dans la neige, sur un trottoir d'une banlieue cossue. Son sac à main reposait près d'elle, toutes ses affaires à l'intérieur. Il n'y avait ni témoins, ni suspect, ni indices, hormis la balle qui l'avait tuée. Il avait fallu plus d'un an à Tim pour relier cette balle à une arme, et six mois de plus pour mettre au jour une escroquerie à l'assurance-vie portant sur plusieurs millions de dollars. Un employé au service des urgences de l'hôpital local vendait des renseignements confidentiels sur les patients à des avocats spécialisés dans les sinistres corporels, dont certains entretenaient des liens étroits avec la sphère politique de Newark. Apparemment, Ethel Duryea avait découvert le pot aux roses et on l'avait réduite au silence. Les supérieurs de Tim lui avaient conseillé de laisser tomber. Quand il avait ignoré leurs avertissements, ils l'avaient mis au placard. Le message était clair : soit il abandonnait l'affaire, soit il faisait une croix sur sa retraite. Mais l'affaire Ethel Duryea avait provoqué chez Tim un déclic comparable à celui de la vision de son premier mort, et il s'était juré de retrouver son assassin. Contrairement aux habitants des quartiers pauvres de la ville, il n'avait jamais appris que les méchants ne payaient pas toujours pour leurs crimes. Il avait cru que son travail consistait à rendre justice aux victimes, alors qu'il se bornait à servir le pouvoir. Il pouvait nettoyer les rues en chassant la racaille, mais pas s'attaquer au système. Ni la presse ni les proches de l'infirmière ne sauraient jamais qu'il avait retrouvé l'arme qui l'avait tuée[2]. Mais Tim, lui, savait. Et même s'il refusait de se l'avouer, au fond, il était persuadé que la défunte le savait aussi. Elle était toujours présente, comme une ombre à la périphérie de son champ visuel. Pour lui, elle n'était pas une « vic », mais une femme vêtue d'une blouse blanche ensanglantée assise sur sa conscience. Bientôt, sa frustration lui provoqua un zona. D'abord pas plus grosse qu'une brûlure de cigarette, l'éruption finit par gagner la moitié de son corps. Depuis qu'il avait cessé de boire, dix ans plus tôt, Tim n'avait pas pris un seul congé maladie. À présent, il enchaînait les arrêts. Il passait ses journées à réfléchir et à prier avec sa femme, Laurie, et leur jeune fils, Connor. Jusqu'au jour où il décida de foutre le camp.

À trente minutes de Newark, le bitume de la Garden State Parkway devient brusquement plus sombre et lisse. On emprunte la sortie 140A, puis l'US 22, pour atteindre Somerville. Ici, la majorité des gens n'appartient à aucun gang. Les rues ne sont pas bordées d'immeubles délabrés, mais de maisons coquettes avec une véranda et le drapeau américain au-dessus de leur porte. Dans le centre historique, un bâtiment flambant neuf abrite le siège de la police locale. Somerset a le revenu par tête le plus élevé du New Jersey et occupe la quatrième place dans le classement des comtés les plus riches du pays. Pour un flic en fin de carrière, c'est l'endroit rêvé pour se la couler douce en attendant la retraite. À Somerville, Tim Braun était mieux payé pour un travail moins fatigant et moins dangereux. Son bureau avait une porte qui fermait correctement et un fauteuil inclinable. Le dossier du meurtre d'Ethel Duryea reposait dans un carton au fond de son placard. Les rares fois où il y repensait, il se disait que le fantôme de l'infirmière comprendrait qu'à 42 ans il avait mérité de lever le pied avant de franchir la ligne d'arrivée et d'empocher sa pension.

30

Le vendredi 3 octobre 2003[1], Tim Braun reçoit un appel du procureur du comté de Somerset, Wayne Forrest. Tout en calant le combiné contre son épaule, il se fait la réflexion que la victime devait avoir le bras long. Même à Somerville, on ne dérange pas les flics chaque fois qu'un type passe de vie à trépas à l'hôpital.

En tant que chef de brigade, son rôle consiste à répartir et superviser les enquêtes pour homicides. Il jette un coup d'œil au tableau de service. C'est le nouveau, Danny Baldwin, qui est d'astreinte ce jour-là. Baldwin est facile à repérer. Pas seulement à cause de sa carrure d'ex-footballeur, mais parce qu'il est le seul Noir de l'équipe : 125 kilos d'ambition, bouillant d'énergie. Tim l'a connu à Newark, où le jeune homme, un des premiers inspecteurs de police afro-américains du comté d'Essex, s'était fait remarquer au sein de la brigade des vols de voitures. Il se retrouve un peu en lui, avec dix ans de moins. Danny est un bon flic de terrain, qui ne se contente pas de remplir de la paperasse. Quand Tim a appris qu'il souhaitait changer d'air, il a usé de toute son influence pour qu'il soit muté à Somerville. Ses six premiers mois ont été plutôt paisibles, hormis quelques braquages de banques. Il a également effectué une mission secrète pour le FBI dans une affaire de meurtre par procuration, en Caroline du Nord, et aidé le procureur Michael Rubbinaccio à résoudre un autre homicide, celui-ci très médiatisé, dans le comté de Morris voisin. Même s'il n'a encore mené aucune enquête criminelle à Somerville, Tim sait qu'il peut compter sur lui. Il l'appelle donc à son domicile et lui relaie les instructions de Forrest.

— Exige d'assister à l'autopsie, lui dit-il. Histoire de coller la pression aux types de l'hosto.

Ce week-end-là, Danny et sa femme, Kimberly, étaient invités à un mariage, mais impossible de se défiler. Ses nouveaux collègues n'arrêtent pas de le charrier : le chouchou du patron, toujours tiré à quatre épingles quand ils affectent le look jean et blazer, auréolé d'une gloire acquise dans d'autres comtés. Pas question de leur laisser cette enquête !

Le samedi matin, Danny Baldwin assiste donc à l'autopsie de McKinley Crews, le patient décédé à l'hôpital, puis il se rend au bureau afin de remplir le formulaire I-1-00. Il appelle Tim en chemin pour lui faire son rapport : ni l'autopsie ni les analyses réalisées par le laboratoire n'ont révélé quoi que ce soit de suspect.

— Bref, j'ai perdu mon temps, soupire-t-il.

Il n'est pas le seul à le penser : le coroner de l'État, le Dr Nobby C. Mambo, a conclu à une mort naturelle. Pourtant, le procureur semble prendre cette affaire très à cœur.

— C'était qui, le macchabée ? s'enquiert Tim. Un type du gratin ?

Danny répond par la négative. C'était juste un vieux Noir très malade, comme l'a confirmé le Dr Mambo. Braun raccroche, perplexe, avant de rejoindre son chalet, où il passe le reste du week-end à observer les feuilles tomber.

Quatre jours plus tard, Tim et Danny reçoivent un appel du procureur Forrest, qui leur demande de se rendre immédiatement au centre médical de Somerset. L'aspect extérieur de l'hôpital local reflète son statut de premier employeur de la ville. Les donations et les bénéfices qu'il a engrangés depuis plus d'un siècle ont financé une succession ininterrompue de travaux. Le dernier ajout, un espace d'accueil monumental, abrite un piano mécanique qui joue des airs classiques apaisants. Tim et Danny échangent un regard chargé d'ironie pendant que les portes de l'ascenseur se referment. Mais quand ils entrent dans la salle de réunion, en découvrant tous les gros bonnets de l'hôpital autour de la table, ils comprennent qu'on ne les a pas convoqués pour une banalité.

Un homme qui se présente comme le conseiller juridique du centre médical de Somerset se lève pour les accueillir. Avec sa coupe de cheveux à 100 dollars et sa cravate bleu barbeau, Paul Nittoly ressemble aux mannequins des panneaux publicitaires. Il remercie les deux policiers avant de leur expliquer qu'ils ne sont pas là pour un homicide – enfin, pas à proprement parler.

Au cours des cinq derniers mois, l'unité de soins intensifs a enregistré cinq incidents thérapeutiques sans cause connue. Un sixième est survenu le vendredi précédent. L'hôpital a alors pris la décision d'informer le bureau du procureur[2]. Le directeur des services médicaux, le Dr William Cors, entreprend alors d'énumérer les noms des patients concernés : le 28 mai, M. Joseph Lehman ; le 4 juin, Mme Frances Kane ; le 16, Mme Jin Kyung Han ; le 28, le révérend Florian Gall ; le 27 août, Mme Frances Agoada. Le dernier de la liste est McKinley Crews, que Danny a vu à la morgue.

Le Dr Cors pèse ses mots : tous les six présentaient « des symptômes engageant leur pronostic vital », et l'analyse de leur sang a révélé « des anomalies d'origine inconnue ». Cinq sont morts. Ces incidents sont-ils liés ? Cors ne peut ou ne souhaite pas se prononcer, mais l'hôpital a mené une enquête interne sans parvenir à en identifier la cause. Il enchaîne avec un résumé détaillé des antécédents de chaque patient.

Tim écrit dans son carnet les noms des morts et, en majuscules, des termes médicaux qui lui sont familiers (INSULINE, GLUCOSE) ou qu'il vient de découvrir (DIGOXINE), assortis d'abréviations (cm^3, mg, ml) qui se brouillent devant ses yeux. Pas de scène de crime, d'arme, de témoins, ni d'empreintes digitales. S'agit-il seulement de meurtres ? Il souligne le point d'interrogation jusqu'à percer le papier.

À ses côtés, Danny noircit frénétiquement les pages de son calepin.

À peine la réunion finie, les deux policiers quittent la salle. Dehors, le soleil d'octobre se reflète dans les vitres teintées de la Crown Victoria verte de Braun. Celui-ci déverrouille les portières avec la télécommande et se glisse à la place du conducteur, savourant la fraîcheur du cuir.

Le centre médical de Somerset est un acteur important de la vie locale. En plus des profits qu'il génère, c'est un des principaux employeurs du comté. Au moins deux anciens sénateurs siègent à son conseil d'administration, dont le beau-père du chef de la police. Cette affaire met le procureur dans une position délicate. Craignant pour ses fesses, il a logiquement allumé un contre-feu sous celles de Tim.

Braun attend que Danny ait refermé sa portière pour se lâcher.

— Putain, c'est quoi, ce bordel ? gronde-t-il.

Pendant toute la réunion, il s'est retenu de lever la main et de dire aux types en costard qui leur faisaient face : « Euh… Je vous demande pardon, mais notre spécialité, à Danny et moi, c'est plutôt les règlements de comptes entre gangs… »

Il fait le tour du rond-point pendant que Danny s'installe aussi confortablement que possible sur le siège passager, avec une pile de dossiers remplis de chiffres et de données techniques que ni lui ni son chef ne comprennent. Une armée de médecins et de laborantins les ont déjà épluchés sans y trouver la preuve que les supposées « victimes » ne sont pas mortes de causes naturelles. Pour le moment, ce ne sont que des cadavres sans blessures apparentes, des « incidents thérapeutiques ».

Danny lève les yeux de son calepin comme la voiture dépasse la sortie pour le bureau du procureur.

— En gros, dit-il, ils pensent qu'on a empoisonné ces patients, volontairement ou pas. C'est ça ?

— Ouais, acquiesce Tim. Et ça fait cinq mois qu'ils enquêtent dessus, sans résultat.

— Dans ce cas, pourquoi faire appel à nous seulement maintenant ?

— Très bonne question.

— « Plusieurs incidents sans cause connue », cite Danny en parcourant ses notes. Quatre avec de l'insuline et deux avec un médicament pour le cœur, la… digoxine.

— Digoxine, digoxine, marmonne Tim en négociant un virage serré pour rejoindre la Route 206.

— On va où ? s'enquiert Danny.

— Ici, répond Tim en s'engageant sur le parking du centre commercial. Je vais acheter un dictionnaire médical.

Il ouvre sa portière et se tourne vers son jeune collègue avant de descendre.

— Y a un truc qui me chiffonne. Le proc m'a appelé une première fois vendredi dernier, pour nous embarquer quatre jours plus tard dans ce merdier.

— Il s'est passé quoi, entre-temps ?

— Bonne question.

— Les avocats de l'hôpital ont dû cogiter tout le week-end, et ils ont pris peur, suppose Danny.

— Possible. Mais si tu veux mon avis, ces trous du cul savent très bien qui est le coupable.

31

Code rouge ou pas, impossible d'entamer une procédure officielle tant que le centre médical de Somerset n'aura pas transmis à la police le résultat de son enquête interne. Nittoly, l'avocat, a promis de s'en charger. En effet, quelques heures plus tard, une enveloppe atterrit sur le bureau de Danny, qui en étudie le contenu pendant plusieurs minutes avant de rejoindre Tim. Le dossier comporte en tout et pour tout cinq feuilles, lettre d'accompagnement comprise. Si les deux inspecteurs n'attendaient pas un rapport complet, ils espéraient mieux que ce brouillon.

— Regarde la date, dit Danny : 25 juillet 2003. C'était il y a plus de deux mois.

— C'est quoi, ce bordel ? s'exclame Tim. Je croyais qu'ils venaient juste d'achever leur enquête !

Le mémo, intitulé « Re : révérend Florian Gall vs centre médical de Somerset », émane de Raymond Fleming, avocat dans un cabinet de West Orange.

Danny est frappé par le titre, en particulier par l'abréviation « vs », qui indique une opposition. Certes, les avocats ont tendance à voir des conflits partout, mais la formulation n'en est pas moins étrange.

La lettre d'accompagnement est adressée à Mary Lund, qui leur a serré la main quelques heures plus tôt, dans la salle de réunion de Somerset. Cette femme entre deux âges, à l'allure très professionnelle, s'est présentée comme la « gestionnaire des risques » de l'hôpital, ce qui a mis la puce à l'oreille des deux policiers. Elle s'est montrée aimable avec Danny et lui a donné sa carte. Apparemment, elle était aussi le contact de Fleming.

Chère Madame Lund,

Veuillez trouver ci-joint une copie du mémorandum que j'ai rédigé après notre entretien avec Charles Cullen.

En vous remerciant de votre coopération.

Bien cordialement,
Raymond J. Fleming

— Charles Cullen ? réagit Tim. On a parlé de lui pendant la réunion ?

— Non, répond Danny. Mais son nom figure à la page suivante. Un infirmier. Il s'occupait d'une des victimes, le pasteur.

Il lit :

— « Nous sommes convenus qu'à ce stade rien dans les états de service ni dans l'attitude de M. Cullen ne justifiait d'alerter les autorités. »

— « Nous » ?

— Mary Lund et Fleming. Apparemment, ils ont interrogé ce Cullen ensemble.

— Le 14 juillet, c'est ça ? Et ils ont rédigé un rapport seulement dix jours après…

— Ou il leur a fallu dix jours pour le boucler. Les avocats se font payer à l'heure ; ce n'est pas dans leur intérêt de travailler vite.

— Ils ont attendu encore deux mois avant de nous l'envoyer. D'ailleurs, où sont les comptes rendus des entretiens avec le reste du personnel ?

Danny n'en a aucune idée, mais il espère en apprendre davantage cet après-midi-là.

En théorie, Mary Lund pourrait détenir la clé de l'enquête. Cette ancienne infirmière a gravi un à un les échelons de la hiérarchie de Somerset jusqu'à devenir la gardienne du temple. Si quelqu'un est capable de décrypter les arcanes du monde hospitalier pour les deux policiers, c'est bien elle. Mais acceptera-t-elle de coopérer ? Danny attend d'elle plus qu'une simple assistance professionnelle ; il a besoin de gagner sa confiance et sa sympathie.

Le jeune inspecteur rajuste sa cravate et salue respectueusement l'agent de sécurité posté près de l'ascenseur. Il longe un couloir tapissé d'une moquette imitation mosaïque et décoré de mauvais tableaux jusqu'au comptoir d'accueil. La secrétaire – son badge indique qu'elle se prénomme Trudy – a collé dans un coin de son écran d'ordinateur la photo d'un shih tzu qui tire la langue. Danny se présente avec ce qu'il faut de gravité pour lui faire comprendre qu'il est là pour des motifs sérieux, sans toutefois l'effrayer.

La silhouette massive de Mary Lund et son tailleur aux teintes neutres conviennent parfaitement à son titre de gestionnaire des risques. Devinant qu'elle n'est pas du style à tourner autour du pot, Danny sort sans attendre de sa poche une photocopie du mémo dont il a souligné certains passages.

— Si je comprends bien, dit-il, après le décès du pasteur, Me Fleming et vous avez interrogé un certain Charles Cullen ?

— En fait, répond Mary, nous avons rencontré tout le personnel du service.

— Je vois. Et qu'en est-il…

— Aucun de ces entretiens n'a révélé quoi que ce soit d'inhabituel ou de suspect.

— Cet infirmier, Cullen… Aviez-vous une raison particulière de vous intéresser à lui ?

— Non. Je vous répète que nous avons interrogé tous ses collègues.

— Ces entrevues ont-elles donné lieu à d'autres rapports ?

— Pas à ma connaissance. Il faudrait poser la question à notre conseiller juridique, Paul Nittoly.

— Nous n'y manquerons pas. Pour en revenir à Cullen…

— Oui ?

— Vous l'avez convoqué.

— Au même titre que les autres.

— À propos de l'incident impliquant le pasteur ?

— Le révérend Gall, oui.

— Celui-ci était-il le patient de Charles Cullen ?

— Oui et non. Ils alternent, voyez-vous.

— Pardon ?

— À chaque tour de garde, les infirmiers et infirmières sont affectés à des chambres différentes. Ils étaient plusieurs à se relayer auprès de M. Gall pendant son séjour chez nous.

— Charles Cullen s'est-il occupé du révérend Gall la nuit où il est mort ?

— Non.

— Qui d'autre, alors ?

— Je ne dispose pas de cette information pour le moment. Je vais faire des recherches et je vous en communiquerai le résultat.

— Oui, s'il vous plaît. Auriez-vous un compte rendu de votre entretien avec l'infirmière ou l'infirmier qui a soigné le pasteur cette nuit-là ?

— Je crains que non. Mais je vais me renseigner et je vous le ferai savoir.

— Merci.

Danny bout intérieurement. Cette conversation ne va nulle part, mais il cache son impatience et sa déception.

— J'ai une autre question, à propos du… Pic-6 ?

Il montre la page sur laquelle il a retranscrit le mot phonétiquement avant de l'entourer et de le signaler par un point d'interrogation.

Mary Lund esquisse un sourire.

— Le Pyxis, oui. Un programme informatique qui enregistre toutes les sorties de médicaments. Il les facture directement au patient et alerte la pharmacie afin qu'elle reconstitue le stock.

— Vous avez consulté son historique ?

— Oui, bien sûr.

— Et vous n'avez rien remarqué d'anormal ?

— Rien du tout, non.

— J'aimerais en avoir une copie. Il me faudrait la liste des opérations pour les périodes où sont survenus les différents incidents thérapeutiques.

— J'ai peur que ce ne soit impossible. La mémoire du Pyxis s'efface automatiquement au bout de trente jours.

— D'accord, soupire Danny. Donc, votre enquête ne portait pas spécifiquement sur Charles Cullen ?

— Non, pas du tout ! Comme je vous l'ai dit, nous avons interrogé tous les infirmiers. Mais vous devriez vous intéresser à l'un d'eux en particulier…

Danny et son chef se retrouvent pour déjeuner au restau thaï en face du tribunal. Tim attend que la serveuse s'éloigne pour attaquer :

— Cette Mary Lund… Tu penses qu'elle nous mène en bateau ?

— En tout cas, elle nous a filé un nom : Edward Allatt.

— L'infirmier du mémo ?

— Non, un autre. Il travaillait parfois à l'étage où étaient les victimes. C'est un de ces types qui prélèvent les échantillons de sang pour les analyses…

— Un phlébotomiste, dit Tim.

— Comment tu sais ça ?

— J'ai bossé comme agent de sécurité à l'hôpital quand j'étais lycéen. Je croyais qu'ils n'avaient aucun suspect ?

— Lund m'a dit : « Vous devriez vous intéresser à Allatt. »

— Elle a précisé pourquoi ?

— Apparemment, il aurait une dent contre la direction, à cause des projets d'extension ou d'un litige professionnel.

— Et ça le rend suspect ?

— Elle m'a dit, je cite : « Allatt pourrait être à l'origine des incidents constatés. »

— Donc, après avoir prétendu qu'ils n'avaient aucune piste, ils nous livrent un nom. Autre chose ?

— Je l'ai questionnée sur le rapport qu'ils nous ont envoyé. C'est alors qu'elle a embrayé sur Allatt.

— Et sur ce Cullen, elle a dit quoi ?

— Rien, sinon que l'enquête n'était pas centrée sur lui.

Danny répète ensuite à son chef ce qu'il a appris à propos du Pyxis.

— Si la mémoire s'efface au bout de trente jours, remarque Tim, on peut remonter jusqu'à la mort de Crews.

— Le problème, c'est que le coroner a conclu que M. Crews est décédé de causes naturelles[1].

— Ça craint. On a quelque chose sur les autres infirmiers et infirmières ?

— Il faudrait voir ça avec Fleming, l'avocat.

— Lund a assisté aux entretiens, non ? Elle n'avait aucun compte rendu ?

— Que dalle !

Tim retient son souffle avant de le relâcher lentement.

— Pour résumer, soupire-t-il, on n'a rien.

— Pas tout à fait, répond Danny. On a Allatt.

32

Si Danny est chargé de l'enquête, Tim la supervise et il insiste pour s'occuper lui-même des procédures standard. Il commence par vérifier si Edward Allatt détient un permis de conduire et un véhicule. C'est le cas. Après avoir noté son adresse et ses informations personnelles, il interroge la base de données nationale des crimes et délits, le NCIC, sans résultat. Il fait d'autres tentatives avec des diminutifs et des variantes orthographiques, en vain. Donc, Allatt possède une voiture et il n'a jamais été condamné. Tim se connecte ensuite au PROMIS/Gavel, la base de données du département de la Justice. L'expérience lui a démontré que les suspects, même s'ils n'ont jamais purgé une peine de prison, sont souvent mêlés à une ou plusieurs affaires. Là encore, le nom d'Allatt n'apparaît nulle part. Le phlébotomiste est blanc comme neige. Les mots « code rouge » clignotent dans l'esprit de Tim comme un signal d'alarme, et il n'a pas la moindre piste. Danny et lui ont prévu de se pointer chez Allatt à l'improviste pour le convoquer au poste le lendemain. Après quelques minutes de réflexion, il ouvre son carnet à une page vierge puis tape « Charles Cullen » dans la barre de recherche de son navigateur.

Charles Cullen détient un permis valide et possède un break Ford Escort bleu. Il n'a déclaré ni arme à feu ni animal de compagnie. Plus intéressant, il a été arrêté à deux reprises, une fois pour une violation de domicile, à Palmer, en Pennsylvanie, et une autre pour conduite en état d'ivresse, en Caroline du Sud, il y a plus de dix ans. Depuis, il semble se tenir à carreau ; Braun ne trouve même pas trace d'une amende pour excès de vitesse.

Avant d'éteindre l'ordinateur, par acquit de conscience, il appelle le poste de police de Palmer.

Après s'être présenté, il demande le service des archives. Son interlocutrice éclate de rire.

— On n'a pas ça ici, dit-elle. Les archives, c'est moi !

Tim lui explique qu'il enquête sur un type arrêté en 1993. Aurait-elle l'amabilité de rechercher son dossier ?

— Une seconde !

La femme pose le combiné sur son bureau, puis Tim l'entend ouvrir un tiroir.

— J'ai trouvé, annonce-t-elle quelques minutes plus tard. Charles Cullen, né le 22 février 1960. Appréhendé pour harcèlement et violation de domicile en mars 1993. La victime a finalement retiré sa plainte.

Braun s'apprête à la remercier quand elle ajoute :

— La chemise contient également un Post-it jaune avec un mot écrit à la main et souligné : « Digo… xine » ?

C'est au tour de Danny d'appeler le siège de la police de Pennsylvanie.

Il lance un regard complice à Tim tandis qu'au bout du fil l'agent Robert Egan bute à plusieurs reprises sur le même mot.

Une analyse a révélé la présence de digoxine dans le sang d'un patient décédé d'une probable surdose médicamenteuse à l'hôpital d'Easton, six ans plus tôt. Charles

Cullen travaillait alors dans l'établissement. Deux ans plus tard, la police de l'État avait ressorti son dossier et ouvert une enquête rapidement refermée, faute de résultat. Danny se retient d'exploser de joie. Il remercie Egan, la jambe agitée de tressaillements nerveux, et attend d'avoir raccroché pour laisser libre cours à son excitation : de la *digoxine*, bordel ! Une fois mis au courant, Tim garde le silence. Soit c'est la plus grosse coïncidence de toute l'histoire du crime, soit quelqu'un se fout de leur gueule. Reste à découvrir qui, et dans quel but.

33

Danny Baldwin a entrepris de dresser la liste des hôpitaux où a travaillé Charles Cullen. Elle comporte déjà une demi-douzaine d'adresses, et leur nombre ne fait que croître. Tous sont situés dans le New Jersey et le nord de la Pennsylvanie. Le jeune policier a tenté d'établir une chronologie, mais certaines dates se chevauchent et d'autres manquent. D'après ses renseignements, Cullen a entamé sa carrière en 1987, au centre médical Saint Barnabas de Livingston.

— *Saint Barnabas ?* s'exclame Tim quand il l'apprend. C'est là que j'ai bossé comme agent de sécurité !

Une coïncidence de plus.

— Je me charge d'eux, annonce Tim en attrapant son manteau.

Danny ne s'en formalise pas : il a amplement de quoi s'occuper.

En quittant Somerville, Tim roule un moment au milieu des collines avant d'atteindre une banlieue traversée par une route. Au fil des élargissements successifs, celle-ci a fini par dévorer les jardins des maisons qui la bordent. À présent, leurs portes ouvrent directement sur la circulation, et des jouets cassés s'entassent sur leurs porches.

Il y a longtemps que les riches ont gagné les hauteurs, où ils ont fait construire des pseudo-manoirs avec des panneaux avertissant les cambrioleurs de la présence d'alarmes. Saint Barnabas se trouve à mi-chemin entre ces deux mondes, sur une petite butte. Tim éprouve un sentiment étrangement familier quand il s'engage sur le parking de l'hôpital, même si cela fait plus de vingt ans qu'il n'y est pas revenu.

Il a commencé à travailler à Saint Barnabas à la fin des années 1970, les soirs et les week-ends. À l'époque, il habitait chez ses parents et conduisait une Chevrolet Bel Air de 1963 qu'il avait surnommée « le chariot à bière ». Après le lycée, il a investi toutes ses économies dans une Ford Mustang bleu nuit flambant neuve – une bonne voiture, qu'il a rapidement transformée en poubelle roulante, trop occupé à jouir du présent pour se soucier de son entretien. Puis il a intégré Wesley College et son équipe de football américain, où il a particulièrement brillé. Il a été désigné « défenseur de la semaine » après un match contre l'université d'État de Pennsylvanie et a reçu les félicitations de Joe Paterno, l'entraîneur légendaire. L'année suivante, le jeune homme est entré à l'école de police, mais c'est à Saint Barnabas qu'il a appris les bases du métier, dont le pouvoir de l'uniforme. Dès le premier jour, il avait été surpris de constater que son blazer bleu et son badge thermocollé lui conféraient une puissance instantanée, comme la blouse blanche d'un médecin.

Le Saint Barnabas que Tim a connu est enfoui sous presque 500 millions de dollars de constructions financées par des obligations notées d'un triple A, garanties par l'argent du contribuable et la spéculation sur la mort. Sa Crown Vic longe la guérite du gardien, où il a passé des heures à encaisser des droits de stationnement. En six ans, de nouveaux services, annexes et bureaux ont fait leur apparition. Le complexe comprend maintenant un centre de traitement de l'obésité et un restaurant McDonald's ouvert vingt-quatre heures sur vingt-quatre. Tim fait une halte au kiosque, un édicule dans le style Disneyworld où les infirmiers se retrouvent pour fumer une cigarette et boire un café. Cette plongée dans ses souvenirs l'étourdit un peu et le fait se sentir vieux. Son fils est né à Saint Barnabas, et dans un avenir plus ou moins proche, lui-même y terminera probablement sa vie, relié à des machines et surveillé par des inconnus en blouses jetables vertes.

La cheminée géante se dresse toujours vers le ciel, mais elle ne crache plus de fumée, et il ne se rappelle plus précisément l'emplacement de l'héliport. À l'époque où il y travaillait, celui-ci accueillait les appareils de la Garde côtière, car Saint Barnabas possède le plus grand caisson hyperbare du monde et la seule unité de soins aux brûlés de l'État. Le gosse qu'il était encore bombait la poitrine en saluant les pilotes et les militaires à leur descente. Le Sea King est si bruyant qu'on perçoit son approche avant même qu'il n'apparaisse à l'horizon. Derrière la musique d'ambiance déversée par les haut-parleurs intégrés au plafond du hall, Tim a l'impression d'entendre le vrombissement des immenses pales qui brassaient l'air, annonciateur de nouveaux blessés.

34

Tim est allé à Saint Barnabas dans l'intention d'en apprendre un peu plus sur Charles Cullen. Ça revient à pêcher à l'aveugle, mais c'est ainsi que les enquêtes progressent. Il y a peu de chance pour qu'un DRH vide spontanément son sac devant un flic, en particulier quand des soupçons d'homicides pèsent sur un de ses anciens employés. S'il avait annoncé sa visite, on l'aurait immédiatement dirigé vers un avocat. Le but de la manœuvre, c'est de soulever un coin du tapis dans l'espoir d'entrevoir ce que la direction a caché dessous.

En réalité, il ne débarque pas vraiment à l'improviste : il a au préalable appelé une vieille connaissance, un ex-policier reconverti dans la sécurité à Saint Barnabas. Après lui avoir exposé l'affaire, il lui a demandé de partager tout ce qu'il trouverait sur Charles Cullen. Une conversation entre flics donne souvent de meilleurs résultats qu'un mandat, même si l'un touche à présent un salaire annuel à six chiffres en travaillant pour l'hôpital. Et en effet, une enveloppe kraft attend Tim Braun à l'accueil. Il ne l'ouvrira qu'une fois installé dans son bureau, avec un café à portée de main. Elle contient des copies du certificat en réanimation cardio-pulmonaire de Cullen, de son formulaire de situation fiscale, de son carnet de vaccination, ainsi que des extraits de dossiers médicaux anonymisés et des signalements d'incidents thérapeutiques. Tim rejoint ensuite Danny et laisse tomber la liasse sur la table.

— Jette un coup d'œil à ça ! dit-il.

— Oh oh, fait Danny après l'avoir feuilletée.

— Ouais : oh oh.

Arrivé à la dernière page, le jeune flic reprend sa lecture depuis le début.

— Ça ressemble à des rapports, dit-il.

— À des extraits, du moins. Quel bordel ça doit être dans leurs archives !

Le dossier est incomplet, voire fragmentaire. Toutefois, il est étonnant que Saint Barnabas ait conservé autant de traces du passage de Charles Cullen après plus de dix ans. Malheureusement, il manque les détails qui éclaireraient la situation. Même si les deux hommes parvenaient à déchiffrer la demi-douzaine de rapports truffés d'abréviations, ils n'y trouveraient aucune allusion à l'enquête interne qui a conduit au départ de Charles Cullen[1]. En revanche, ils mentionnent que celui-ci a omis de signer le registre après avoir sorti un médicament, a injecté à un malade un remède qu'on ne lui avait pas prescrit, a débranché le respirateur d'un patient critique et a rédigé lui-même une ordonnance pour de l'insuline[2]. Si l'administration de Saint Barnabas a pris Charles Cullen en flagrant délit au début de sa carrière criminelle, elle n'a pas jugé les faits suffisamment graves pour les signaler à l'Ordre des infirmiers ou au département de la Santé. Elle a préféré se débarrasser du problème comme elle se débarrassera, au moment de la rénovation de l'hôpital des années plus tard, des poches de perfusion contaminées et du rapport d'enquête interne. Même le classeur à tiroirs contenant celui-ci disparaîtra, ne laissant qu'une trace de rouille sur le linoléum.

Le lendemain matin, Danny Baldwin se rend à son tour à Saint Barnabas. Le bureau des ressources humaines le renvoie aussitôt vers la responsable du recrutement des infirmiers, Algretta Hatcher. Celle-ci n'a pas connu Cullen, mais le jeune inspecteur espère qu'elle pourra le renseigner sur les fautes qui lui étaient reprochées. Certaines paraissent graves : dans une note manuscrite du 14 mars 1991, sa superviseuse s'avoue « très préoccupée par l'attitude de Charles Cullen », qui lui est apparu « indifférent à la double erreur de médication qu'il a commise ainsi qu'au sort du patient ».

— Une « double erreur[3] » ? réagit Danny. Ça veut dire qu'il a injecté à un malade deux fois la dose prescrite ?

Mlle Hatcher n'en sait pas plus. Elle ignore où est passé le reste du dossier de Cullen[4], mais elle suppose qu'il a été détruit. Danny la croit sincère – après tout, cette histoire remonte à plus de quinze ans –, mais pourquoi n'avoir conservé que certains documents ?

D'après les archives de l'État, après son départ de Saint Barnabas, Cullen a travaillé au Warren Hospital de Phillipsburg. Tim laisse un message au secrétariat de l'établissement. Un administrateur le rappelle dans l'après-midi pour lui annoncer que le dossier de M. Cullen est introuvable. Tim le menace de débarquer avec un mandat de perquisition avant de raccrocher. Une heure plus tard, il reçoit un coup de fil de l'avocat de Warren, qui l'informe que le dossier personnel de Charles Cullen a été détruit. Au même moment, dans le bureau voisin, Danny est en conversation avec la direction des ressources humaines du Hunterdon Hospital, qui lui faxe peu après sa réponse : l'hôpital fait appel à une société d'archivage externe, et celle-ci ne retrouve pas le dossier de Charles Cullen.

— Sans blague ! ricane Tim une fois au courant. Ils l'ont détruit ?

— Ils disent qu'ils n'arrivent pas à remettre la main dessus. Ils l'ont peut-être perdu…

— Ils nous prennent pour des cons, oui !

Il leur reste un dernier hôpital à contacter dans le New Jersey, le Morristown Memorial. C'est Tim qui s'en charge. Cette fois, sans faire allusion à une enquête criminelle, il se contente de demander des renseignements sur un ex-employé, Charles Cullen, et la secrétaire lui propose de passer récupérer le dossier.

C'est Paul Nittoly, un des avocats que Tim et Danny ont rencontrés à Somerset, qui mène l'enquête interne. Le conseil d'administration a fait appel à lui le 19 septembre, presque un mois après la surdose d'insuline de la patiente 5, Frances Agoada, et une semaine avant de rapporter l'incident au département de la Santé. Nittoly a été procureur adjoint du comté d'Essex, un parcours qui en dit long sur sa personne : malin et opiniâtre, il sait quel type de preuves sont susceptibles de convaincre un juge. Tim a l'intuition que Nittoly pourrait se révéler un allié précieux.

Nittoly – la cinquantaine grisonnante et distinguée, vêtu d'un élégant costume sombre avec cravate fantaisie – vient chercher les deux policiers à l'accueil du cabinet. Danny le passe en revue jusqu'à ses chaussures à bouts golf tandis qu'il les guide vers un bureau banalement décoré d'épais volumes reliés en cuir et les présente à son enquêteur privé, un malabar appelé Rocco E. Fushetto. Nittoly prend place dans son fauteuil ; Fushetto reste debout près de lui, bras croisés.

En partageant avec eux ses notes, ses enregistrements et la liste des employés qu'il a interrogés, Nittoly leur ferait gagner un temps précieux. Tim s'attendait à repartir les bras chargés de dossiers après une discussion franche. Mais comme il le relatera plus tard, l'avocat semble déterminé à écourter l'entrevue. Fushetto et lui, affirme-t-il, ont étudié chacun des incidents sans parvenir à identifier un responsable. N'ayant pu se forger un avis définitif, ils ont préféré alerter le bureau du procureur.

— Parlez-nous de vos entretiens avec les infirmiers, dit Tim. Le moindre détail pourrait nous être utile.

— Nous n'avons rédigé aucun compte rendu, répond Nittoly.

— Mais vous avez dû conserver des bandes, ou…

Nittoly secoue la tête.

— C'étaient des rencontres informelles, dit-il. Nous n'avons rien enregistré.

— Même de simples notes feraient l'affaire.

— Nous n'en avons pas pris.

Tim et Danny échangent un regard.

— Vous avez bien gardé les noms et les coordonnées des employés ? insiste le premier. Ça nous éviterait de tout reprendre à zéro.

Nittoly jette un coup d'œil à Fushetto.

— Désolé, dit-il, mais nous vous avons transmis tout ce que nous avions. Vous avez reçu le pli que je vous ai envoyé ?

— Le mémo de quatre pages ? demande Tim. Ouais, il est bien arrivé.

— À ce propos, intervient Danny. Ce document mentionne un certain Charles Cullen. Vous l'avez interrogé ?

— C'est un des infirmiers que nous avons rencontrés, acquiesce Nittoly.

— Vous n'avez rien de particulier à nous dire à son sujet ?

— Non. Tout ce que je me rappelle, c'est qu'il était bizarre.

— Ouais, approuve Fushetto. Un drôle de type.

— Néanmoins, vous n'avez gardé aucune trace écrite de votre entretien avec lui ?

— Non. Désolé.

Tim bout intérieurement. Un avocat qui ne prend aucune note, ça n'existe pas ! Il se retient de faire un esclandre ou de secouer Nittoly. Celui-ci leur demande s'ils ont déjà des pistes, mais les deux policiers ne mordent pas à l'hameçon et regagnent leur voiture cinq minutes plus tard.

Tim attend d'être sur l'autoroute pour laisser éclater sa colère.

— Bordel ! gronde-t-il en donnant un coup de poing au volant. C'est quoi, ces conneries ?

— Il s'est foutu de nos gueules, renchérit Danny.

Quand on mène une enquête, on écrit *tout*. C'est le B.A.-BA du métier de flic, et de celui d'avocat. En tant qu'ex-procureur adjoint, Nittoly est d'autant mieux placé pour le savoir. On passe son temps à dresser des listes, des chronologies, à rédiger des mémos et à les photocopier. À tout le moins, on conserve les noms et les numéros de téléphone des différents protagonistes. Et Nittoly voudrait leur faire croire qu'il n'a même pas gardé quelques gribouillages de ces cinq mois d'investigations ?

— Et ça se prétend avocat ? reprend Tim. Pourtant, les types comme lui ne servent qu'à ça, remplir de la paperasse et émettre des factures !

— Son gorille et lui ont peut-être eu peur de passer pour des baltringues devant des flics, suppute Danny. Le fait est qu'ils ont foiré leur enquête dans les grandes largeurs.

Pendant quelques minutes, Tim se plaît à imaginer Fushetto noyé dans un océan de dossiers truffés de termes incompréhensibles. Mais cette rêverie, aussi réjouissante soit-elle, ne change rien à leur situation. Ce qu'ils ont réussi à soutirer à Nittoly se résume à un mémo de quatre pages et à un nom : Charles Cullen. « Un drôle de type », déjà sanctionné pour des fautes professionnelles à répétition, sans être considéré pour autant comme suspect. Plongé dans ses réflexions, Danny regarde défiler l'autoroute à travers la vitre : pourquoi Nittoly et Fushetto leur ont-ils jeté Cullen en pâture, s'ils n'ont rien sur lui ?

35

Un matin, Danny prend la route de la Pennsylvanie afin de s'entretenir avec le caporal Gerald Walsh, de la police d'État, et ses adjoints, les agents Bruchak et Egan[1]. Pendant plusieurs heures, il leur soutire un maximum de détails sur les incidents survenus au Saint Luke's Hospital et sur l'enquête visant Charles Cullen. De retour à Somerville, il retrouve Tim pour un déjeuner tardif. Les deux hommes s'attablent dans un box au fond du café-restaurant, à l'abri des oreilles indiscrètes. Les investigations de leurs homologues de Pennsylvanie remontent à moins d'un an, et contrairement à celles de Somerset, elles ont donné des résultats concrets. Cette fois, ils peuvent s'appuyer sur des preuves médico-légales, des dizaines de témoins coopératifs, et ils ont un suspect crédible. Tous les ingrédients d'une enquête rondement menée, hormis le happy end.

Apparemment, ce n'est pas l'administration de Saint Luke's qui a alerté la police de l'État, mais une infirmière, Pat Medellin. Lorsque Charles Cullen a été renvoyé pour avoir détourné des substances dangereuses, elle a fait le lien avec une série de décès survenus au sein du service et a demandé instamment à la direction d'agir[2]. Elle s'est entendu répondre que Cullen n'avait causé aucun préjudice aux patients et que l'affaire était close[3].

Mécontente, Pat Medellin s'est, le 29 août 2002, confiée à une connaissance, un flic d'Easton, en Pennsylvanie, qui en a référé à son supérieur, lequel a informé le coroner, qui a averti le district attorney, James B. Martin. La police d'État a interrogé 18 des employés de Saint Luke's au sujet des morts suspectes et constaté que leurs témoignages concordaient. Ainsi, l'infirmière Lynn Tester a remarqué que les patients en voie de guérison avaient tendance à mourir d'une manière aussi soudaine qu'inexplicable après que Charles Cullen avait changé leur poche de perfusion. Sa collègue Robin Saulsberry a surpris le même Cullen alors qu'il quittait la chambre d'un malade qui devait succomber peu après. Un malade dont elle avait la charge. Avec un frisson, elle s'est rappelé qu'il fixait ensuite l'écran de contrôle des ECG comme s'il attendait quelque chose. Saulsberry, titulaire d'un doctorat de chimie, soupçonne Cullen d'avoir administré du Pronestyl, une des drogues qu'il est accusé d'avoir dérobées, au malade en question. Lynn Tester a estimé pour sa part que 58 % des décès avaient eu lieu pendant ses heures de travail, alors qu'il n'était présent que 26 % du temps[4]. Une autre infirmière a calculé que si le service connaissait entre 20 et 22 arrêts cardiaques hebdomadaires à l'époque où Cullen y travaillait, la moyenne était retombée à un incident par semaine après son départ[5]. Les coroners Zachary Lysek et Scott Grim ont passé en revue une montagne de dossiers médicaux. Le premier s'est alarmé en privé du danger que Charles Cullen représentait pour la société. Il a évalué le nombre de ses victimes à une cinquantaine, mais en l'absence de certitude scientifique, il ne pouvait prendre le risque d'ébruiter ses soupçons. Le district attorney a alors chargé le Dr Isidore

Mihalakis – le légiste qui avait réalisé l'autopsie d'Helen Dean, décédée au Warren Hospital dans des circonstances suspectes, des années plus tôt – de réunir des preuves. Mihalakis a passé plusieurs mois à éplucher les dossiers de 17 patients sélectionnés par Saint Luke's sans rien trouver[6]. Entre-temps, Charlie Cullen avait retrouvé du travail au centre médical de Somerset, dans l'État voisin.

Le dossier professionnel de Cullen à Saint Luke's raconte l'histoire banale d'un infirmier poussé à démissionner après des avertissements à répétition. « Charles a mis fin à sa collaboration avec notre établissement », est-il écrit dans le registre du personnel. « À ne pas réengager : erreurs de médication. » Bien entendu, le bromure de vécuronium n'est cité nulle part, pas plus que les autres substances dangereuses que Charles Cullen a stockées en vue d'un usage criminel : les administrateurs de l'hôpital ne disposent d'aucun élément concret leur permettant d'affirmer qu'il a volontairement provoqué un surdosage mortel chez un malade. Sciemment ou non, ils ont traité le problème Cullen de manière à éviter les tracas légaux et à laisser un minimum de traces écrites.

Cette affaire ne ressemble à rien de ce que Tim Braun et Danny Baldwin ont connu au cours de leur carrière. Toutefois, c'est moins son déroulement que sa conclusion qui les rend perplexes : cinq mois avant que le procureur du comté de Somerset ne les mette sur le coup, en mai 2003, le district attorney Martin a clos le dossier. Pourquoi a-t-il renoncé à poursuivre Cullen ? L'explication la plus évidente est la crainte de perdre le procès. C'est un défi de taille qui attend Braun et Baldwin : ils vont devoir reprendre l'enquête à zéro, avec encore moins de moyens, d'indices ou de témoins.

Danny s'attelle à la tâche en se replongeant dans les dossiers des six victimes potentielles. Grâce à ses lectures et à sa femme gynécologue, le Dr Kimberly Baldwin, il commence à trouver un sens aux gribouillis retraçant l'évolution de leur état de santé jusqu'à leur décès. Pour autant, les graphiques et les résultats d'analyses n'indiquent pas comment la digoxine est arrivée dans l'organisme des patients. Cependant, il ne fait presque aucun doute que la « dig » est l'arme du crime. Danny se plaît à imaginer une seringue pointée sur quelqu'un, tel un pistolet. Cette image rend l'affaire moins abstraite.

Comme toutes les armes, la dig qui a tué le révérend Gall provenait de quelque part, selon toutes probabilités du Pyxis. Malheureusement, les informations stockées dans la mémoire de celui-ci s'effacent au bout de trente jours.

— Mais quelqu'un a dû les voir, dit Danny.

— De quoi est-ce que tu parles ?

— Quand on a su que Gall était mort d'un surdosage de digoxine, quelqu'un a forcément consulté les données du Pyxis. Après, ils ont fait venir l'avocat, Fleming, pour interroger Cullen.

Danny montre le mémo à Tim et souligne le passage de l'index :

— « M. Cullen était conscient que toute requête pour retirer un médicament, même suivie d'une annulation, apparaîtrait dans le Pixis [*sic*]. »

— C'est quoi, cette histoire ?

— Aucune idée. Mais l'interrogatoire de Cullen a eu lieu le 14 juillet, soit moins de trente jours après le décès de Gall.

— Donc, à ce moment-là, l'avocat et Lund pouvaient vérifier quels produits le Pyxis avait délivrés la nuit où le pasteur est mort.

— C'était la chose logique à faire : regarder si Cullen avait retiré une quantité anormale de digoxine, ou s'il s'était livré à des opérations suspectes. Pour une raison que j'ignore, ils s'intéressaient aussi aux commandes qu'il avait annulées. Toutes ces informations devraient figurer dans le mémo. Où sont-elles passées ?

— Quand ils nous ont appelés, ça faisait plusieurs mois qu'ils enquêtaient. Ils devraient avoir un dossier épais comme l'annuaire.

Danny soupire. Ils ont déjà eu cette conversation des dizaines de fois.

— Peut-être ont-ils consulté les données du Pyxis sans les imprimer ? hasarde-t-il.

Tim pousse un grognement dubitatif. Trop de choses ne collent pas dans cette histoire. À en croire Lund et Nittoly, personne n'a jamais pris de notes ni soupçonné Cullen, et le Pyxis n'a rien révélé d'intéressant.

— « À ce stade, lit-il à voix haute, rien dans les états de service ni dans l'attitude de M. Cullen ne justifiait d'alerter les autorités. »

— En tout cas, cette phrase laisse supposer qu'ils se sont posé la question, fait remarquer Danny.

Un homicide, un hôpital et un suspect apparemment intouchable… Cette enquête rappelle désagréablement celle sur la mort d'Ethel Duryea à Tim. L'image du carton rempli de documents à présent inutiles qui dort dans son placard surgit parfois dans son esprit, sous la douche ou en voiture. À l'époque, le classement de l'affaire l'avait poussé à se réfugier dans la routine et l'apathie, mais comment feindre l'indifférence quand le temps joue contre vous ? Il croit entendre en permanence le tic-tac d'une horloge qui égrène les secondes, plus insistant chaque jour et chaque nuit qui voient Charles Cullen au travail.

Cet après-midi-là, Danny Baldwin annonce à Mary Lund que le passé judiciaire de Charles Cullen et ses multiples renvois pour fautes professionnelles le rendent suspect aux yeux de la police. Par conséquent, il la prie de leur communiquer le nombre de patients décédés pendant les heures de service de l'infirmier ainsi que ses plannings pour l'année écoulée. Cette démarche les oblige à dévoiler leur jeu, mais il n'est plus temps de finasser.

Lund lui promet de faire surveiller Cullen. Danny sait que cela ne suffira pas. S'ils veulent le coincer, ils vont devoir redoubler d'audace et d'imagination.

Avant même son interrogatoire par Fleming, le 14 juillet, Charlie était parvenu à la conclusion qu'il allait devoir changer de méthode pour se procurer des médicaments.

En quinze ans de carrière, il a assisté à l'arrivée du Pyxis et l'a vu évoluer. À cause de lui, la digoxine sera maintenant soumise aux mêmes protocoles de sécurité que les narcotiques comme la morphine ou que l'insuline. S'il opère dans l'ombre, ses actions ont des conséquences publiques. Il y voit une forme de reconnaissance.

L'enquête qui le vise est une de ces conséquences. Comme les précédentes, celle-ci lui évoque une partie d'échecs, jusque dans sa lenteur. Avec l'expérience, il est devenu capable de prédire le coup suivant de son adversaire. Ça ne rate jamais.

Selon toute vraisemblance, le révérend Gall était quelqu'un d'important. Sa mort a déclenché une tempête. Mise sous pression, la direction a fini par remarquer le manège de Charlie avec le Pyxis. C'est décidé, il n'annulera plus jamais une commande de digoxine. En fait, il n'en commandera plus, même muni d'une prescription en bonne et due forme. Il s'adaptera, comme toujours. À vrai dire, la veille de son entretien avec l'avocat, il a expédié un patient avec une dose de dobutamine[7].

Il sait depuis longtemps que, pour changer un homme, il suffit de modifier le contenu de sa perfusion. Dans cette affaire, il n'est que l'instrument du destin. Pourquoi renoncerait-il à un rôle aussi gratifiant ?

36

Quelques jours plus tard, le procureur Wayne Forrest invite Tim et Danny à faire le point sur leur enquête devant la brigade au complet. Le travail des deux hommes commence à porter ses fruits : le champ de leurs recherches déborde à présent le cadre du centre médical de Somerset pour englober une demi-douzaine d'hôpitaux à travers deux États ; ils ont rempli une montagne de paperasse et identifié un suspect sérieux en la personne de Charles Cullen. Pourtant, ils ne disposent toujours pas de preuves irréfutables. Pour en obtenir, il va leur falloir examiner à la loupe toutes les informations susceptibles d'être recueillies dans les différentes juridictions. Leur brigade, explique Tim, n'a ni les ressources ni l'expérience nécessaires pour mener une enquête d'une telle ampleur. Constituer une force spéciale leur permettrait de bénéficier de l'appui d'autres juridictions ainsi que du tout nouveau logiciel du FBI, Rapid Start, qui organise des données éparses en une base unique. Il a entendu dire que le procureur du comté de Morris voisin, Michael Rubbinaccio, l'a fait installer sur ses ordinateurs et qu'une des filles de son équipe est une véritable experte. Ce dispositif serait sûrement plus efficace que deux types déchiffrant des pages noircies de notes dans une salle vide.

Cette suggestion semble agacer Forrest, qui la balaie d'un revers de main. À la fin de la réunion, Tim le suit dans son bureau afin de reprendre la discussion en toute discrétion. Le procureur campe sur sa position : c'est *leur* enquête, pas question de la partager. Point barre.

Cet après-midi-là, les inspecteurs Douglas Brownlie, Nick Magos, Stuart Buckman et Edward Percell pénètrent à la suite de Tim et Danny dans le bar-restaurant où ces derniers ont leurs habitudes et s'installent dans un box au fond de la salle. Ces six hommes coiffés en brosse, qui planquent leur flingue sous la veste de leur costume, vont créer leur propre « force spéciale ».

Brownlie et Magos feront la tournée des hôpitaux, mandats en poche, et tâcheront de tirer le maximum des dossiers médicaux et des rapports internes, avec l'aide du procureur adjoint Tim Van Hise. Buckman et Percell interrogeront les ex-collègues de Cullen en plus de fouiller son passé professionnel et judiciaire. Tim et Danny se concentreront sur les incidents de Somerset.

Le problème, c'est que toutes les pistes qu'ils ont suivies jusqu'ici conduisaient à une impasse. L'enquête menée par un bataillon d'experts a accouché d'un mémo de quatre pages sans livrer aucune réponse. S'il ne fait aucun doute que les patients ont succombé à une intoxication médicamenteuse, l'historique du Pyxis a été effacé, Nittoly est incapable de leur fournir la transcription de ses entretiens avec les employés, et personne n'a recueilli la moindre preuve tangible. Pour le moment, ils n'ont pas de victimes à strictement parler. Le médecin légiste n'a pas conclu à des homicides, mais à des « incidents thérapeutiques » ou à des « décès dus à des causes médicales inconnues ». Le plus minable des avocats n'aurait aucun mal à les démolir devant un tribunal. Même la responsabilité de Charles Cullen dans des incidents survenus dans d'autres établissements relève au mieux de la présomption. Pour le coincer, ils vont devoir s'appuyer sur d'autres sources.

Danny appelle ensuite le département de la Santé et des personnes âgées du New Jersey, le DOH. Il s'entretient successivement avec deux employés du service, Edward Harbet[1] et Kathey Demarkey, puis avec la sous-directrice, Alma Clark. Celle-ci lui confirme qu'ils sont au courant des « incidents » de Somerset, mais elle ne peut le renseigner davantage sans un mandat[2], qu'il mettra plusieurs jours à obtenir. Elle lui apprend néanmoins que le DOH a confié l'affaire à un établissement public, Medicare/Medicaid, plus habitué à juger de la qualité des soins qu'à enquêter sur des homicides.

Résolu à contourner le DOH, Danny se replonge dans ses notes.

— Cors nous a dit qu'ils avaient alerté l'Ordre des infirmiers…

— On les a déjà contactés, réplique Tim. Ils ont été aussi fuyants que le DOH.

— Il a dit également qu'ils avaient consulté le Centre antipoison du New Jersey.

— À quelle date ?

— Il ne l'a pas précisé. Mais j'en ai marre de gaspiller mon temps à laisser des messages à des gens qui ne me rappellent jamais. Si on allait voir sur place de quoi il retourne ?

À l'époque, le Centre antipoison du New Jersey est encore logé dans un immeuble institutionnel de Newark. Une odeur de livres moisis flotte dans ses interminables corridors, encombrés de chaises cassées et de moquettes roulées constellées de chewing-gums séchés. Une chaîne barre l'entrée principale du bâtiment, qui sera définitivement abandonné quelques mois plus tard.

Les policiers ignorent ce qu'ils sont venus chercher. Tim imagine un laboratoire avec des types en blouse blanche qui manipulent des éprouvettes remplies de liquides bouillonnants. Il espère qu'ils seront aussi efficaces que les experts en balistique dans une affaire d'homicide « normale ».

Après avoir monté un escalier et longé un couloir au sol recouvert de linoléum, ils pénètrent dans une pièce très différente du donjon du Dr Frankenstein. Sur la table, des piles de livres et de dossiers côtoient des balles de golf fantaisie, le genre de gadgets dont les médecins semblent raffoler. Des serpents et autres bestioles venimeuses naturalisées encombrent les étagères en même temps que des œuvres d'art tribal. Le bureau donne l'impression d'avoir été retourné par une armada de flics munis d'un mandat de perquisition.

Le directeur du centre, Steven Marcus, un sexagénaire aux cheveux blancs, est connu autant pour son expertise en matière de toxicologie que pour sa franchise. Si la première est unanimement appréciée, la seconde lui vaut une réputation d'emmerdeur. En voyant la carrure, les moustaches et les costumes-cravates de ses deux visiteurs, il devine aussitôt qu'il a affaire à des policiers. Pendant que Tim et Danny se présentent, il dégage rapidement le plateau de son bureau, révélant un magnétophone enregistreur et une collection de cassettes.

— Vous voici enfin ! Ça fait cinq mois que je vous attends.

Danny rembobine la bande, appuie sur la touche « Marche » et se cale contre le radiateur du bureau de Tim. La tonalité d'un téléphone s'échappe du haut-parleur.

L'expérience lui a appris que si l'on veut obtenir la vérité de quelqu'un, il ne faut pas lui laisser l'occasion de mentir. Mieux vaut le prendre par surprise, défoncer sa porte pendant qu'il est sous sa douche et lui coller un mandat de perquisition sous le nez. Il est encore plus facile, et souvent plus efficace, de l'enregistrer à son insu.

Les bandes que leur a confiées Marcus éclairent d'un jour nouveau les incidents survenus à Somerset. Les dirigeants de l'hôpital avaient passé sous silence leurs échanges avec les toxicologues du Centre antipoison et le fait que ceux-ci les avaient exhortés à prévenir la police il y a des mois de cela.

Que Dieu leur pardonne ce qui a pu arriver entre-temps, pense Danny. *Car moi, je ne leur pardonnerai pas.*

37

Danny regarde tourner les bobines de la cassette en écoutant Mary Lund se présenter au Dr Bruce Ruck, du Centre antipoison. Puis il entend Marcus s'emporter contre Cors et Lund et les menacer d'alerter le DOH. Les résultats des analyses indiquent que leurs patients ont succombé à une intoxication massive, leur martèle-t-il. C'est une affaire qui relève de la police.

— C'est donc Marcus qui a pris contact avec le DOH, dit Danny. Pourtant, les gens de Somerset prétendaient ne vouloir avertir personne tant qu'ils n'auraient pas bouclé leur enquête.

— Ces salopards méritent qu'on leur pourrisse la vie, marmonne Tim en tapotant le magnétophone avec son stylo.

Cet après-midi-là, il donne de nouvelles directives aux membres de sa force spéciale.

— À partir de maintenant, leur dit-il, chaque fois que vous aurez affaire à Somerset ou à un autre hôpital, c'est vous et vous seuls qui poserez les questions. S'ils vous interrogent, faites les imbéciles, mais ne partagez aucune information avec eux. Pigé ?

Tim ignore ce que les huiles de Somerset savent ou pas. Son unique certitude, c'est que ces gens ne sont pas dignes de confiance. En leur révélant ce qu'ils recherchent, ils perdraient toute chance de le trouver.

— Ce qui me rend dingue, dit-il à Danny, c'est que ce type est toujours en état de nuire. En seize ans, il a travaillé pour neuf établissements différents, et le même schéma s'est reproduit partout. Pour que ça change, on va devoir mettre la pression sur les hôpitaux.

— Ça, et déterrer quelques cadavres, renchérit Danny.

Le jeune inspecteur se rend ensuite chez le coroner régional et lui confie une copie des rapports sur les incidents survenus à Somerset. Mambo se concerte avec un toxicologue, le Dr Jackson. Des six patients, leur préféré est le révérend Gall, en raison de son taux de digoxine outrageusement élevé. Mais pour prouver qu'il a bien succombé à un empoisonnement, ils vont devoir réaliser leurs propres analyses. Heureusement, Gall est ce que les policiers appellent « de la viande fraîche[1] ». Son corps est l'unique scène de crime dont ils disposent.

Danny demande l'aide de Tim Van Hise pour rédiger un affidavit – une déclaration sous serment – qu'il adresse au juge Roger Mahon en le priant de l'authentifier et de le placer sous scellés : pour fonctionner, son plan exige la plus grande discrétion.

38

Danny a dû s'acquitter des centaines de fois de la tâche pénible entre toutes consistant à annoncer la mort d'une victime d'homicide à ses proches. Le jour où il a appris à une mère que son fils avait été tué pour une paire de baskets, il pleurait encore plus fort qu'elle. Perdre un être cher est déjà terrible, mais le mot « meurtre » amplifie la douleur. Si cet aspect de son travail lui pèse toujours, au fil des ans, il s'y est habitué au point d'y exceller. Pourtant, la perspective d'une entrevue avec Lucille Gall le rend nerveux.

En tant qu'infirmière, la sœur du pasteur n'aura aucun mal à comprendre le jargon médical. Toutefois, il devra la laisser assimiler les faits avant de lui asséner la mauvaise nouvelle qui motive sa visite et de lui présenter sa requête. *Surtout, pas de précipitation*, se répète-t-il en chemin. *Expose un point après l'autre, sans omettre aucun détail. Et avant tout, assure-toi que la pauvre femme est bien assise.*

L'adresse qu'il a notée dans son carnet est située dans une banlieue coquette, peuplée de personnes d'un certain âge. En l'absence d'enfants, les décorations d'Halloween se limitent à quelques citrouilles entières, pour ne pas gâcher la marchandise. Danny gare son véhicule banalisé le long du trottoir, à la vue de tous les riverains. Une fois descendu, il prend le temps de rajuster sa cravate et se dirige à pas lents vers la maison de Lucille Gall, son badge bien en évidence. Un rituel qu'il répète chaque fois qu'il effectue seul une mission : l'arrivée d'un Afro-Américain inconnu, même trentenaire, vêtu d'un costume à 500 dollars et conduisant une voiture neuve, suscite toujours une certaine inquiétude dans un quartier résidentiel. Un jour, un homme qu'il était venu interroger a téléphoné à la police.

Danny devine les regards fixés sur lui derrière les fenêtres. Une femme blanche, mince, aux cheveux blonds et courts, dont il estime l'âge entre 50 et 60 ans, lui ouvre et le précède jusqu'à un salon rempli de meubles poussiéreux et de bibelots anciens. Il attend que Lucille Gall soit assise, prend une profonde inspiration et se lance.

En l'écoutant, Lucille reste d'abord bouche bée, puis la colère l'envahit.

Elle a eu du mal à accepter la mort de son frère, surtout après avoir autant prié et dépensé d'énergie pour le maintenir en vie. Florian réclamait constamment sa présence, et il lui est arrivé de passer douze heures d'affilée à le veiller.

Quand il est entré à l'hôpital, elle s'est préparée à l'idée de le perdre et a refusé l'acharnement thérapeutique. Si ni Dieu ni la médecine ne pouvaient le sauver, au moins, elle lui épargnerait une déchéance interminable. Mais son état s'est amélioré et, au bout d'une semaine, elle a annulé ses instructions. Lorsqu'elle l'a quitté, dans la soirée du 27 juin, elle était pleine d'espoir. Et puis subitement, le 28, peu avant l'aube, le cœur de Florian a lâché. Une fois ses larmes séchées, Lucille a trouvé une forme d'apaisement dans l'idée que c'était la volonté divine et qu'elle devait s'y soumettre. Quand Dieu te rappelle, tu ne discutes pas : c'est ce que son frère aurait dit dans son sermon dominical. Mais cette paix intérieure vient de voler en éclats.

Les analyses ont révélé un taux anormalement élevé de digoxine dans le sang de Florian. Lucille interrompt les explications de Danny. En tant qu'ex-infirmière, puis responsable des risques dans un établissement hospitalier, elle sait ce que ça signifie : ce n'est pas Dieu qui a rappelé le pasteur à ses côtés.

— On a tué mon frère, dit-elle.

Les chiffres que lui présente Danny ne laissent aucun doute sur le caractère criminel du décès du révérend Gall. Pourtant, Somerset l'a déclaré mort de causes naturelles. Lucille ne décolère pas : elle restait au chevet de Florian chaque jour de 9 à 19 heures. Le personnel la connaissait, savait qu'elle avait été infirmière. La direction aurait dû lui communiquer les résultats des analyses, au moins par courtoisie envers une consœur, et elle aurait exigé une autopsie. Est-ce la raison pour laquelle on lui a caché la vérité ?

Danny ne cherche pas à calmer sa fureur. Celle-ci lui apparaît comme sa meilleure alliée pour gagner son appui et faire avancer l'enquête.

— Votre frère a consacré sa vie à Dieu et à son prochain, dit-il. Même mort, il peut encore être utile. Nous avons besoin de son aide, et de la vôtre.

Si Lucille leur donne son blanc-seing, ajoute-t-il, ils pourront empêcher le meurtrier de Florian de faire d'autres victimes. Mais il se trompe.

39

21 octobre 2003

Bien que retraité, Ed Zizik, un ex-ingénieur électricien chez Edison, dans le New Jersey, ne montrait aucune intention de lever le pied. Son activité de bénévole au centre médical de Somerset structurait ses journées, donnait un sens à son existence et l'incitait à sortir de chez lui, à la grande satisfaction de son épouse.

Zizik, une figure familière et joviale, se mettait toujours sur son trente et un, que ce soit pour tenir la caisse de la boutique de cadeaux ou le guichet d'information. Le personnel l'avait rapidement pris en affection. Aussi, quand sa femme a dû appeler une ambulance pour l'emmener en urgence à l'hôpital, le 16 octobre, la question du choix de l'établissement ne s'est même pas posée.

Ce jour-là, Charlie n'avait que deux patients. Il a injecté à chacun une dose de 8 milligrammes de Xanax. M. Zizik a reçu la sienne à 20 h 30. Charlie s'est ensuite occupé des perfusions, puis il a vérifié les données des appareils de télémétrie avant de dévêtir M. Zizik, profondément endormi, pour lui faire sa toilette et l'enduire de lotion. Des soins rapidement accomplis, avec l'aide d'Amy. Le reste de la nuit s'est déroulé sans incident.

Le lendemain, Charlie s'est vu assigner plusieurs patients, dont un seul muni d'une prescription nécessitant le recours au Pyxis. À l'aube, il a regagné la maison de Cathy pour la trouver en robe de chambre et de mauvais poil en train de faire la vaisselle du petit déjeuner. Leurs disputes sont de plus en plus fréquentes. Elle voudrait qu'il s'en aille. Charlie n'y est pas opposé, mais il repousse son départ de jour en jour. Il n'y a qu'à l'hôpital qu'il se sent chez lui.

Charlie est dans le bureau des infirmiers quand Amy Loughren arrive. C'est à peine s'il lui jette un regard, mais elle ne s'en formalise pas – elle l'a déjà vu de cette humeur. Plus tard, elle l'aperçoit sur le seuil d'une chambre avec le chariot du Cerner, semblable à un chien veillant jalousement sur son os. Il passe des heures à consulter des dossiers et à pianoter sur le clavier du terminal, ne s'interrompant que pour aller chercher des médicaments. Cette nuit-là, il fera une quarantaine d'allers-retours entre le Cerner et le Pyxis, au lieu de grouper ses retraits, comme le voudrait la logique.

La direction l'a fait surveiller pendant tout l'été. Est-il toujours dans le collimateur ? Il suppose que oui. Ces commandes multiples sont un manifeste adressé en premier lieu à lui-même, mais aussi à quiconque se donnerait la peine de vérifier ses faits et gestes.

Le jeu repose en partie sur l'habitude qu'il a prise de passer par le Pyxis pour obtenir des produits pourtant en accès libre. Il est le seul infirmier à saisir son code personnel et le nom du patient pour se procurer de l'eau oxygénée, de l'aspirine ou de la pommade. C'est ce qu'il fait cette nuit-là, tapant successivement des combinaisons de chiffres et de lettres dont chacune entraîne l'ouverture d'un tiroir différent. Il demande aussi de l'héparine, pour – peut-être fait-elle l'objet d'une surveillance – presser la touche « Annuler » aussitôt après. Au bout de vingt secondes, il commande tour à tour un tube de pommade, du paracétamol, du chlorure de potassium, du furosémide, deux autres flacons de paracétamol, puis encore deux.

Il rentre à la maison, dort quelques heures, regarde la télé, se dispute avec Cathy, remonte à bord de sa Ford Escort, toujours perdu dans ses réflexions, et commande du paracétamol dès son arrivée à l'hôpital. Une nouvelle nuit commence mais, dans son esprit, c'est la même qui se poursuit à l'infini. Il enchaîne les retraits : une ampoule de nitroglycérine, suivie d'une seconde huit minutes plus tard, puis deux unités de nitroprussiate de sodium – pas assez pour constituer une dose complète, comme le savent tous les infirmiers.

Métoprolol, ondansétron, Xanax, chlorure de potassium, sulfate de magnésium, métoprolol, métoprolol, puis nitroprussiate de sodium. Le soleil se lève et se couche ; Charlie part et revient. Le même cycle se répète le lendemain et le surlendemain.

Furosémide, furosémide, insuline, paracétamol, eau oxygénée, propofol, propofol, héparine, héparine, pommade, halopéridol, sulfate de magnésium, pommade, héparine, insuline, noradrénaline, dobutamine, héparine, dobutamine : tel est l'historique des commandes de Charlie dans la nuit du 20 octobre. Selon son dossier, le 21 octobre, à environ 2 h 30 du matin, M. Zizik a succombé à une surdose de digoxine. Pourtant, celle-ci n'apparaît ni dans ses prescriptions ni parmi les médicaments retirés par Charlie cette nuit-là.

40

Le 27 octobre, Danny se rend au Saint Michael's Hospital de Newark avec deux des adjoints du procureur, Robert Land et Tim Van Hise. Le jeune inspecteur souhaite un avis médical indépendant sur les résultats des analyses des six intoxications médicamenteuses « inexplicables » survenues à Somerset.

Dans le hall, les trois hommes tombent sur Paul Nittoly et son enquêteur, Rocco. Danny les salue froidement, puis il ne prononce plus un mot jusqu'à ce que le Dr Leon Smith les reçoive. Le chef du service de médecine de Saint Michael's a passé en revue les dossiers des six patients, et il en a tiré des conclusions très différentes de celles que Cors et Nittoly ont présentées aux policiers le 7 octobre.

Il s'est concentré sur les quatre cas les plus suspects[1], ceux dont le Pyxis a effacé les données après trente jours. Selon son opinion de professionnel, tous les quatre ont succombé à un surdosage d'une substance d'origine exogène.

Paul Nittoly se tourne vers Danny pour voir sa réaction, mais celui-ci a déjà quitté la pièce et court vers sa voiture sous la pluie.

Tim dépasse le tribunal au volant de sa Crown Vic. L'autoradio diffuse des standards du rock, et les essuie-glaces luttent contre une pluie glacée. De part et d'autre de la route, devant les maisons, des sacs recyclables remplis de feuilles mortes attendent le passage des éboueurs. Certains sont imprimés de citrouilles grimaçantes. Quelques pelouses sont décorées avec de fausses pierres tombales festonnées de toiles d'araignées en coton. Vingt minutes plus tard, Tim quitte l'Interstate et traverse Woodbridge Township à 30 kilomètres à l'heure, coincé derrière une Honda Accord avec une fausse jambe qui dépasse du coffre, avant d'atteindre Perth Amboy et le cimetière de la Sainte Trinité.

Abrité sous un parapluie immense, Danny supervise une équipe de fossoyeurs en combinaisons jaunes. Quand Tim les a appelés, la veille, il les a prévenus : « Ce n'est pas pour mettre un type dans un trou, mais pour l'en sortir. » Il s'attendait à une réaction de rejet mais, apparemment, tous les chantiers se valent à leurs yeux.

Le conducteur de l'excavatrice connaît son métier ; il pilote l'énorme machine sans écraser quoi que ce soit. Encore quelques pelletées, et il en a terminé. Un autre ouvrier se glisse dans la fosse avec sa bêche, prend appui sur la pierre tombale et disparaît. Bientôt, son outil heurte une surface dure avec un son creux qui évoque immédiatement la découverte d'un trésor. Une heure plus tard, le caveau se profile dans un rectangle calculé pour qu'on puisse en découper le pourtour à la scie. Le béton ne s'affaisse pas et ne se brise pas comme un cercueil sous le poids de la terre (raison qui explique que le sol des anciens cimetières est parfois trop accidenté pour être tondu). Les ouvriers dressent un trépied de 3 mètres équipé d'un treuil et soulèvent le caveau de 300 kilos, version moderne du tombeau de Toutankhamon. Le cercueil semble neuf, ses poignées brillent. On le charge à l'arrière de la Chevrolet Suburban qui doit le transporter jusqu'au bureau du Dr Mambo.

Danny assiste à son déchargement en compagnie d'un des plus jeunes policiers de la brigade, l'inspecteur Brian Hoey. Florian Gall était le pasteur de l'église que fréquente Hoey ; celui-ci est venu l'identifier devant Dieu et le coroner. Danny lui tend une caméra tandis que Mambo soulève le couvercle du cercueil et décrit son contenu :

1. Une bible à reliure noire
2. Une paire de lunettes à monture grise
3. Un oreiller blanc décoré de rubans et de fleurs
4. Une paire de chaussures noires
5. Une soutane brun clair
6. Un pantalon noir
7. Un surplis blanc
8. Une paire de chaussettes noires
9. Une étole brun clair
10. Une ceinture noire
11. Une chemise noire
12. Trois photos couleur
13. Un col ecclésiastique blanc
14. Une carte ADN
15. Un jeu d'empreintes digitales

Avec des gestes précis, Mambo enfile une paire de gants chirurgicaux avant d'examiner le corps embaumé du pasteur : homme de race blanche, bien nourri, montrant les signes d'un amaigrissement récent. Âge : 68 ans. Taille : 1,75 mètre. Poids : 77 kilos.

Le révérend Gall était chauve, et son front ne présente rien de particulier. La conjonctive de ses yeux et de ses paupières est pâle, ses iris gris clair, ses pupilles rondes.

L'excavation n'a pas endommagé son visage. Une fine moisissure verte recouvre son nez et la plus grande partie de ses joues. Aucun liquide ne s'écoule de ses oreilles.

En lui ôtant ses vêtements, Mambo révèle un orifice de trachéotomie ainsi que trois incisions grossièrement suturées et enduites d'un gel granuleux sur le haut de la poitrine : les traces de l'embaumement, de même que les boutons de trocart qui parsèment l'abdomen du mort. D'autres moisissures allant du vert-de-gris au noir poussent entre ses doigts, tapissent la partie inférieure de son ventre et lui tombent aux genoux, tel un bermuda duveteux. D'autres, tirant sur le jaune, descendent le long des mollets et enveloppent les pieds comme des pantoufles. L'étiquette attachée au gros orteil porte le nom du centre médical de Somerset.

Après avoir ouvert le thorax, Mambo en sort les poumons rouge sombre, fermes et gorgés de gel formolé. Le cœur du révérend pèse 600 grammes et montre des signes d'usure. Mambo collecte ensuite des échantillons[2] – du gel sur le côté du cou, un fragment de gaze adhérant à une escarre au niveau du sacrum, un peu de moisissure – et dépose chacun dans un tube. Il récupère aussi des poils, des rognures d'ongles, prélève du liquide dans l'abdomen et dans la rate, des morceaux des poumons, des reins, du foie et de l'intestin grêle, des deux testicules, d'une côte, du diaphragme, de la rate, du cerveau, de la moelle épinière et du cœur. Pour terminer, il transfère le contenu de l'estomac dans un sac, procède à une ponction du vitré et remplit un tube de terre provenant de la tombe du pasteur.

Alors que le Dr Mambo achève sa journée de travail, le service de nuit commence à peine au centre médical de Somerset.

41

La veille d'Halloween, Charlie se rend au travail à l'heure où la plupart rentrent chez eux. Il traverse la banlieue ouvrière en même temps qu'une file interminable de voitures, des modèles compacts dont les autocollants sur les pare-chocs dévoilent la personnalité de leurs conducteurs, progressant au pas, ensemble mais séparées, le long de la rivière de bitume. Toute sa vie, Charlie n'a connu que cette solitude. Il a toujours été incompris, jugé sur des impressions aussi superficielles qu'un autocollant. Des deux côtés, la route est bordée par des stations de lavage, des restaurants chinois à emporter, des magasins de pièces de rechange pour automobiles, des centres de bronzage plus ou moins abandonnés. Des panneaux auxquels il manque des lettres se balancent dans le vent. Des types en jean, coiffés de casquettes publicitaires, traversent des parkings déserts pour se rendre à la supérette – des types sans uniforme ni profession, à l'inverse de Charlie. Les terrains vagues sont envahis d'herbes sauvages, aussi dures et fibreuses que du bois.

Sur la nationale, le trafic connaît une nette accélération. Charlie rejoint ensuite l'I-78 et fonce pendant quarante minutes à travers un paysage de collines, de forêts flamboyantes et d'authentiques fermes avant de franchir la frontière avec le New Jersey. Puis il roule à un train de sénateur au milieu des maisons de la banlieue chic de Somerville, aux façades décorées de tiges de maïs et de coloquintes, avec garage attenant et marteau de porte en forme d'aigle américain. Il semble à Charlie que les demeures de prestige, les Nissan et les Subaru neuves qui l'entourent reflètent un peu son statut professionnel et sa personnalité. Il savoure cette impression quand un véhicule de patrouille le double en faisant mugir sa sirène.

Un policier en descend et l'avertit poliment qu'il doit saisir sa voiture pour la conduire à la fourrière. L'infirmier, mortifié, crie à l'injustice. On lui reproche de ne pas s'être acquitté de plusieurs contraventions pour stationnement dépassé quand il vivait à Phillipsburg. Or, la maison dans laquelle il louait un appartement possédait une allée, de sorte qu'il ne se garait jamais sur la voie publique. Dans ces conditions, comment aurait-on pu le verbaliser ? Il est prêt à faire un esclandre mais, contre toute attente, le policier lui prête une oreille attentive. Il l'appelle « monsieur » et lui promet d'éclaircir l'affaire au plus tôt. En attendant, il lui propose de le déposer à son travail.

Charlie se glisse à l'intérieur du véhicule rutilant, un cocon douillet qui sent bon le cuir et la loi. En dépit des circonstances, il trouve l'expérience plaisante. Quelques heures plus tard, on lui confirmera qu'il avait raison, qu'il a été victime d'une erreur et qu'en compensation la police va lui livrer sa voiture à l'hôpital.

Le service se déroule sans incident. Charlie laisse son esprit vagabonder pendant qu'il soigne les patients, les savonne et les enduit de lotion. Il imagine le rire d'Amy quand il lui racontera son aventure. C’est typiquement le genre d’anecdote dont elle raffole.

Mais alors que la nuit s’achève, il est convoqué au bureau du personnel, où on l’informe que la direction « met fin à son contrat » : une manière élégante de lui annoncer qu’il est viré.

42

Amy profite de son jour de congé pour ratisser les feuilles dans son jardin quand elle reçoit un appel de Donna, une collègue et amie, qui lui apprend la nouvelle au sujet de Charlie. Elle éclate en sanglots avant d'exploser de colère. Puis, le soir venu, sur le trajet jusqu'au centre médical de Somerset, elle s'écroule de nouveau. À son arrivée, elle prend quelques minutes pour retoucher son maquillage dans le rétroviseur de sa voiture.

Charlie, *son* Charlie, a été viré. Sans lui, le service lui apparaît sinistre. Au fil des longues nuits de garde, il s'est beaucoup confié à elle, au point qu'elle connaît presque tout de sa vie : sa dépression chronique, les brimades dont il a été victime depuis l'enfance, ses renvois successifs… Elle l'a toujours défendu quand un interne l'accusait d'avoir commis une erreur de médication, allant jusqu'à prendre la faute sur elle. Mais cette fois, elle n'a rien pu faire. Quelques jours plus tôt, Charlie a appris que Cathy, sa compagne, était enceinte. En imaginant le cauchemar dans lequel il se débat, Amy fond de nouveau en larmes en plein travail. Elle demande à une collègue de la couvrir pendant qu'elle appelle Charlie depuis le poste du bureau.

— Chaton ? C'est moi, Amy. Comment ça va ?

— Tu es au courant ? Je veux dire, tu sais pourquoi ils m'ont viré ?

Avec des phrases décousues, Charlie lui explique qu'il a été renvoyé au motif que son dossier de candidature contenait des « inexactitudes » sur ses dates d'emploi au Saint Luke's Hospital.

— Tout le monde donne des dates bidon ! Je fais ce boulot depuis seize ans. Comment veux-tu que je me rappelle tous les détails ?

Amy partage son incompréhension. Cela faisait presque un an que son ami travaillait à Somerset. Il s'était tellement bien intégré que la direction l'avait mis en avant dans une brochure adressée à plusieurs milliers d'infirmiers et d'infirmières pour les inviter à postuler. Sa photo y était accompagnée d'un commentaire – « Charlie apprécie notre matériel de pointe… et pas que ça ! » – et d'une citation – « Grâce au Cerner, tenir les dossiers à jour est devenu un jeu d'enfant ! ». S'il avait feint la modestie, Amy sait combien il avait été fier de se retrouver sous le feu des projecteurs. Il s'était même rendu chez le coiffeur pour l'occasion ! Pourquoi la DRH aurait-elle subitement décidé de passer son dossier de candidature à la loupe ?

Charlie l'ignore, mais il soupçonne que cela a un rapport avec la mort du révérend Gall.

— Il y a une enquête en cours, alors ils vérifient tout. Il leur fallait un bouc émissaire, c'est tombé sur moi. Et puis… Ça a peut-être quelque chose à voir avec la raison pour laquelle j'ai quitté Saint Luke's. Si ça se trouve, quelqu'un là-bas a repéré ma photo dans la brochure.

Charlie révèle ensuite à Amy qu'il a démissionné de son précédent poste sous la pression de l'administration. L'enquête a fini par l'innocenter, mais dans l'intervalle, les soupçons qui pesaient sur lui ont dissuadé l'hôpital d'Easton de le réembaucher[1]. (En effet, l'avocat Paul

Laughlin a contacté les responsables des soins intensifs pour les mettre en garde contre l'infirmier.) La même situation s'est reproduite plus tard au Sacré-Cœur.

— Ces salauds ont prétendu que je ne m'entendais pas avec mes collègues…

Amy ne peut s'empêcher de rire.

— Ça, je ne le crois pas !

Charlie s'abstient de la détromper.

— Ne t'inquiète pas, chaton, ajoute la jeune femme. Les hôpitaux embauchent à tour de bras. Tu auras retrouvé du boulot avant de comprendre ce qui t'arrive.

— Ouais, je sais.

43

Peu après l'arrivée de Tim à Somerset, le comté a connu un tremblement de terre de faible intensité. Si l'événement n'a pas marqué les mémoires, il a failli faire exploser le standard de la police locale. Le personnel du bureau du procureur en a ri : quelle idée d'appeler les flics pour un phénomène naturel ! Mais lorsqu'on craint de voir son monde s'écrouler, il est normal de se tourner vers un uniforme, qu'il appartienne à un policier, un pompier, un médecin ou un prêtre. Là-dessus est arrivé Charlie, un type assez malin pour passer au travers des mailles du filet des autorités locales pendant seize ans. Si le grand public ignore son existence, il donne des sueurs froides même aux enquêteurs les plus chevronnés. Tous les membres de la brigade, à un moment ou à un autre, ont confié leur vie ou celle d'un proche à l'un des hôpitaux pour lesquels a travaillé Cullen. Comme le commun des mortels, la plupart respectent profondément les experts qui sondent les mystères du corps humain. Cette affaire leur a rappelé que sous les blouses blanches des médecins et des infirmiers se cachent des gens ordinaires, et c'est ce qui les effraie. Nul ne sait mieux que les flics de quoi sont capables les gens ordinaires.

Mais en dépit de tout ce qu'ils ont découvert sur lui, Tim et Danny ne peuvent toujours pas mettre Cullen hors d'état de nuire. Son parcours professionnel, qui a donné lieu à trois, peut-être quatre enquêtes internes, apparaît aussi trouble que sa vie personnelle, marquée par une douzaine de tentatives de suicide et au moins une interpellation. Si sa culpabilité ne fait aucun doute à leurs yeux, il faudra plus que de simples présomptions pour convaincre un jury. En l'arrêtant maintenant, ils ne feraient que l'avertir qu'il est dans leur collimateur. Il n'aurait qu'à passer un coup de fil pour retrouver la liberté, et dans l'heure qui suivrait, son avocat fondrait sur eux tel un vautour.

Tim et Danny n'ont d'autre choix que de poursuivre leurs efforts, en espérant que Cullen ne fera pas de nouvelle victime ou ne s'évanouira pas dans la nature. En attendant qu'ils le coincent, il constitue un véritable danger ambulant. Afin de limiter les risques, les deux hommes ont orchestré son interpellation sous un motif spécieux, quelques heures avant son renvoi de Somerset. Ils ont agi en toute légalité, après avoir obtenu l'autorisation d'un juge. Pendant que la voiture de Charlie Cullen se trouvait à la fourrière, des policiers ont installé un mouchard à l'intérieur d'une portière. Dorénavant, un inspecteur de la section criminelle et un collègue de la brigade des stups se relaieront pour surveiller ses moindres déplacements.

L'étape suivante va consister à prouver qu'il a tué, ou tenté de tuer, au moins une personne. Tim et Danny ont identifié deux de ses victimes potentielles, Florian Gall et Mme Han, ainsi que l'arme du crime. Malheureusement, il est plus difficile de relier le contenu d'une seringue à un suspect que de déterminer l'origine d'une balle. Si seulement ils pouvaient consulter les données du Pyxis pour la période pendant laquelle le pasteur est mort... Mais Mary Lund leur a dit qu'elles s'effaçaient automatiquement au bout de trente jours. L'enquête est bel et bien dans une impasse[1].

Sur une soudaine inspiration, Tim se tourne vers son ordinateur et tape « Pyxis » dans la barre de recherche. Les coordonnées de Cardinal Health, l'entreprise du Midwest qui fabrique le système, s'affichent sur l'écran. Il compose un numéro gratuit et est mis en relation avec un commercial, auquel il décline ses nom et qualité. Son interlocuteur lui accorde aussitôt toute son attention.

— Je voudrais récupérer des données datant d'environ six mois, dit-il. Vous savez, comme quand on renverse du café sur son clavier. C'est possible de remonter aussi loin dans la mémoire de votre Pyxis ?

Le commercial ne comprend : le Pyxis, explique-t-il à Tim, conserve indéfiniment toutes les données enregistrées sur son disque dur, dès sa sortie de l'usine. La fenêtre des trente jours est une invention.

— À moins que votre appareil ne soit défectueux, ajoute-t-il, ça ne pose aucun problème de faire ce que vous demandez.

Cette fois, Danny ne prend pas le temps de frapper à la porte, de sourire ou de plaisanter avec la secrétaire de Mary Lund. Il est bien trop furieux pour ça.

La gestionnaire des risques de Somerset s'enfonce dans son fauteuil, visiblement terrifiée par le géant qui, penché vers elle, la menace. Si elle ne veut pas que la police mette son petit bureau sens dessus dessous et la coffre pour obstruction à la justice, elle a intérêt à coopérer.

Sans un mot, Mary Lund décroche son téléphone.

Plus tard, le jeune inspecteur relatera l'incident dans son rapport :

Je me suis rendu au centre médical de Somerset, où j'ai prié Mary Lund, gestionnaire des risques, de me fournir l'historique complet des opérations réalisées par Charles Cullen avec le PYXIS. Durant cet entretien, j'ai présenté à Mlle Lund les autres moyens à notre disposition pour obtenir les renseignements demandés.

[Note : Tout au long de notre enquête, l'inspecteur-chef Tim Braun et moi-même nous sommes entendu dire que le PYXIS ne conservait pas les données au-delà de trente jours.]

À la fin de l'entretien, Mlle Lund a passé plusieurs appels téléphoniques pour s'informer des possibilités de récupérer ces données. Par suite de quoi, celles-ci m'ont été remises ainsi que les plannings des soins intensifs pour la période d'emploi de Charles Cullen.

Pendant que l'imprimante crache les souvenirs du Pyxis, Danny regarde défiler la liste des opérations effectuées par Charlie, précisant le jour et l'heure, la dose et le type de produit ainsi que le nom du patient auquel on l'a facturé.

Toutefois, l'historique indique que Cullen n'a pas commandé de digoxine le soir précédant la mort du révérend Gall, pas plus que la veille ni le lendemain.

Le jackpot espéré n'était qu'un pétard mouillé.

44

Le 4 novembre 2003, Tim et Danny expriment le souhait de rencontrer les ex-collègues de Charles Cullen afin d'obtenir d'eux des informations non filtrées par les avocats du centre médical de Somerset. Ceux-ci posent comme condition que les entretiens aient lieu à l'hôpital et en présence de Mary Lund. Le procureur adjoint donne son accord, suscitant la fureur des deux inspecteurs. Au cours d'une réunion, Tim va jusqu'à accuser ses supérieurs d'avoir fait « foirer » leur initiative. Si l'ensemble de la brigade et jusqu'au chef de la police locale lui donnent raison en privé, il en va tout autrement en public, ce qui le conforte dans son opinion.

Danny charge les inspecteurs Russell Colucci et Edward Percell de mener ces parodies d'interrogatoires. Même s'ils se révèlent une mine de renseignements sur l'organisation des soins intensifs, leurs rapports quotidiens ne fournissent pas d'éléments de nature à changer le cours de l'enquête. Tous les employés qui ont côtoyé Charles Cullen recourent aux mêmes termes pour le décrire : « solitaire », « pas causant », « bizarre », mais « très pro ». La plupart avaient de la sympathie pour ce collègue secret, un peu excentrique, toujours prêt à rendre service[1]. Tim et Danny se feront la réflexion que Charles Cullen aurait été un excellent infirmier s'il n'avait pas assassiné ses patients. Par ailleurs, les propos des personnes interrogées sont laconiques et dénués d'intérêt, soit qu'elles n'aient rien à raconter, soit qu'elles craignent de parler en présence de Mary Lund. Chaque fois qu'un inspecteur leur pose une question, elles regardent instinctivement la gestionnaire des risques avant de répondre. Danny décide alors de changer de tactique. Désormais, il se chargera des entretiens. Colucci et Percell avaient pour instructions de ne pas partager leurs soupçons avec les employés de Somerset, par conséquent, ceux-ci ignoraient la finalité de l'enquête. Certains ont pu se croire personnellement visés, ce qui ne les incitait pas à se confier. Tim et Danny ne pouvaient prendre le risque d'alerter Cullen, la presse ou même les administrateurs de Somerset. Mais pour obtenir un résultat, ils vont devoir contourner les règles qu'ils ont eux-mêmes établies. Colucci et Percell n'ont pas ce pouvoir, mais lui, si. C'est pourquoi, trois jours à peine après avoir fait irruption dans le bureau de Mary Lund et l'avoir menacée, Danny va s'enfermer avec celle-ci dans une minuscule salle de réunion. Ces entretiens intensifs – entre cinq et dix heures par jour – leur feront vivre un véritable enfer.

Par obligation, tous deux ont renoué des relations de travail cordiales, du moins en apparence. Mais Danny remarque rapidement un changement profond chez Mary Lund. Prise en tenaille entre sa hiérarchie et la police, confrontée à une situation susceptible d'entraîner de lourdes pertes financières, d'emplois et de vies humaines, la responsable des risques de Somerset montre tous les signes d'une dépression latente.

Elle a maigri d'au moins 10 kilos depuis le début de l'enquête. Danny croit connaître les femmes : quand elles s'astreignent à un régime, c'est, généralement, juste le temps de pouvoir rentrer dans la petite robe repérée dans une boutique. Mary, elle, flotte dans son tailleur-pantalon, comme si elle voulait disparaître, et est aussi énervée qu'une puce. La présence quasi permanente de Danny à ses côtés ne contribue pas à l'apaiser.

Depuis des semaines, Amy clame haut et fort son refus de se soumettre à cette « foutue » enquête. Un vent de paranoïa souffle sur le service. Tous ses collègues craignent d'être dans le collimateur de la police. Ils font des messes basses, nouent des alliances. Chaque jour voit s'amplifier et se déformer les rumeurs de la veille.

La plupart de ces bruits de couloir concernent Charlie. Très vite, Amy en fera à son tour les frais. Chacun sait qu'elle est son amie, et nul n'a oublié sa réaction quand on a renforcé le protocole pour obtenir de l'insuline. Des patients seraient morts, et on murmure que Charlie y serait pour quelque chose. Les autres infirmières commencent à éviter Amy, comme si les soupçons étaient contagieux. Ses proches s'inquiètent pour elle et, si elle continue de jouer les dures à cuire, elle est terrifiée. Sa maladie de cœur l'oblige à prendre quotidiennement du lorazépam, un anxiolytique. Et si elle s'était trompée dans le dosage un soir et avait commis ensuite une erreur thérapeutique ? Peut-être devrait-elle consulter un avocat… Jusqu'à présent, chaque fois que les policiers l'ont convoquée pour un entretien, elle s'est défilée. Mais le 21 novembre, sa superviseuse finit par la coincer et la traîne presque de force dans la salle de réunion.

Elle y trouve Mary Lund avec un Noir immense en costume-cravate. Il l'appelle « madame Loughren » et la prie de s'asseoir. Il y a un pichet d'eau et des gobelets en carton sur la table. Amy se sent subitement dans la peau d'une criminelle. Si elle ne déballe pas ce qu'elle sait, il lui semble que son cœur va exploser.

45

Danny devine d'emblée que cette infirmière n'est pas de la même trempe que celles qu'il a interrogées plus tôt. Comme les autres, elle craint pour son emploi, mais contrairement à ses collègues, elle l'avoue sans même un regard vers Mary Lund.

Amy Loughren a obtenu son diplôme en 1988. Danny en déduit qu'elle compte quelques années de plus que lui. C'est une grande blonde platine aux yeux bleus en amande, aux pommettes hautes : une beauté brute aux formes généreuses, terrienne, visiblement à l'aise avec les hommes. Son naturel a le don de transformer un interrogatoire en une conversation animée.

Ayant entendu dire que ces entretiens avaient quelque chose à voir avec son ami Charlie Cullen, elle ne cache pas à Danny que tant ces rumeurs que cette enquête « l'emmerdent royalement ».

Séduit par sa franchise, le jeune policier se carre dans son fauteuil et la laisse parler. *Mon vieux Danny*, pense-t-il, *tu as tiré le bon numéro.*

Amy ne se rappelle plus comment elle a achevé son service ce jour-là ni comment elle est rentrée chez elle.

Tout ce qu'elle sait, c'est qu'une fois garée dans son allée elle est restée si longtemps à réfléchir dans sa voiture que son haleine s'est peu à peu transformée en givre sur le pare-brise. Au début de son entretien avec l'inspecteur Baldwin, elle était sur le qui-vive, prête à défendre Charlie bec et ongles. Lorsqu'elle lui a dit sans mâcher ses mots ce qu'elle pensait de son enquête, elle l'a vu esquisser un sourire, à croire qu'il était content de sa réaction. Au lieu de la questionner, il s'est employé à lui fournir des explications sur Charlie comme sur les événements survenus dans l'unité. Si elle était déjà au fait d'une partie de ce qu'il lui a dit, le reste lui a causé un choc. Quand elle s'est tournée vers Mary Lund pour voir sa réaction, celle-ci était sortie sans qu'elle s'en aperçoive.

« J'ignore pourquoi, a-t-il ajouté, mais j'ai confiance en vous. Je peux ? »

Puis il a fait glisser un papier vers elle : la liste des médicaments que Charlie a commandés au Pyxis la nuit où le révérend Gall est mort.

Au retour de Mary Lund, la feuille avait disparu, et la Amy vindicative, les yeux maintenant noyés de larmes, ne pipait mot. La gestionnaire des risques avait regardé tour à tour l'infirmière et l'inspecteur, qui se retenait de sourire.

Amy avait compris au premier coup d'œil que quelque chose clochait dans les données du Pyxis. Jusque-là, elle avait toujours défendu Charlie mais, pour la première fois, le soupçon s'est insinué dans son esprit.

Une fois chez elle, après s'être débarrassée de son manteau et de son sac, elle s'assied dans la cuisine avec un verre de cabernet. Le document que lui a montré Danny Baldwin ne laisse aucun doute sur les causes de la mort du révérend Gall. Un infirmier doit préserver la vie de ses patients. Pourtant, l'un d'eux a enfreint cette règle fondamentale, et tout désigne Charlie. Comment va-t-elle se sortir de cette situation ? Aucun livre de développement personnel ne traite du dilemme auquel elle est confrontée.

C'est peut-être égoïste, mais le sentiment qui prime chez elle est la déception. Elle avait une foi totale en Charlie. Son image de dure à cuire n'est qu'une façade, une armure qui la protège du monde extérieur. Elle n'a jamais dissimulé son enfance torturée. L'homme qui abusait d'elle faisait quasiment partie de sa famille, qui lui vouait une confiance aveugle. Amy, elle, a très vite su de quoi étaient capables les gens, même au-dessus de tout soupçon. Petite, elle se cachait dans les placards, le panier à linge, au fond de la cave, en priant de toutes ses forces pour devenir invisible. Mais son bourreau la retrouvait toujours. Ayant compris qu'elle ne pouvait compter que sur elle-même, elle a un jour poussé la porte du centre de santé mentale de sa ville natale, a posé sa tirelire sur le bureau de la secrétaire médusée et a demandé : « Je peux payer combien de séances avec ça[1] ? »

Il lui a fallu des années de psychothérapie pour guérir de son sentiment de culpabilité. Sa volonté de survivre et de surmonter ses traumatismes relevait d'une décision consciente. Elle refusait de rester prisonnière du passé, de son statut de victime. Elle se pensait trop forte pour ça, et elle a joué sa partition. Avec le soutien de son psy, elle a entrepris de se faire une place dans le monde. La réussite de ce projet reposait en grande partie sur sa capacité à nouer des relations. Ça a contribué à son choix de carrière. Les malades dépendent entièrement d'elle, et elle récompense la confiance qu'ils lui accordent en leur prodiguant ses soins. Le métier d'infirmière est bien payé, certes, mais son principal attrait à ses yeux, c'est que la relation patient-infirmière mène à une guérison mutuelle. Du moins, c'est ce qu'elle croyait jusqu'à maintenant. Si elle a correctement interprété les données du Pyxis, elle a failli à sa mission et fait courir des risques mortels à ses patients. Et elle s'est par la même occasion mise en danger.

46

Le 24 novembre, avant les premières lueurs du jour, Tim et Danny, encore auréolés du parfum de leur gel douche et de leur après-rasage, montent à bord de la Crown Vic de Tim et roulent vers le nord. Bientôt, ils quittent le New Jersey pour l'État de New York et empruntent un réseau de routes secondaires, bordées de fermes et de stands de vente de légumes, qui s'enfoncent dans les montagnes. Quand les deux hommes ont formé le plan de rencontrer Amy Loughren chez elle, ils n'ont pas calculé qu'elle habitait « le trou du cul du monde », selon l'expression de Tim, à plusieurs heures de voiture de son travail.

Pendant le trajet, Danny dresse à son chef le portrait de l'infirmière : une belle blonde d'environ 35 ans, dont quatorze de pratique, mère de deux enfants. Tout le personnel du service la dépeint comme « la meilleure amie de Charlie ». En partageant des détails de l'enquête avec elle, il a pris le risque qu'elle en informe son pote. Il ne sait pas ce qui l'a poussé à lui accorder sa confiance. Peut-être son instinct – le même instinct qui lui soufflait que les commandes annulées par Cullen cachaient un loup. Il a profité de ce que Mary Lund avait quitté la pièce pour se jeter à l'eau.

— Lund est sortie ? s'enquiert Tim. Pour faire quoi ?

— Elle est peut-être allée aux toilettes. Bref, en son absence, j'ai fait voir les données du Pyxis à la fille, et là, *bam* ! J'ai lu dans son regard que j'avais fait mouche.

— Elle a réagi comment ?

— Au début, elle avait juste l'air sonnée, puis elle s'est mise à répéter : « Oh merde ! C'est pas possible ! Merde ! »

— Elle pense que Cullen est coupable ?

— En tout cas, elle l'envisage. À mon avis, elle n'est pas encore remise du choc qu'elle a reçu. Sur le coup, on aurait dit que son cerveau avait implosé.

— À part « Oh merde ! », elle t'a dit quelque chose ?

— Non… Si ! « Avec Charlie, on en a emballé, des morts. »

Danny explique qu'il a alors préféré changer de sujet, pour ne pas éveiller les soupçons de Mary Lund si elle trouvait Amy en larmes à son retour.

— Elle m'a dit encore qu'elle avait téléphoné à Cullen après son renvoi. D'après lui, quelqu'un de Saint Luke's aurait vu sa photo et aurait appelé Somerset pour le torpiller.

— Quelle photo ?

Danny tend le bras et extrait la brochure de recrutement de Somerset de sous les journaux empilés sur la banquette arrière.

Tim jette un coup d'œil au visage de Charles Cullen, qui sourit comme sur une photo de classe.

— Sans déconner ? s'exclame-t-il. C'est lui, notre lascar ?

— Tu trouves qu'il a une tête d'assassin ?

— Pas plus que n'importe quel assassin.

Un peu avant 10 heures, les deux policiers atteignent leur destination, une petite maison au milieu des bois.

À travers la fenêtre, Amy Loughren les regarde descendre de voiture et s'étirer : deux colosses moustachus en costume-cravate, un Blanc et un Noir, semblables à un duo salière-poivrière. Ils s'approchent de la porte, portant une boîte de beignets et des gobelets de café sur un plateau.

Amy les guide jusqu'au salon. Ils prennent place autour de la table basse, qu'ils écrasent de leur taille, tandis que la jeune femme se love dans un fauteuil. Tim entreprend alors de lui expliquer la situation à Somerset, en détail et sans langue de bois. Danny lance un regard surpris à son supérieur – ils étaient d'accord pour avancer sur la pointe des pieds –, mais celui-ci hausse les épaules : ils ont besoin d'une alliée pour faire progresser l'enquête.

La sortie papier que Danny a montrée à Amy n'était qu'un échantillon. Les deux policiers la regardent feuilleter la liasse complète avec une nervosité croissante. Le problème ne vient pas d'une commande en particulier, leur dit-elle, mais de l'ensemble.

— Pour commencer, si on imprimait mes propres commandes, ou celles de la plupart de mes collègues, il y en aurait peut-être dix fois moins.

— Vous en déduisez quoi ?

— Rien de précis. Mais c'est bizarre. Charlie créait une requête séparée pour chaque médicament. C'est comme si vous achetiez une douzaine d'œufs l'un après l'autre. Et certaines sont espacées d'à peine quelques secondes, pour un même produit et un même patient. Ce n'est pas logique !

— Et la digoxine ? intervient Danny. C'est elle qui nous intéresse.

Amy reprend la première page, fait glisser son doigt le long d'une colonne de dates.

— Vous voyez ? dit-elle aux policiers. « Digoxine ». Et là ! Et encore là !

— Ça fait beaucoup ?

— Apparemment, Charlie en commandait une dizaine de doses par mois. C'est plus que je n'en ai utilisé depuis que je travaille à Somerset.

— À ce point ?

— Oui. On prescrit peu de digoxine en soins intensifs.

— Amy, reprend Danny, nous avons un service à vous demander. Aucun de vos collègues n'est au courant de cette affaire. Nous comptons sur votre discrétion.

— À ce stade de l'enquête, ajoute Tim, nous ne partageons pas… *spontanément* nos informations avec la direction de Somerset.

— Nous craignons qu'ils adoptent une posture défensive.

— Ce que Danny tente de vous dire, enchaîne Tim, ignorant le regard noir de son coéquipier, c'est que depuis le début, les pontes de Somerset ne pensent qu'à sauver leurs fesses.

— Par exemple, ils nous ont caché qu'on pouvait accéder à la mémoire du Pyxis. Bref, on n'est pas sûrs à 100 % de leur loyauté.

— Ils ne vous ont pas parlé du Pyxis ? s'étonne Amy.

— Si. Mais ça n'a pas été facile de récupérer les données.

— Et le Cerner ?

Tim jette un coup d'œil à Danny.

— Le… quoi ?

Amy n'en revient pas. Ni Mary Lund ni aucun de ses supérieurs n'ont jamais mentionné le Cerner devant eux.

— C'est un système informatique, explique-t-elle. L'équivalent du Pyxis pour les dossiers médicaux. Il vous indiquera précisément lesquels Charlie a consultés et à quel moment.

— C'est le genre de détails pour lesquels votre aide nous sera précieuse, confie Danny. Mais pour que ça fonctionne, nous vous demandons un maximum de discrétion.

— En d'autres termes, traduit Tim, pas un mot à vos chefs.

— Vous pouvez être tranquilles, je ne dirai rien.

— Une dernière chose, ajoute Tim. Nous n'aurions pas pris le risque de vous montrer ceci si nous ne pensions pas que c'est important pour l'enquête.

— Nous croyons – et il me semble que vous partagez notre avis – que Charles Cullen a fait quelque chose de mal.

— Nous le soupçonnons d'avoir délibérément éliminé un patient, sans doute davantage. Et nous avons la conviction que ça dure depuis un moment.

— Seigneur, murmure Amy.

— Et si nous ne l'arrêtons pas, il tuera de nouveau, ailleurs.

— Bon sang ! J'ai déconné. J'ai offert de lui servir de référence pour l'aider à retrouver du boulot.

— Ce n'est pas un problème, au contraire, la rassure Tim. Ça vous fournira un prétexte pour l'appeler. Continuez à prendre de ses nouvelles.

Amy a un mouvement de recul.

— Quoi ? Vous venez de me dire qu'il a tué des gens et vous voudriez que je reste son amie ?

— Je sais, répond Tim d'un ton conciliant. Mais oui.

— Pas forcément son amie, nuance Danny. Contentez-vous de garder le contact. Vous serez nos yeux et nos oreilles, en quelque sorte.

— Bien sûr, vous ne devrez en parler à personne. Pas même à vos proches.

Amy n'est pas opposée à cette idée, mais elle secoue la tête comme pour exprimer un refus.

— Nous sommes conscients d'exiger beaucoup de vous.

— Oui... Je veux dire, non. Mais j'ai besoin de réfléchir.

— Je comprends. Prenez votre temps.

— D'accord. Je...

Quand la sonnerie du téléphone retentit, Amy sursaute et porte instinctivement la main à son cœur pour le protéger.

— Si vous souhaitez répondre, ne vous gênez pas, dit Tim.

— Merci. C'est peut-être ma fille, ou l'école.

Elle se penche vers l'appareil, déchiffre le numéro qui s'affiche sur l'écran et s'exclame :

— Ça alors !

Elle fait signe aux deux policiers d'approcher et décroche.

— Allô, Mary ? dit-elle d'une voix chantante.

Tim et Danny échangent un regard. C'est Mary Lund qui appelle !

Amy éloigne le combiné de son oreille pour leur permettre de suivre la conversation. Mary Lund explique qu'elle voulait prendre de ses nouvelles et savoir comment s'était déroulé son entretien avec l'inspecteur Baldwin.

— Bien, dit Amy. Très bien, même.

— Bien ! répète Mary d'un ton nerveux.

Amy se tourne vers les deux hommes et articule en silence : *C'est quoi, ce délire ?*

— Vous devez être soulagée que ce soit terminé, ajoute Mary. Si la police demande à vous parler de nouveau, avant de dire quoi que ce soit, je vous invite à consulter l'avocat de l'hôpital.

— Euh... Je ne pense pas que ce soit nécessaire.

— Croyez-moi, Amy, c'est dans votre intérêt. Si ces inspecteurs vous recontactent, dites-leur de s'adresser directement à un de nos avocats. Nous avons…

— Mary, c'est gentil d'avoir appelé, mais je vous assure que je n'ai besoin de rien. Aucun soupçon ne pèse sur moi.

— Je me permets d'insister. Si la police vous interroge de nouveau, veillez à vous faire assister par un avocat. Leur enquête a… franchi un palier.

Amy met fin à la conversation et raccroche, se demandant ce qui lui arrive. Elle a l'impression d'être dans un film.

— Vous comprenez, maintenant ? lui dit Tim. Ils cherchent à sauver leurs fesses, et nous, on s'efforce de coincer un tueur.

Amy se penche vers la table basse pour prendre une cigarette, faisant grincer son fauteuil en rotin. Le coup de fil de Mary Lund a éclairci un point : tout ce qui importe à ses supérieurs, c'est la réputation de l'hôpital[1]. Elle ne peut espérer aucune aide de leur part, mais la présence des deux flics costauds dans son salon lui procure un sentiment de sécurité inédit.

— C'est bon, les gars, dit-elle en écrasant sa cigarette dans le cendrier en verre. Lancez votre magnéto et dites-moi ce que vous voulez savoir.

47

Les révélations de Tim et Danny obligent Amy à voir les excentricités de Charlie d'un œil neuf : son habitude d'arriver en avance au travail, de s'isoler avec ses patients, son usage constant du Cerner, le fait qu'il ne portait ses lunettes que par intermittence… Si la tentation d'associer chacun de ses traits de personnalité à de sinistres desseins peut friser la paranoïa, il serait naïf de négliger cette possibilité.

Dans son désarroi, elle trouve réconfortant de pouvoir se confier aux deux policiers. Le psy qu'elle payait, adolescente, avec son argent de poche lui a appris à ne pas se laisser paralyser par la vérité. Le jour où elle a eu le courage de dénoncer son violeur à sa famille, celle-ci a réagi comme si c'était elle le problème. Il lui a fallu encore plusieurs années de psychothérapie pour voir les choses autrement.

Pendant une heure, elle parle sans interruption, allumant cigarette sur cigarette et chassant la fumée vers la fenêtre d'une main aux ongles vernis. Elle sait que le tabac lui fait du mal, pourtant elle s'y adonne avec un plaisir coupable. Par moments, elle sent son cœur s'arrêter de battre, puis la pile le fait repartir. Bizarrement, la mort ne l'effraie pas plus que ça. Mais est-elle capable de mentir à Charlie, à ses employeurs et à son entourage ? Il se peut que les deux policiers fassent fausse route, ou qu'ils la laissent tomber après l'avoir utilisée. Elle les connaît à peine, tandis que Charlie est son ami.

Elle se carre soudain dans son fauteuil, les bras croisés sur la poitrine.

— Qu'est-ce que vous attendez de moi, au juste ?

— Rien de dangereux, affirme Tim.

— Vous aurez surtout à passer des appels téléphoniques, développe Danny.

— Et peut-être à porter un micro espion.

— Un micro ? Je devrai rencontrer Charlie en personne ?

— C'est possible, mais n'y pensez pas pour le moment. Charles Cullen a-t-il déjà mentionné l'euthanasie devant vous, ou…

— Hein ? Non, non. Je ne crois pas.

— OK. Tout ce qu'on vous demande, c'est de nous filer un coup de main.

— Voilà ! acquiesce Danny. C'est aussi simple que ça.

— Je vous rappelle ce soir, dit Amy. Avant d'accepter, je dois parler à quelqu'un.

Après le départ des inspecteurs, la vieille maison paraît terriblement vide à Amy. Seuls les cliquetis du réfrigérateur troublent le silence jusqu'à l'arrivée du car scolaire. Les marches du porche craquent, la porte claque, sa fille monte l'escalier en courant, malgré son cartable trop lourd, puis redescend pour prendre une brique de jus de fruits. Assise à la table de la cuisine, sa mère s'efforce d'afficher un visage serein, sans succès.

Alex devine immédiatement que quelque chose ne va pas. Peut-être est-ce à cause de la pièce qu'ils répètent au collège, *L'Invasion de la planète Zorgon*. Il y est question d'extraterrestres qui sèment le chaos dans une petite ville morne. Alex estime que c'est un bon choix, parce que les enfants trop timides pour tenir un rôle parlant peuvent jouer les habitants de Humdrum Falls. Ils ont juste à tendre le doigt, bouche ouverte pour exprimer la surprise. Cette année, c'est sa mère qui assure la mise en scène.

L'histoire que lui raconte alors Amy est encore plus bizarre que les événements à Humdrum Falls. On soupçonne un de ses collègues d'avoir assassiné au moins un patient. Deux inspecteurs sont venus à la maison et lui ont demandé de les aider à attraper le méchant infirmier. Alex ne la quitte pas des yeux, les lèvres serrées autour de sa paille. À 11 ans, elle sait très bien ce qu'est un tueur en série.

Les policiers, ajoute Amy, veulent qu'elle soit l'amie d'un homme qu'ils accusent de meurtre. Elle ne pense pas se mettre en danger, même si elle ne peut pas l'exclure complètement. Mais les gens pourraient causer. Alex est au seuil de l'adolescence. Amy sait combien l'opinion des autres importe à son âge. Si elle accepte d'aider la police, leur vie risque d'en être bouleversée.

— On prendra cette décision ensemble, toi et moi. Mais d'abord, nous devons nous demander si nous sommes capables d'affronter ça.

— Ce que tu viens de dire… Ça va vraiment se produire ?

— Je n'en sais rien, chérie. C'est ça le problème.

— Mais ça pourrait arriver.

— Oui.

Alex enroule la paille autour de son doigt, comme une bague, et interroge sa mère :

— Dans le meilleur des cas, il se passera quoi ?

— Eh bien, l'assassin ira en prison.

— Pour toujours ?

— Je l'ignore. Mais si les preuves ne suffisent pas à le faire condamner, ou si on le libère… nous serons peut-être en danger.

Alex réfléchit. Un tueur en série, sa mère en agent secret, un probable report de *L'Invasion de la planète Zorgon*… Amy comprendrait qu'elle soit aussi déboussolée qu'elle-même.

— Dis, maman, ce type… Il a vraiment tué des gens ?

— C'est possible, chérie.

— Alors c'est important de le découvrir, non ?

48

Après avoir revêtu un sweat-shirt et un jean, Danny s'allonge par terre dans son salon et se plonge dans les documents transmis par Mary Lund. La pile de gauche contient le registre des morts en soins intensifs pendant que Charles Cullen y travaillait ; celle de droite, les tableaux de service de l'unité à la même période. En recoupant les deux, il espère voir apparaître un schéma.

Il commence par comparer les dates des décès et celles des anniversaires de Cullen, de ses filles, de ses ex-femme et copines, de ses parents et des frères et sœurs qu'on lui connaît. Il essaie d'autres dates : mariage, divorce, fêtes civiles et religieuses, toutes les idées qui lui traversent l'esprit. Il confronte ensuite les prénoms des morts et ceux des membres de la famille Cullen, puis tente de composer des mots avec leurs initiales… Quand il pose son carnet pour se frotter les yeux, il est déjà 4 heures du matin. À quoi bon insister ? En jetant suffisamment de variables dans la balance, on finit toujours par trouver un schéma. Pour les paranoïaques, le monde entier est un code, mais ça ne suffit pas à lui donner un sens.

Peu avant l'aube, Danny se traîne jusqu'à son lit. Il y restera plusieurs heures, bien réveillé derrière ses paupières closes, à mélanger des chiffres et des lettres afin de découvrir les raisons des meurtres de Cullen, comme si c'était cela qui importait.

Si Tim n'est pas obligé de se farcir les listes de dates, de médicaments et de détails qui encombrent l'esprit de Danny, il n'en est pas moins occupé à calculer leurs chances de coincer leur suspect. Après plusieurs mois d'enquête, ils ont toujours l'impression de tâtonner dans la nuit. En seize ans d'exercice, Charles Cullen a semé la mort dans 10 hôpitaux différents. À côté de lui, ils ne sont que des novices.

Tim s'est renseigné sur les meurtriers en milieu médical : les deux infirmières animées par des pulsions sexuelles, l'aide-soignant qui tuait pour alléger sa charge de travail, les partisans de l'euthanasie, les psychopathes… Le FBI a monté une équipe qui ne s'occupe que de ce genre de criminels. Tim a un contact à Quantico. S'il acceptait de le mettre en relation avec ces spécialistes, ceux-ci les aideraient peut-être à cerner la personnalité de Cullen et à le pincer. Cette perspective lui permet de trouver enfin le sommeil.

Mais quand il évoque cette idée en réunion, le lendemain matin, Forrest la balaie d'un revers de main. Si Tim comprend sa réaction – tous les procureurs veillent jalousement sur leur pré carré –, il la désapprouve. Et à quelques années de la retraite, il peut s'offrir le luxe de considérer les ordres comme de simples suggestions.

Charlie est au chômage depuis déjà presque un mois. Quoique enceinte de lui, sa petite amie veut le mettre à la porte, et il n'est pas d'humeur à bavarder. Il laisse sonner le téléphone jusqu'à ce que le répondeur se déclenche et reconnaît alors la voix d'Amy – Amy, peut-être la personne qui le connaît le mieux au monde. Elle sait qu'il est trop déprimé pour lui parler, mais elle l'appelle quand même. Cette fois, il décroche.

— Allô !

— Salut, chaton.

— Salut !

— Tu te sens comment ?

— Ça peut aller. Sauf qu'on m'a refusé une allocation chômage.

— Pourquoi ? Tu y as droit.

— Il paraît que je n'ai pas travaillé assez longtemps.

— Je vais t'écrire une lettre de recommandation, comme promis. Mais si je t'appelle aujourd'hui, c'est parce qu'il y a une enquête en cours à l'hôpital. On m'a posé des questions.

Charlie ne répond pas.

— Ils m'ont interrogée sur des patients décédés, enchaîne-t-elle. Le problème, c'est que je ne me souvenais même pas de leurs noms ! Du coup, je me suis demandé s'ils t'avaient cuisiné, toi aussi.

— Eh bien…

— Pour ne rien te cacher, ça m'a pas mal stressée. Ils voulaient des renseignements sur les traitements. Sur la dig, surtout.

— Parmi ces patients, il y avait un pasteur, non ?

— Exact !

— Ils m'ont questionné à son sujet, oui. Moi non plus, je n'avais rien à leur dire. J'ai appris sa mort par Joan, le lendemain ou…

Amy l'interrompt :

— À ton avis, j'ai raison de me faire de la bile ?

— Non… Enfin, je ne crois pas. Tu n'es probablement pas la seule à avoir été interrogée. Tu te rappelles l'histoire avec l'insuline ? Ils doivent mijoter un truc du même genre avec la dig.

— Tout ce que je peux te dire, c'est qu'ils s'agitent beaucoup. Je préfère t'avertir, parce que... Ils ont parlé à d'autres membres de l'équipe et ton nom a surgi dans la conversation. Ça m'a énervée et... C'est là qu'ils m'ont convoquée.

— Je vois.

— Tu me connais, je m'angoisse pour un rien. Et tu n'es plus là pour me rassurer.

— Ouais. Écoute, je ne sais pas si leur enquête est dirigée contre moi...

Amy éclate de rire.

— Que veux-tu qu'ils te fassent ? Ils t'ont déjà viré, idiot !

Danny, qui suit la conversation au casque depuis la pièce voisine, réprime un sourire : Amy est vraiment douée à ce jeu.

49

Craignant que Lund ne devine qu'Amy collabore avec eux, Tim et Danny mettent au point une stratégie pour protéger leur source : Colucci et Percell poursuivront les interrogatoires à Somerset en s'arrangeant pour orienter les soupçons vers Amy Loughren. Ils espèrent ainsi détourner l'attention de Charlie Cullen tout en préservant l'anonymat de leur informatrice. Mais cette ruse risque de compliquer l'existence de la jeune femme.

Celle-ci ne tardera pas à l'apprendre par un coup de fil de son amie Annie, une aide-soignante immédiatement reconnaissable à son accent jamaïcain.

— Faut que je te dise un truc, *Ay-mee*. Ils posent des tas de questions sur toi.

— Qui ça, mon chou ?

— Les deux flics. Ceux qui mènent une enquête, tu sais ?

— Je vois, oui.

— Ils n'arrêtent pas, avec tout le monde : Amy par-ci, Amy par-là…

— T'inquiète, dit la jeune femme avec une assurance qu'elle est loin d'éprouver. Tout va bien se passer.

Tim et Danny l'ont enregistrée comme « informatrice confidentielle volontaire, agréée pour les interceptions audio, téléphoniques et physiques ». À ce titre, elle dispose d'une pièce aménagée au siège de la police locale, mais elle préfère passer ses coups de fil depuis son salon. C'est aussi là qu'elle déchiffre des montagnes de photocopies en griffonnant des notes. Le scénario qui prend peu à peu forme sous ses yeux est mille fois plus effrayant que tout ce qu'elle avait imaginé.

Les deux inspecteurs lui ont demandé de se concentrer sur le cas du révérend Gall. Le coroner de l'État a attribué son décès à la digoxine, dont Charlie s'était procuré une dose vingt-quatre heures plus tôt. Il pourrait s'agir d'une coïncidence si le dossier ne contenait pas autant d'éléments troublants. Il faudrait des semaines à Amy pour les répertorier in extenso.

Tim et Danny n'ont pas tiré tout le parti qu'ils auraient pu des archives du Pyxis. Ils y ont cherché les dates et les noms des substances qu'on leur avait signalées, le reste tenait du chinois. Amy, elle, connaît la pharmacopée et le quotidien d'une unité de soins intensifs. Et les agissements de Charlie n'ont aucun sens pour l'infirmière qu'elle est.

Soir après soir, son collègue a commandé des médicaments rarement prescrits dans des quantités alarmantes. Encore plus absurde, à de nombreuses reprises, il a annulé sa requête aussitôt après. La nuit où le révérend Gall est mort, par exemple, il a demandé de la digoxine avant de se raviser. D'après le Pyxis, il n'a pas récupéré la dose. Pourtant, celle-ci a été injectée au pasteur.

En soi, le fait d'annuler une commande n'a rien d'exceptionnel. Nul n'est à l'abri d'une erreur. Mais Charlie répétait ce processus nuit après nuit, parfois à la minute près, comme s'il reproduisait intentionnellement les mêmes erreurs.

Épuisée par ses doubles journées d'infirmière et d'informatrice, Amy finit elle-même par commettre des bourdes. Un dimanche matin, peu avant la fin de son service, elle se trompe en commandant un médicament. *Génial !* soupire-t-elle intérieurement. Avec les deux inspecteurs qui font courir des bruits sur son compte dans tout l'hôpital, même une bévue innocente pourrait entraîner son renvoi. Mais alors qu'elle vient de presser la touche « Annulation », le tiroir du Pyxis s'ouvre, lui délivrant le médicament.

Amy jette un coup d'œil à l'écran. Le logiciel a bien enregistré l'annulation. Elle renouvelle l'opération plusieurs fois, pour être sûre. Elle se précipite alors sur le téléphone et appelle Tim.

— J'ai un truc à vous montrer.

Les deux enquêteurs la reçoivent quelques heures plus tard. Après avoir étalé sur la table les photocopies du Pyxis, elle leur indique les commandes annulées par Charlie. Il y en a eu au moins 27 entre son arrivée à Somerset et le décès du révérend Gall, et on en dénombre 8 rien que pour le mois de février. Sa récente expérience l'incite à penser que le Pyxis lui a quand même délivré les médicaments[1].

La théorie est séduisante. Mais pour prouver que Cullen exploitait une faille du système informatique afin de se procurer des substances toxiques, il aurait fallu le prendre sur le fait. En outre, l'historique du Pyxis indique que ses commandes de digoxine, même annulées, ont complètement cessé après le 27 juin, quatre jours après la mort du pasteur, alors que le laboratoire de l'hôpital obtenait toujours des résultats d'analyses inexplicables.

Peut-être Cullen avait-il trouvé une autre source d'approvisionnement. Ou alors, il n'était pas responsable des incidents survenus dans le service. Amy voit toutes ses certitudes s'écrouler. Soit elle est incapable de résoudre ce mystère, soit elle trahit son ami en interprétant de travers son comportement.

— Qu'est-ce que ça signifie ? s'interroge Danny à voix haute. Qu'il a arrêté ou qu'il s'y prenait autrement ?

Amy rassemble les feuilles éparses et les fourre dans son sac d'un geste las. Une longue route l'attend pour regagner sa maison.

— Je n'en sais rien, avoue-t-elle. Mais si je trouve la réponse, je vous rappellerai.

50

Après avoir pris un bain, Amy passe un vieux pyjama confortable, puis s'allonge près de la cheminée et se plonge dans un bouquin. Ne parvenant pas à se détendre, elle pose son verre de vin et saisit le téléphone.

Charlie décroche à la deuxième sonnerie.

— Allô ?

À son grand étonnement, Amy est heureuse d'entendre sa voix.

— Salut, Charlie ! Comment ça va ?

— Bien.

— On ne dirait pas.

— C'est juste que je me fais du souci. Ça fait des semaines que ça dure, et... J'ai l'impression que rien n'avance.

Cathy lui a dit de ne pas s'inquiéter, que rien n'arrivait jamais sans raison. « Dieu arrange tout pour le mieux », a-t-elle ajouté, mais Charlie sait qu'on ne peut compter que sur soi.

— Toi, tu me comprends, soupire-t-il.

— Elle a vraiment dit ça ? s'étonne Amy. C'est bien la première fois qu'elle te manifeste un peu de soutien !

— Elle est consciente que je suis dans une position, disons, inconfortable. Malgré ça, on s'est disputés il y a deux jours. À cause d'un de ses collègues. Figure-toi qu'il lui a écrit une lettre d'amour, et…

— C'est le type dont tu m'as parlé ? Celui qui l'a invitée à déjeuner ?

— À dîner. Elle est allée chez lui, et après il lui a adressé une lettre bizarre, où il lui disait combien les nuits lui semblaient longues quand elle n'était pas de garde avec lui. Il terminait comme ça : « Toi seule peux guérir mon âme et… »

— *Quoi ?*

— « … et illuminer mon cœur. »

— Arrête, je vais vomir !

— Elle l'avait rangée avec ses papiers personnels. Je suis tombé dessus par hasard. Quand je lui en ai parlé, elle m'a accusé de fouiller dans ses affaires. Elle a prétendu n'y attacher aucune importance, mais j'ai trouvé une autre lettre du même gars dans son sac à main. Alors, je suis allé chez lui pour…

— Tu as fait ça ?

Amy n'en revient pas : Charlie a menacé le petit ami de sa compagne enceinte !

— Attends, tu ne sais pas la meilleure, poursuit-il d'une voix de plus en plus animée. Figure-toi qu'il vit dans la maison que Cathy habitait autrefois ! Pas juste dans le même quartier, la même rue, non. La même maison !

— Waouh ! C'est carrément bizarre.

— Oui, hein ? Elle prétend que c'est une coïncidence…

— Tu parles ! Je n'en crois pas un mot.

— Moi non plus, mais elle n'en démord pas. Cela dit, ce n'est pas plus étrange que tout ce qui m'arrive en ce moment… Je t'ai dit que j'avais fait une mini-dépression ?

— Une *mini*-dépression ?

— En fait…

Charlie laisse sa phrase en suspens.

— Raconte ! le presse Amy.

— Eh bien, dernièrement, j'ai… j'ai eu des pensées suicidaires.

— Chaton ! C'est vrai ?

— Je ne vois pas comment la situation peut s'améliorer, surtout si Somerset me croit responsable de la mort du pasteur. Tu comprends, j'ai déjà deux enfants, bientôt trois.

— Raison de plus pour tenir bon. Tu as consulté un psy ? Il pourrait te prescrire un antidépresseur.

Charlie soupire. La conversation commence à l'ennuyer.

— Tu sais, reprend-il, j'ai beaucoup réfléchi à ce qui m'arrive. J'espère que ça va s'arranger, mais l'avenir me fait peur. En plus, c'est bientôt Noël, et je n'ai pas encore dit à mon ex que j'avais été viré.

Charlie est en retard dans le paiement de la pension alimentaire. Le seul rayon de soleil de la semaine a été le coup de fil des services sociaux lui accordant un sursis. Ce qu'il ignore, c'est que cette démarche était téléguidée par Tim et Danny : les deux policiers craignaient qu'en cherchant activement du travail il ne soit embauché par un autre hôpital.

— Ils m'ont dit : « Vous faites de votre mieux, aussi on n'engagera pas de poursuites contre vous. » C'est sympa de leur part. Tu sais, si j'avais un peu plus confiance en moi, j'arriverais peut-être à me réjouir de la naissance prochaine du bébé, mais…

Il enchaîne sur ses relations houleuses avec Cathy, sur son rival supposé.

— Bon Dieu, qu'est-ce qu'elle lui trouve ? Pour l'avoir rencontré, je peux te dire qu'il n'a rien de spécial.

— Ça, je me doute qu'il n'est pas aussi brillant que toi !

Charlie sourit. Amy n'a pas son pareil pour lui remonter le moral.

La nuit suivante, Amy rêve que Charlie est de retour à son poste. En le regardant injecter le contenu d'une seringue dans une poche de perfusion, elle ressent une poussée d'adrénaline : c'est *elle* l'assassin qui appuie sur le piston, et elle y prend plaisir.

Puis elle se retrouve dans un lit d'hôpital à la place du patient. Elle aperçoit Charlie au bout du couloir, penché sur le Cerner. Il parle, mais elle n'entend pas ses paroles. Elle découvre alors avec effroi qu'elle est paralysée. Elle se réveille en sursaut et porte une main à son cœur, qui palpite tel un oiseau affolé. Nul besoin de chercher la signification de ce cauchemar dans son dictionnaire des rêves aux pages cornées. Il traduit son sentiment d'impuissance et d'insécurité, mais il y a autre chose. Ce n'est qu'après le départ de ses filles pour l'école qu'elle parvient à mettre le doigt sur ce qui la chiffonne : dans son rêve, Charlie se tenait à l'extrémité du couloir en L, à proximité de l'ascenseur. Si elle l'a aperçu à cet endroit des dizaines de fois, elle ne s'était jamais demandé pourquoi il l'appréciait tant.

Étendue sur le canapé, elle ferme les yeux et se concentre sur sa respiration. L'auto-hypnose lui a déjà permis d'affronter les épisodes les plus douloureux de son existence. Le but est moins de faire surgir les souvenirs que de les revivre.

Elle se revoit à l'hôpital avec Charlie, aussi attendrissant qu'un chiot peureux et pataud. Chaque matin, après le débriefing, il pousse le chariot du Cerner jusqu'au bout du couloir, tel un petit facteur à l'air triste. Amy a toujours cru qu'il cherchait à s'isoler pour travailler, caché derrière son écran. Il ne lui était jamais venu à l'esprit qu'il se plaçait peut-être là afin de surveiller l'arrivée du coursier de la pharmacie. Dès qu'il voyait celui-ci, il se précipitait pour le décharger. Elle croyait qu'il faisait ça par gentillesse, pour lui épargner la peine de parcourir la vingtaine de mètres qui le séparait de la réserve. À présent, elle comprend que sa motivation était très différente.

Charlie avait trouvé le moyen de contourner le Pyxis pour se procurer des médicaments.

51

Cette nuit-là, Amy relit le dossier du Pyxis jusqu'à ce que sa vue se brouille. Elle l'emporte au lit, s'endort dessus et le parcourt de nouveau le lendemain matin avant de prendre la route pour un long week-end de garde à Somerset.

Elle a beau se répéter qu'elle ne trahit personne, ses convictions vacillent à mesure que grandit sa crainte d'être virée. Seuls Tim et Danny savent qu'elle joue un double rôle. Les deux policiers restent de plus en plus tard au bureau. Amy leur rend parfois visite après le travail, pour faire le point autour d'un café. Ces moments d'échange raffermissent son courage.

Depuis qu'elle leur a révélé son existence, ils ont chargé l'inspecteur Douglas Brownlie de se procurer légalement l'intégralité des données du Cerner de Somerset. En attendant que sa requête aboutisse, Amy a sa propre méthode pour faire avancer l'enquête.

Elle a un peu l'impression d'être l'ouvrier de la chanson de Johnny Cash, qui, jour après jour, rapporte chez lui une pièce d'automobile différente dissimulée dans sa gamelle, et qui, au bout de vingt ans, a une Cadillac complète. Le truc, c'est qu'elle n'a pas vingt ans devant elle pour extraire du Cerner l'historique des opérations effectuées par Charlie, aussi prend-elle l'habitude de venir à l'hôpital avec un grand fourre-tout.

Aucun de ses collègues ne semble avoir remarqué qu'elle consulte plus fréquemment le Cerner : la solitude relative des gardes nocturnes offre des avantages. Elle parcourt rapidement chaque dossier sur écran et le relit plus tard, à l'abri des regards. Elle tente de se convaincre que personne ne s'étonnera de voir une femme en blouse blanche feuilleter fébrilement une liasse de papiers dans une voiture garée sur le bord de la route, mais elle est la première à trouver son comportement suspect. En cherchant à coincer Charlie, elle en est arrivée à agir elle-même comme une criminelle.

Le vendredi, elle achève son service à 23 heures. Elle est de retour chez elle entre 1 h 30 et 2 heures et passe le samedi avec ses filles avant de reprendre le chemin de l'hôpital. À ce régime-là, elle termine toujours la semaine sur les rotules. Ce dimanche, Amy est encore plus fatiguée que d'habitude. Tout au long du briefing, elle se fait l'effet d'être un imposteur. Elle est censée exercer son métier sur une scène de crime, mais que ce soit pour prodiguer des soins ou enquêter, elle est épuisée. Depuis qu'elle collabore avec la police, elle a peur pour elle-même et pour ses patients. Le stress finit par lui causer une violente migraine. Elle se dirige vers le Pyxis pour commander du paracétamol. Bien que préoccupée par son karma, elle n'a jamais eu de scrupule à le faire jusqu'ici. L'automédication est courante chez les infirmières. Ça n'est pas plus grave qu'une serveuse qui prélève de temps en temps une frite dans une assiette. Alors, pourquoi se sent-elle brusquement coupable ? *Bon Dieu !* peste-t-elle, furieuse contre elle-même. *C'est juste du paracétamol, pour éviter que ta fichue tête n'explose pendant que tu te crèves le cul à faire ton boulot !*

Et puis merde ! Elle serre les dents et presse la touche « Annulation ». Bien sûr, le tiroir s'ouvre quand même. Alors qu'elle se penche pour le refermer, elle pense à Charlie et une nouvelle vague de culpabilité la submerge. Puis elle se fige : le paracétamol est bien là, dans son petit casier, mais il n'est pas seul. Le tiroir contient également de la digoxine.

Amy a comme une illumination. Jusqu'à présent, les tentatives de Tim et Danny pour confondre Charlie s'étaient heurtées à un obstacle apparemment insurmontable : les dates des décès causés par la digoxine ne correspondaient pas à celles où leur suspect s'en est procuré. En revanche, elles coïncident avec ses commandes de paracétamol. Bien sûr, on ne peut pas prouver qu'il a demandé celui-ci pour obtenir celle-là, mais l'historique du Pyxis révèle d'autres anomalies troublantes. Charlie retirait des médicaments rarement prescrits en soins intensifs – nitroprussiate de sodium, noradrénaline, nitroglycérine, pancuronium – jusqu'à six fois par nuit. Quand les tiroirs étaient vides, il s'adressait à la pharmacie pour reconstituer le stock. L'avocat de Somerset, Fleming, l'a interrogé à propos des annulations, mais apparemment personne ne s'est jamais inquiété de savoir ce qu'il faisait de tous ces médicaments pour le cœur.

Avant de se coucher, Amy passe un coup de fil à Tim. Son collègue et lui recherchaient une seule arme du crime. Si elle a vu juste, Charlie disposait de tout un arsenal. Reste à découvrir comment il l'utilisait.

Après avoir raccroché, elle retourne à la salle de bains, recueille l'eau glacée au creux de ses mains et s'en asperge le visage. Ses palpitations ne sont pas dépourvues de raison. Elle voulait savoir qui était vraiment son ami ; depuis le début, la réponse se trouvait dans la mémoire du Pyxis.

Elle aspire désespérément au sommeil, mais elle a peur de rêver.

52

Le lendemain, Amy expose sa théorie à Tim et Danny. Charlie, leur explique-t-elle, combinait les drogues de même qu'un musicien associe des notes pour composer une symphonie, ou qu'un barman mélange des alcools pour créer un cocktail. Leurs effets se complétaient ou s'annulaient de façon aléatoire, et le temps qui s'écoulait entre leur injection et la réaction du patient renforçait le suspense : coma insulinique, arrêt cardiaque, rétablissement miraculeux ? Le résultat est toujours surprenant.

Si la jeune femme a assez d'imagination pour décrypter les données du Pyxis, elle ne comprend pas le plaisir qu'on peut retirer de ce jeu macabre. Tout ce qu'elle sait, c'est que le Charlie qu'elle croyait connaître et auquel elle a accordé son amitié serait incapable d'une telle perversité. L'écartèlement qu'elle ressent la perturbe encore plus que les meurtres eux-mêmes.

Amy s'est toujours fiée à son intuition dans ses relations avec autrui. Si elle croisait un jour un monstre du même genre que celui qui a gâché son enfance, pensait-elle, elle le sentirait forcément. Pourtant, elle n'a jamais perçu le moindre mal chez Charlie. Peut-être son radar est-il cassé.

À moins qu'elle ne souffre d'une forme de cécité et ne voie que le bien chez les autres.

L'examen de l'historique du Cerner entraîne une nouvelle désillusion : Charlie n'était pas l'infirmier modèle, le roi du dossier informatisé qu'elle croyait. Généralement, ses observations tenaient en quelques mots mal orthographiés et de toute évidence saisis à la hâte – rien qui ait pu justifier les heures qu'il passait sur le clavier.

Amy attend le lendemain pour imprimer le reste des données, puis se rend au siège de la police locale afin de les partager avec Tim et Danny.

Le Cerner garde en mémoire l'heure et le jour auxquels un utilisateur a consulté un dossier. L'historique leur révèle que Charlie consacrait une bonne partie de ses nuits à cette activité – pas pour s'enquérir des antécédents des patients, songe Amy avec un frisson d'effroi, mais pour repérer ses proies.

La nuit suivante, elle rêve que Charlie, toujours prêt à rendre service, prépare les poches de perfusion, seul à côté du Pyxis.

Les noms des malades sont écrits sur un tableau blanc, chacun accompagné du numéro de sa chambre. Certains sont faciles à mémoriser – comme le 212, qui se lit dans les deux sens, ou ceux qui évoquent leur date de naissance aux natifs de février. Les infirmiers les jouent parfois à la loterie.

Charlie se dirige vers le Cerner. Il n'est pas censé s'occuper du patient dont le dossier s'affiche sur l'écran, du suivant pas davantage.

Il entre dans une chambre, ferme la porte et baisse les stores. Pourquoi tant de précautions ? Cette nuit, il a la charge de trois malades. Auprès duquel s'active-t-il à présent ? *Où est Charlie ?* Déjà de retour au Pyxis. Une collègue s'approche. Elle a besoin d'un médicament ; Charlie lui propose de le commander pour elle. Pourquoi est-il aussi serviable ?

Amy aperçoit les poches de perfusion, soigneusement alignées sur le Pyxis. Chacune porte une étiquette imprimée de caractères presque illisibles. Charlie a-t-il ses lunettes ? Non. Il est trop vaniteux pour les porter en public. Résultat, il est beau, mais il n'y voit rien.

Pour savoir quelle poche est destinée à quel patient, il faut prendre le temps de les examiner une à une. Charlie ne paraît pas s'en soucier. Il pique sa seringue remplie d'un mélange potentiellement mortel dans la première qui lui tombe sous la main, sans vérifier le nom ni le dosage sur l'étiquette.

Il rejoint ensuite le chariot du Cerner et consulte un nouveau dossier, puis un autre, puis un autre encore. Pourquoi autant, chaton ?

Tu cherches quoi, Charlie ?

Charlie n'en a pas la moindre idée. Il ne sait ni ce qu'il cherche ni où il va.

Il laisse le hasard décider, comme à la loterie.

Amy se réveille en sursaut.

Les données du Cerner sont, avec celles du Pyxis, les éléments les plus probants dont disposent Tim et Danny. Mais pour qu'ils puissent les exploiter, Amy doit leur faire un cours accéléré.

Quelques années plus tôt, le Cerner a changé le quotidien des professions médicales en leur procurant un outil simple et efficace pour enregistrer les allergies éventuelles, les résultats d'analyses ou les directives anticipées des patients[1]. Un infirmier ne doit pas consulter d'autres dossiers que ceux des malades sous sa garde durant son service. Amy ne connaît aucun collègue qui ait jamais enfreint cette règle. Charlie, lui, n'avait aucun scrupule à le faire.

Son historique de juin indique plusieurs incursions dans le dossier de Florian Gall. Le cœur du pasteur s'est arrêté dans la matinée du 28, à 9 h 32, et il est mort environ quarante-cinq minutes plus tard. Cullen n'était pas censé s'occuper de lui la nuit précédant sa mort. Pourtant, il a ouvert son dossier à 6 h 28, puis à 6 h 29, à peine une demi-heure après que le labo eut décelé un taux de digoxine anormalement élevé dans son sang.

— Et il ne s'intéressait pas uniquement au révérend Gall. Regardez cette page, et celle-ci : au fil des mois, il a créé des milliers de sessions. Certaines nuits, il se connectait plusieurs centaines de fois !

— Bon Dieu, qu'est-ce qu'il fabriquait ? marmonne Danny.

Amy pense connaître la réponse. Elle revoit les poches de perfusion alignées sur le Pyxis, prêtes à l'emploi. Et si Charlie avait injecté des substances nocives dans l'une d'elles, en laissant à ses collègues le soin de les disséminer à travers le service ? Il aurait découvert où sa bombe à retardement avait atterri en surveillant l'évolution de l'état des patients grâce au Cerner. Tant pis si le décès de sa victime n'était intervenu que des heures plus tard, en son absence : il n'aurait eu qu'à allumer l'ordinateur pour le revivre ultérieurement, aussi souvent qu'il l'aurait désiré. Amy a la nausée. Peut-être a-t-elle semé la mort à son insu tandis que le monstre qu'elle prenait pour son ami, le regard rivé à son écran, guettait l'apparition des effets de son cocktail létal avec la même excitation qu'un supporter de foot attend que son équipe marque un but.

53

29 novembre 2003

Le rapport toxicologique du révérend Gall parvient à la police le samedi matin, à 10 h 38. La plus grande partie concerne les 96 substances, de l'acétaminophène au zolpidem, absentes de l'organisme du pasteur. En revanche, le laboratoire a trouvé une dose massive de digoxine : 23,4 µg/L dans l'humeur vitrée, 32 µg/kg dans la rate, 40,8 µg/kg dans le cœur et 104 µg/kg dans les reins. Mambo va pouvoir requalifier le décès en homicide.

Tim et Danny ont maintenant une victime et un moyen. Mais ils manquent encore de preuves pour faire condamner le meurtrier. Les données du Pyxis indiquent tout au plus que Charles Cullen avait la possibilité de se procurer les drogues dont il avait besoin pour tuer. Le procureur sait qu'il en faudra davantage pour convaincre un jury.

Cullen pourrait très bien prétendre que ses commandes de paracétamol étaient justifiées[1]. Amy a suggéré qu'il jouait à la loterie avec les vies des patients, une théorie trop complexe pour être démontrée. De la même façon, comment prouver que les multiples requêtes annulées n'étaient pas de simples erreurs, ou que son utilisation compulsive du Cerner n'avait rien d'une lubie inoffensive ? Le seul moyen de le mettre hors d'état de nuire, c'est de l'amener à confesser au moins un meurtre à une personne en laquelle il a confiance. Pour éviter que le dossier du révérend Gall ne finisse au fond d'un placard avec celui d'Ethel Duryea, Tim va devoir obtenir une faveur supplémentaire d'Amy.

Tim et Danny installent Amy dans un ancien bureau de la brigade des stupéfiants et lui donnent un téléphone portable paramétré pour appeler en numéro masqué.

Charlie décroche presque aussitôt.

— Salut, chaton ! lui lance la jeune femme d'une voix enjouée.

Plus tard, comme la conversation roule sur l'enquête, elle lui confie :

— J'ai compris que si je supportais ce boulot, c'était uniquement grâce à toi. Depuis ton départ, ça craint.

Charlie est plus que jamais persuadé de devoir son renvoi à la brochure de recrutement de Somerset. Cette version flatte son ego et entretient son illusion qu'il est né pour laisser une empreinte durable dans ce monde. Sa photo a été envoyée par mail à des milliers de destinataires et publiée dans deux magazines. Il est une victime, mais une victime célèbre.

— Tu es une star, oui ! acquiesce Amy. Tu me manques, tu sais. Tu ne voudrais pas venir à Somerville, un de ces quatre ? Je serais tellement heureuse de te revoir…

— Oui, moi aussi.

— Le truc, c'est que Cathy pourrait le prendre mal, ajoute la jeune femme d'un ton enjôleur.

— Ne t'inquiète pas pour ça. Elle m'a dit : « Je ne comprends pas pourquoi ça te gêne que je sorte avec quelqu'un. Moi, ça ne me poserait aucun problème si tu en faisais autant. »

Amy croyait pouvoir jouer de son charme sans risque, pensant qu'il ne franchirait pas la ligne ténue entre l'amitié platonique et l'attirance sexuelle, mais cette réponse sème le trouble dans son esprit. Elle fait brusquement machine arrière :

— Je vais en parler à Donna, tiens ! Ça serait sympa de se voir tous les trois…

— Pourquoi pas ? répond Charlie, nettement moins enthousiaste.

— Tu as toujours mon numéro ?

— Ouais, je dois l'avoir noté quelque part.

Amy tente de ranimer son intérêt sans toutefois l'allumer.

— Espèce d'abruti ! plaisante-t-elle. Je te connais, va… Tu ne me rappelleras pas, et je me ferai un sang d'encre pour toi.

Charlie saisit l'occasion de se plaindre :

— Pardon, mais en ce moment, je ne suis pas d'une compagnie très réjouissante. Pour tout dire, je me sens comme une merde.

— Hé ! proteste Amy. Tu es tout sauf une merde, d'accord ?

— Tu sais l'importance que j'attache à ce boulot. C'est une partie essentielle de moi. Sans lui, je ne suis rien !

Une fois de plus, Charlie revient sur le motif supposé de son renvoi, cherchant à expliquer pourquoi il s'est trompé de dates dans son dossier de candidature et s'apitoyant sur son sort pendant de longues minutes.

Amy finit par l'interrompre :

— Pourquoi tu ne te fais pas prescrire du Zoloft ? Ou du Prozac ?

— Je… je ne sais pas. Tu crois que… ?

— Ou ce nouveau médicament, le Zoo-Pro. Tu en as entendu parler ?

— Mettez-m'en un de chaque, s'il vous plaît.

— Non, sérieusement… Tu devrais essayer.

— Je vais y réfléchir.

Comprenant que ce genre d'aide ne l'intéresse pas, Amy joue alors sur la corde sensible :

— Mon pauvre chou, c'est vraiment une sale période pour toi. Qu'est-ce que je peux faire ?

Il lui explique qu'il a posté son CV sur plusieurs sites de recherche d'emploi. Amy a entendu dire que les hôpitaux les consultent fréquemment, mais l'approche de Noël et la perspective de devoir solder son retard dans le paiement des pensions alimentaires n'incitent pas Charlie à l'optimisme.

— Si je n'ai rien trouvé dans un mois, ça va être le flip total ! soupire-t-il.

— C'est pour ça que tu as besoin de mon soutien, andouille ! Je ne te laisse pas le choix : si tu ne me rappelles pas, c'est moi qui le ferai. Bon, je vais devoir te quitter. Mon téléphone est mort. Une copine m'a prêté le sien, mais je ne voudrais pas exploser son forfait.

— Je comprends.

— Je t'envoie un mail dans quelques jours. Je peux compter sur toi ?

— Oui.

— Ça ne suffit pas. Répète : « Je promets de t'appeler. »

— Je… Promis.

Tim attend que les deux correspondants aient raccroché pour arrêter l'enregistrement. Amy a été parfaite ; elle a mis Charlie en confiance, a préparé le terrain pour un futur rendez-vous et leur a fourni des informations de premier choix. Le problème tient à la nature même de celles-ci : Charles Cullen recherche activement du travail.

Forrest lui ayant interdit de contacter les experts du FBI, sa brigade et lui ne peuvent espérer aucune aide extérieure. Pendant qu'ils s'efforcent de le coincer, Cullen reste libre de nuire. Les policiers qui le surveillent ont confirmé qu'il avait passé des entretiens d'embauche. D'ici quelques jours, il sera peut-être de nouveau en capacité de tuer. L'enquête progresse trop lentement. Ils vont devoir tenter le tout pour le tout.

54

De la Crown Vic, les deux policiers regardent Charlie Cullen sortir ses poubelles.

— Cette fois, ça passe ou ça casse, marmonne Tim.

— C'est sûr ! s'esclaffe Danny. Tu veux la jouer comment ?

— On l'aborde en douceur, répond son chef tout en abaissant sa vitre. Mais si cette ordure fait mine de résister, on l'écrase comme une merde.

En levant les yeux, Charlie aperçoit une voiture avec des plaques du New Jersey qui fume dans l'air froid. Le conducteur agite le bras comme s'il cherchait à attirer son attention.

— Hé, Charlie ! Approchez !

Charlie s'arrête net, soudain embarrassé par les deux conteneurs qu'il traînait sur le trottoir.

Deux types descendent du véhicule et se dirigent vers lui.

— Vous savez qui nous sommes ? demande Braun avec un sourire cordial.

Charlie ne répond pas. Deux moustachus taillés comme des armoires à glace, un Blanc avec un blouson en cuir, un Noir en costume-cravate. Il lui semble apercevoir un troisième homme à l'arrière de la voiture[1].

— Vous êtes de la police, dit-il enfin.

— Exact, Charlie. Et vous savez pourquoi nous sommes là ?

— Je suppose que ça a un rapport avec le centre médical de Somerset.

— Qu'est-ce qui vous fait dire ça ?

— Vos plaques d'immatriculation : le New Jersey…

— Bien vu !

— Vous allez m'arrêter ?

— Nous enquêtons sur des décès suspects à Somerset, et nous aurions quelques questions à vous poser.

— On m'a déjà interrogé deux fois, à l'hôpital.

— Bien ! Maintenant, c'est notre tour.

Tim ouvre la portière arrière et tapote la banquette comme pour y faire monter un chien.

— Venez, on vous emmène faire un tour. Nous serons plus tranquilles dans nos bureaux pour discuter.

— Je… je n'ai pas de manteau.

La tête baissée, Charlie coule des regards furtifs vers la rue, les deux hommes, leur voiture.

— Vous n'en aurez pas besoin, affirme Tim. Il fait très bon à l'intérieur. Venez !

Est-ce un ordre ou une invitation ? Il ne le précise pas.

Cette voiture de police est plus spacieuse et plus confortable que toutes celles que Charlie a connues, et il n'y a pas de séparation entre l'avant et l'arrière. Les inspecteurs parlent de choses et d'autres pendant le trajet : de leur travail, de sport, et même du temps qu'il fait. Tim a fréquenté la pizzeria du quartier de West Orange où Charlie a grandi, se rappelle la mascotte de l'équipe de foot de son lycée. Charlie se détend, mais une fois en salle d'interrogatoire, les deux flics changent de ton.

À maintes occasions, à Newark, en levant les yeux du clavier sur lequel il tapait les procès-verbaux, Tim s'est aperçu que le suspect menotté à son bureau s'était endormi sur sa chaise. Il ronflait comme un bienheureux, alors qu'il risquait vingt ans de taule pour meurtre ! Il lui a fallu du temps pour comprendre que certains criminels s'épuisent à mener une double vie. Ceux-ci vivent leur arrestation comme un soulagement : enfin, ils n'ont plus besoin de mentir ni de se cacher ! Mais comme il va bientôt le constater, Charlie n'appartient pas à cette espèce.

À 2 heures du matin, la Crown Vic de Tim Braun se gare devant la maison de Charles Cullen. Celui-ci en descend sans prononcer un mot et se dirige vers l'entrée. Tim abaisse sa vitre et crie :

— Hé, Charlie !

L'infirmier se retourne, ébloui par les phares.

— La prochaine fois que je te verrai, ce sera pour te passer les menottes, pigé ?

Tim brandit ensuite le poing dans un geste de menace implicite. C'est puéril, c'est ridicule, mais la colère qui gronde en lui l'a emporté. Il s'attend à ce que Cullen l'envoie se faire foutre – c'est ce qu'il ferait à sa place –, mais celui-ci se contente de hocher la tête avant de disparaître dans la maison. À quoi bon répliquer ? Faute d'éléments probants, les flics ont dû le relâcher. Il est libre, et cela vaut tous les bras d'honneur du monde.

55

Tandis que Braun, Baldwin et le capitaine Andy Hissim cuisinaient Charles Cullen, une autre équipe s'est présentée chez sa compagne, Catherine Westerfer, munie d'un mandat de perquisition. Les inspecteurs Lou DeMeo, Andrew Lippitt, Edward Percell et Douglas Brownlie, le procureur adjoint Tim Van Hise, le lieutenant Stuart Buckman, Norman Cullen, chef de police adjoint du comté de Somerset, et l'inspecteur Delmar Willis, de Northampton, ont passé la maison et la voiture de l'infirmier au peigne fin, à la recherche de substances illicites dérobées à l'hôpital.

Trois heures plus tard, ils avaient trouvé en tout et pour tout une plaquette de comprimés contre le rhume, un flacon d'antihistaminiques et un autre d'ibuprofène. Une fois sortis de leurs emballages, cachets et gélules ont été comptés, photographiés et rangés dans des poches scellées. Leur analyse ne révélera rien de suspect[1].

Après avoir déposé Cullen devant chez lui, Braun et Baldwin roulent un moment dans un silence tendu. Danny sait qu'en tant que responsable de l'enquête il devra se justifier pour cette opération ratée. C'est lui qui a convaincu Tim Van Hise de demander un mandat de perquisition. Les deux hommes ont passé plusieurs heures à rédiger la requête, en pesant chaque mot.

« Si l'on ne trouve rien, c'est ta tête qui tombera, lui a dit le procureur adjoint avant de l'accompagner chez le juge. Tu es sûr de ton coup ?

— À 100 % », a-t-il répondu.

À présent, toutes ses certitudes se sont envolées.

Sur le siège passager, son coéquipier bout d'une rage telle qu'il dégage autant de chaleur qu'un radiateur.

L'interrogatoire de Cullen a duré six heures. Au début, l'infirmier n'a fait aucune difficulté pour passer en revue son histoire personnelle. Il n'a pas paru étonné que la police soit au courant des accusations ayant motivé son renvoi de Saint Barnabas, de Saint Luke's et du Warren Hospital. Il s'est borné à répondre que les enquêtes internes l'avaient lavé de tout soupçon. Pour le déstabiliser, les deux inspecteurs lui ont révélé qu'en étudiant les données du Pyxis ils avaient percé à jour sa technique pour se procurer de la digoxine, en annulant des commandes, comme il l'a fait les 15 et 27 juin.

« J'avais dû me tromper de touche, a-t-il dit pour se justifier. Ou alors, je n'avais pas mes lunettes. »

Dans ce cas, pourquoi n'a-t-il pas corrigé ensuite son erreur ?

Il a haussé les épaules sans fournir aucune explication. Tout ce que Braun souhaitait à cet instant, c'était l'empêcher de tuer à nouveau, quitte à user de contrainte physique. Mais comment contraindre un type qui sait qu'il ressortira libre ?

La discussion a viré au dialogue de sourds, les policiers bombardant Cullen de questions auxquelles il apportait toujours la même réponse : « Je ne peux pas parler de ça. » Je ne *peux* pas… Ni un démenti ni un aveu.

Quand le procureur a sifflé la fin de la partie, Charlie était en larmes, et les inspecteurs avaient l'impression d'être revenus à leur point de départ.

Danny se décide à rompre le silence :

— C'est foutu, dit-il, exprimant leur sentiment commun. Maintenant, Cullen va se méfier. Par notre faute, il sait qu'il est surveillé.

Tim acquiesce, la mine sombre. En voulant lui arracher une confession, ils ont réduit à néant leurs chances de tirer quoi que ce soit de Cullen.

Charlie profite de l'absence de Cathy pour appeler Amy. Il a une tonne de choses à lui raconter. Il tombe sur son répondeur. Tant pis : il ne peut pas attendre de lui parler en personne.

— Tu ne devineras jamais ce qui m'est arrivé, attaque-t-il. Un truc de fou ! Des flics m'ont embarqué pour m'interroger, ils ont aussi emmené Cathy, ils l'ont retenue deux heures et moi… moi, cinq. Non, six ! C'était horrible, et… On dirait que l'affaire de Somerset est en train de prendre de l'importance. Je ne pensais pas qu'ils me relâcheraient si vite mais, du coup, ça marche toujours pour vendredi. Sinon, rien de neuf qui… Zut, je parle trop !

Après avoir raccroché, il s'aperçoit que, dans son excitation, il a oublié d'annoncer une autre grande nouvelle à Amy : elle avait raison à propos des sites de recherche d'emploi. Il va bientôt revêtir de nouveau sa blouse d'infirmier.

56

Tim monte à bord de sa Crown Vic et sort du parking en roulant au pas. La première grosse tempête de l'hiver a rendu la chaussée glissante. On ne parle que de ça à la radio, et il imagine la frustration des écoliers de l'État : c'est trop injuste qu'il commence à neiger un vendredi soir ! Le mauvais temps lui a offert un prétexte en or pour quitter le bureau plus tôt et passer un coup de fil important. Malgré le veto du procureur, il va contacter le FBI. Le jeu en vaut la chandelle et il doute que sa désobéissance lui coûte son poste si Forrest vient à l'apprendre – du moins, il l'espère. Il est conscient que Danny aurait adoré être de la partie, mais il a préféré le tenir à l'écart. Son jeune collègue est encore dans la phase ascendante de sa carrière ; se mettre le procureur à dos risquerait de bloquer son avancement.

Il a prévu d'appeler depuis sa voiture, avec un gobelet de café à portée de main et le chauffage réglé au maximum. Il est tenté de taire leurs erreurs et leurs maladresses, comme avoir fait pleurer Cullen et l'avoir menacé, mais s'il veut obtenir l'aide de Quantico, il a intérêt à jouer franc jeu. Malgré tout, il redoute la tournure que va prendre la conversation.

Tim attendait beaucoup des profileurs de Quantico. Les tueurs en série n'ont aucun secret pour ces types ; ils en bouffent chaque matin au petit déjeuner. Pourtant, aucun qui ressemble à Charles Cullen n'est jamais passé entre leurs mains.

Son contact au FBI lui a expliqué que 99 % des auteurs de meurtres en milieu médical sont des femmes. Ces tueuses se rangent en deux groupes : celles qui se prennent pour des héroïnes et celles qui prétendent agir par compassion, pour abréger les souffrances de leurs victimes. Les hommes sont plutôt guidés par des motivations d'ordre sexuel, ou par un désir de contrôle. Charles Cullen ne relève d'aucune de ces catégories. Afin de mieux cerner sa personnalité, les profileurs ont demandé à Tim de remplir un questionnaire à son sujet. D'après ses réponses, ils penchent pour une sous-espèce de tueurs qu'ils n'ont encore jamais étudiée, « un acteur avec peut-être une part féminine ». Par conséquent, ils ne peuvent prédire ses réactions ni conseiller l'inspecteur sur la façon de l'aborder.

Tim leur avoue alors qu'il a déjà « abordé » Cullen – en fait, il l'a pratiquement enlevé devant chez lui. Comme il le craignait, cette confession lui vaut un cours magistral sur la manière dont il aurait dû procéder[1].

— D'habitude, lui dit un des experts, on sollicite notre avis *avant* toute intervention.

— Je sais, mais…

— Comprenez notre embarras : nous disposons de très peu de renseignements, et vous avez déjà interrogé le suspect.

Tim se sent encore plus piteux qu'il ne l'imaginait.

— Je sais, répète-t-il. Si je vous consulte, c'est en prévision du jour où on lui passera enfin les menottes.

En effet, ajoute-t-il, soulagé d'introduire une note positive, il possède un atout dans sa manche : une informatrice secrète.

— Et qui est cette personne ?

— Une de ses collègues. Ou plutôt, une ex-col…

— Une infirmière ?

— Oui. C'est probablement la seule relation amicale que Cullen a nouée à Somerset.

— J'en déduis que nous avons affaire à un solitaire.

— Sa compagne nous l'a confirmé hier. Elle est enceinte de six mois.

— Enceinte de lui ?

— On dirait bien, oui.

— Je vois. Quelles preuves avez-vous contre ce type ?

Tim ne répond pas.

— Eh bien ? insiste son interlocuteur.

— Nous avons surtout des présomptions…

Tim s'attendait à une nouvelle volée de bois vert. Comme rien ne vient, il enchaîne :

— Nous manquons de témoins directs ou d'éléments probants. Pour le moment, nous n'avons que des données informatiques et… Des faits similaires se sont produits dans d'autres hôpitaux alors que Cullen y travaillait.

— Des faits similaires, hein ?

— Oui.

— Dans ce cas, vous n'êtes pas sortis de l'auberge. Vous savez ce qui se passe quand un employé de banque pique dans la caisse ? La direction le vire discrètement, parce qu'elle ne veut surtout pas que l'affaire s'ébruite. Du coup, le voleur est libre de se faire embaucher ailleurs. C'est la même chose avec ces types : ils vont d'hôpital en hôpital.

— C'est vrai, acquiesce Tim.

— La plupart n'avouent jamais. Ça tient à la nature de leurs crimes.

— Ils n'avouent pas ?

— En effet. Ils sont conscients de leurs actes, et ils veillent à ne pas laisser de preuves. Je ne dis pas ça pour vous décourager, au contraire. Je ne veux pas que vous pensiez que vous avez mal fait votre boulot. Ce genre d'affaire, c'est vraiment la merde.

— Ma foi, c'est rassurant ! dit Tim avec un rire forcé.

— Dans un sens, oui.

— Une seconde ! fait une deuxième voix.

Tim comprend alors qu'il ne s'agit pas d'une conversation privée, mais d'une conférence téléphonique. Le FBI a le chic pour vous mettre dans des situations inconfortables.

— Il serait intéressant que Tim nous relate en détail ce qui s'est passé hier soir, dit l'expert numéro 2.

— J'y venais, réplique le numéro 1. Ma première question portait sur les preuves dont il dispose, la suivante concernait l'interrogatoire du suspect.

Tim regrette de plus en plus son initiative. Il a l'impression d'écouter deux extraterrestres aux cerveaux surdéveloppés dresser des plans pour le dîner.

Il prend une profonde inspiration et se jette à l'eau. Il commence par décrire le procédé de Cullen pour forcer le Pyxis à lui délivrer des substances toxiques. Quand lui et son collègue ont demandé des explications à propos des commandes annulées, l'infirmier a prétendu qu'il s'agissait d'erreurs, qu'il n'avait pas ses lunettes ou qu'il ne s'en souvenait pas.

Numéro 1 l'interrompt :

— Tout au long de l'entretien, il vous a ressorti les mêmes excuses bidon ?

— En effet.

Après avoir embarqué Charlie, raconte-t-il, ils ont fait en sorte de gagner sa confiance pour mieux lui mettre la pression ensuite.

— Le projet, ce n'était pas de l'affronter de plein fouet, mais…

— Tim ?

— Euh… Oui ?

— Vous avez joué le rôle du bon flic jusqu'au terme de l'entrevue ?

— Oui, répond Tim après avoir réfléchi.

— Vous ne l'avez pas trop bousculé ?

— Non.

Moins que Danny, en tout cas. Les deux hommes se sont relayés face à Cullen, soufflant tour à tour le chaud et le froid. Puis leur capitaine est venu mettre son grain de sel. Il touchait fréquemment la jambe du suspect en s'adressant à lui, une technique apprise en cours de psychologie, mais que Tim a jugée gênante.

— Et vous avez laissé une porte ouverte à la fin ?

Pas une porte, la vitre de ma voiture, songe Tim. Toutefois, il s'abstient de mentionner qu'il a brandi le poing devant Cullen et l'a menacé.

— On lui a servi le baratin habituel, ment-il. S'il vous revient quoi que ce soit, n'hésitez pas à nous appeler, etc.

— Vous n'avez rien dit du genre : « Espèce de salaud, on finira par te coincer » ?

Tim rit sans conviction. C'est à croire que ces types lisent dans ses pensées !

— Non, bien sûr ! Mais… on lui a fait comprendre qu'on l'avait à l'œil.

— Je vois… Votre procureur compte-t-il entamer une procédure malgré l'absence d'aveux ?

— Pas à ce stade, non.

Le silence se prolonge si longtemps que Tim se demande si la communication n'a pas été coupée. La réaction des experts est éloquente : ils ont foiré leur coup. Leurs derniers espoirs reposent sur leur informatrice secrète. Les conversations entre Amy et Charlie occupent plusieurs heures de bandes mais, jusqu'ici, ils n'ont pas obtenu fût-ce l'ébauche d'une confession. Quelques jours plus tôt, la jeune femme est tombée sur le répondeur de Cullen, et depuis celui-ci ne l'a pas rappelée. Même le FBI ne peut rien pour eux. Ils ont échoué sur toute la ligne[2].

Un des experts reprend enfin :

— Nous allons en rester là pour aujourd'hui et faire travailler nos neurones.

— C'est ce qu'on essaie de faire ici aussi, soupire Tim.

Amy se déchausse en laissant ses bottes sur le paillasson et sort une bouteille de vin du réfrigérateur. Son trajet de retour a duré presque deux fois plus de temps que d'habitude à cause de la neige. Maintenant, au diable le boulot, les collègues et Charlie Cullen !

Elle se dépouille de sa tenue de travail, se douche pour se débarrasser de l'odeur de l'hôpital et enroule une serviette autour de sa tête. Elle vient de s'étendre sur le canapé, son verre à la main, quand elle remarque que le voyant du répondeur clignote, mais elle n'est pas pressée d'écouter le message.

Tim et Danny comptent sur elle pour attirer Charlie dans le comté de Somerset et lui soutirer des confidences. La jeune femme a pris contact avec son ex-ami, elle a été jusqu'à flirter avec lui, et tout ça pour quoi ? Il est toujours libre. Et il sait où elle vit. Qu'est-ce qui l'empêche de venir chez elle ? Il l'a déjà fait avec d'autres, comme cette collègue du Warren Hospital qu'il harcelait. Sur le moment, quand il lui a raconté cette histoire, elle a ri. Maintenant, avec ses filles endormies à l'étage, elle ne trouve plus ça aussi drôle. Peut-être est-il en train d'épier ses fenêtres en ce moment même, les deux pieds enfoncés dans la neige… Pour voir ce qui se passe dehors, il faudrait qu'elle éteigne la lumière dans le salon, mais elle est trop effrayée pour s'y résoudre.

Même après avoir poussé les verrous et tiré les rideaux, elle ne se sent pas en sécurité. Il faut qu'elle sache où il est. Elle se laisse tomber sur une chaise près du téléphone et enfonce la touche « Répondeur », déterminée à affronter sa peur.

Le message est bien de Charlie. Il ne parle pas de lui rendre visite, ce qui la rassure un peu. Mais la nouvelle qu'il lui annonce lui fait froid dans le dos. Il a postulé auprès d'un hôpital appelé Montgomery, qui cherchait un infirmier expérimenté pour son unité de soins intensifs. Comme références, il a indiqué Lehigh Valley, Saint Luke's et Somerset[3]. Il a également donné le nom de son ancienne superviseuse, Val, en précisant qu'il avait été renvoyé pour une simple erreur de dates. Outre ses deux licences et sa spécialisation en assistance cardiaque avancée, il s'est prévalu de ses seize années de pratique ainsi que de sa parfaite connaissance des appareils et des médicaments. Il recherchait un emploi à temps plein, payé au minimum 25 dollars l'heure. Il acceptait de travailler les week-ends, les jours fériés et pouvait commencer immédiatement. Et donc, le 8 décembre, le bureau des ressources humaines du Montgomery Hospital inscrivait le nom de Charles Cullen sur le tableau de service de l'équipe de nuit.

— Soyez là à 19 heures précises, a insisté le recruteur.

— Vous pouvez compter sur moi, lui a assuré Charlie.

En employé consciencieux, il arrive toujours en avance.

57

Même au milieu de la nuit, Tim répond toujours au téléphone – une habitude de flic, qu'il partage avec les médecins et les plombiers. Comme dit le proverbe, les bonnes nouvelles attendent le matin. Les mauvaises font partie intégrante de son boulot. Personne ne réveille non plus les médecins et les plombiers par plaisir.

Après le coup de fil d'Amy, il tente en vain de se rendormir. De guerre lasse, il se lève, s'habille et glisse son arme de service sous sa veste. Au bureau, au moins, il sera seul avec ses réflexions.

Assis dans le noir, il fait le compte de ses certitudes. Charles Cullen est un sale type et ils finiront par le coincer. Il se raccroche à cet espoir. Tôt ou tard, ils y parviendront. Malheureusement, l'affaire Duryea lui a appris que « tard » est toujours synonyme de « trop tard ». Il ne reproduira pas la même erreur avec Charlie Cullen.

Tim assiste au lever du jour à travers la fenêtre. Peu après, des enfants gravissent la pente de la colline du tribunal afin d'étrenner leur luge neuve. Il ferme alors la porte de son bureau pour téléphoner.

Il compose le 411 à Norristown, en Pennsylvanie, le numéro de l'accueil du Montgomery Hospital. La standardiste lui passe le secrétariat. Après plusieurs transferts, il est mis en relation avec la vice-présidente de l'établissement, Barbara Hannon.

Tim se présente comme l'inspecteur-chef Braun, de la brigade des homicides de Somerset, un titre qui produit toujours son effet. Puis il informe son interlocutrice que, pour la sécurité des patients, elle a intérêt à effacer le nom de leur nouvel infirmier du tableau de service la nuit prochaine. Barbara Hannon lui en fait la promesse.

La loi interdit à Tim de lui révéler qu'elle vient d'engager un tueur en série. Sans doute n'avait-il même pas le droit d'entreprendre cette démarche. Qu'à cela ne tienne : Cullen n'aura qu'à lui intenter un procès.

Le briefing matinal se déroule dans une ambiance querelleuse. Tous les participants croulent sous le travail et les conditions météo n'améliorent pas leur humeur. Les esprits s'échauffent encore davantage quand la nouvelle leur parvient que les décès suspects à Somerset ont fuité. Déjà, les journalistes ont pris d'assaut les standards du Centre médical, du DOH et du bureau du procureur. Tim soupçonne ce dernier d'avoir contacté lui-même les rédactions. Peut-être même a-t-il engagé une attachée de presse pour l'occasion.

Ce n'est qu'une question de temps avant que le nom de Charles Cullen ne soit rendu public. Ce jour-là sonnera le glas de leur enquête. Tous les protagonistes prendront un avocat et la fin de la pièce se jouera devant les tribunaux, sur la foi d'un simple faisceau de présomptions. Les experts du FBI avaient raison : cette affaire, c'est vraiment la merde.

Faute d'éléments probants, la tactique de l'accusation consistera à faire parler le suspect dans l'espoir qu'il s'enferrera dans ses mensonges, puis à démonter ceux-ci devant les jurés pour emporter leur adhésion. Mais dans une situation pareille, aucun avocat ne laisserait son client répondre aux questions de la partie adverse et encore moins confesser ses crimes.

Si Cullen refuse de se confier à la police, il le fera peut-être à une amie. Après s'être concertés, Tim et Danny appellent Amy pour lui demander une dernière faveur. Ils ne pensaient pas en arriver là avant plusieurs mois, mais ils n'ont plus le choix. La jeune femme devra convaincre Cullen de passer aux aveux, et elle devra le faire face à face.

58

Le micro est aussi discret que dans les films. Amy tente de détendre l'atmosphère en plaisantant pendant qu'un technicien le fixe entre ses seins avec du ruban adhésif.

En apercevant la cicatrice de son opération, Tim et Danny redeviennent brusquement sérieux : ils ne voudraient pas que le stress lui provoque un infarctus. Ils lui laissent la possibilité de renoncer, mais elle leur assure qu'elle se sent très bien. Si son cœur bat à tout rompre, elle a suffisamment d'entraînement de par son passé pour paraître crédible. Elle s'inquiète même de savoir si sa pile ne risque pas d'endommager le micro.

Une fois équipée, elle demande aux policiers de l'excuser et file aux toilettes. Elle pose son sac à main sur le bord du lavabo et s'examine dans le miroir, vérifiant que son visage ne trahit pas son identité secrète d'espionne.

Elle entreprend de se recoiffer en adressant à son reflet le même regard qu'à ses filles quand elles se conduisent mal. Puis, se sentant ridicule, elle secoue sa chevelure, éteint la lumière et sort, prête à accomplir sa mission.

Quand elle l'a appelé afin de convenir d'une date pour un déjeuner, Charlie a écourté la conversation. Il craignait que la police n'ait installé un mouchard sur son téléphone. Cette possibilité paraissait l'exciter, comme si elle rajoutait une touche de romanesque à ce rendez-vous. Il n'était pas très éloigné de la vérité, car la ligne d'Amy était effectivement sur écoute.

En apprenant que la rencontre aurait lieu dans un restaurant italien, le Carraba's, Tim s'est dit que la jeune femme avait veillé à joindre l'utile à l'agréable. Quitte à confondre un tueur en série, autant le faire en dégustant une délicieuse saucisse maison. Amy est la plus marrante, mais aussi la meilleure informatrice à laquelle il ait jamais eu affaire. Si elle renonce un jour à être infirmière, elle fera une excellente flic.

Leur plan initial consistait à attirer Cullen dans le New Jersey pour pouvoir l'appréhender sans avoir à demander son extradition. Dans un deuxième temps, ils ont décidé d'équiper Amy d'un micro au cas où elle parviendrait à arracher des confidences à son ex-collègue. Mais quand les deux hommes sont allés repérer les lieux, ils ont découvert que le Carraba's était fermé. Dans un sens, ça tombait bien : si Cullen soupçonnait un coup monté, le fait de trouver porte close et de devoir chercher une solution de rechange le rassurerait.

En planque dans la Crown Vic, Tim et Danny voient Amy descendre de sa voiture. Charlie arrive peu après à bord de sa Ford Escort bleue. Après s'être dit bonjour, tous deux se lamentent de ce que le restaurant est fermé. Puis ils regagnent leurs véhicules respectifs et reprennent la route, suivis de loin par les deux policiers.

Amy est paniquée. Un instant, elle est tentée d'appuyer sur le champignon pour semer Charlie, mais elle se ressaisit et prononce quelques mots à voix haute, pour elle-même, les dieux et les deux inspecteurs. D'un ton aussi officiel que possible, elle leur annonce qu'elle se dirige vers un autre restaurant, l'Office. Puis elle allume l'autoradio, et une vague de power metal recouvre le battement du sang dans ses oreilles.

La voiture de Charlie est toujours visible dans son rétroviseur quand elle s'engage sur le parking de l'Office. Elle éteint le moteur, respire une demi-seconde de silence, puis elle plaque un sourire sur ses lèvres et jaillit de l'habitacle en s'écriant :

— Par ici, chaton !

59

Tim et Danny ont emprunté le micro et le récepteur à la brigade des stupéfiants – un matériel bas de gamme, rarement utilisé dans les quartiers chauds du comté de Somerset, mais raisonnablement fiable, du moins l'espèrent-ils. Ils entendent des portières claquer, puis des rires et des bruits de conversation qui, une fois dans le restaurant, se noient dans le brouhaha ambiant. Amy demande à la serveuse une table tranquille. Bien joué ! Les deux policiers se carrent dans leurs sièges et tendent l'oreille.

— Comment ça va, chaton ?

— Bien, répond Charlie en grimaçant à cause du soleil.

— C'est vrai ?

— Ouais !

— Je vois que tu t'es rasé pour moi, plaisante Amy en indiquant une minuscule coupure sous la lèvre de son ami.

Celui-ci porte instinctivement la main à son menton où le sang séché forme une croûte.

— Et même d'un peu trop près, dit-il. Pourtant, j'avais mis mes lunettes[1] !

Ils poussent la porte et pénètrent dans une salle au décor chaleureux, avec des chopes à bière suspendues à des râteliers. Amy regarde Charlie à la dérobée. Non seulement il s'est rasé, mais il est allé chez le coiffeur et a fait des efforts vestimentaires, comme pour un rendez-vous amoureux. Malgré le temps hivernal, il porte une chemise blanche assortie à son pantalon et ses chaussures. Sans le motif tropical sur ses manches, on pourrait croire qu'il est en tenue d'infirmier.

— Tu es drôlement chic, dis donc ! remarque-t-elle.

— Je sais.

Avec un sourire complice à l'adresse de Charlie, Amy dit à la patronne qu'ils sèchent le boulot. Une serveuse les guide jusqu'à un box au fond de la salle.

— Figure-toi qu'on a parlé de moi à la radio, lance Charlie sitôt assis sur sa banquette en Skaï.

— Quoi ? Quand ça ?

— Ce matin.

La veille, une source anonyme a confirmé à un journaliste du *Star-Ledger*, Rick Hepp, que la police du comté de Somerset enquêtait sur une possible série d'homicides au centre médical de Somerset. Le principal suspect est un infirmier dont l'identité n'a pas été divulguée. Par la suite, d'autres médias ont repris l'information en l'enrichissant de détails croustillants.

— J'étais en voiture, et j'écoutais une radio du coin qui diffuse des classiques du rock. Ils émettent sur le canal 99, ou bien…

— Ils ont dit quoi ?

— Ils ont cité mon nom ! Charles Cullen. La station que j'écoutais avant, sur 101.5, mentionnait juste « un infirmier ». La presse écrite aussi en a parlé. J'ai lu quelque chose dans le *Star* de Newark, je crois, et le *Morning Call* – un journal local – dit qu'ils ont contacté l'employeur actuel du « suspect », le Montgomery Hos…

Le serveur interrompt alors la conversation :

— Ces messieurs-dames désirent boire quelque chose pour commencer ?

Amy commande une Corona, Charlie est sobre depuis plusieurs semaines. Il a promis à Shauna de ne pas replonger.

— Euh, pour moi, ce sera une Miller ou une Michelob.

— J'ai de la Michelob Ultra.

— Parfait !

— Ce n'est pas une bière sans alcool, souffle Amy, mais faible en glucides.

— Ah oui ? Dans ce cas, je veux bien une Corona.

Charlie attend que le serveur s'éloigne pour reprendre :

— J'ai averti ma fille aînée. Tu comprends, elle a 13 ans…

— Tu craignais que la presse cite ton nom ?

— En fait, je lui en ai parlé il y a déjà deux jours. Parce que les flics m'ont menacé de revenir me passer les menottes…

Depuis son interrogatoire, chaque soir, avant de s'endormir, il se demande si les policiers ne vont pas venir l'arrêter pendant la nuit. La dernière fois que le téléphone a sonné, il a cru que c'était eux, mais il s'agissait d'un journaliste. Il est célèbre, et pas à cause d'une banale brochure de recrutement.

— Tu te rends compte, c'est même paru dans le…

Le serveur s'approche de leur table.

— Vous avez choisi ?

Charlie baisse la tête et fait mine d'étudier la carte jusqu'à ce que le jeune homme s'en aille et qu'Amy lui accorde de nouveau son attention.

— Tu veux que je te raconte tout depuis le début ? demande-t-il brusquement.

Dans leur voiture, Tim et Danny doivent se concentrer pour distinguer ses paroles. Le restaurant s'est peu à peu rempli, et le niveau sonore augmente un peu plus à chaque nouvelle tournée de bières. En plus, quelque chose interfère avec la fréquence du micro – les radars de l'aéroport voisin, un bipeur ou la pile cardiaque d'Amy.

Les deux hommes se penchent en avant, comme si leurs casques allaient mieux capter à proximité du récepteur.

Quand Charlie propose à Amy de « tout lui raconter », ils se penchent encore plus, à toucher le tableau de bord.

— Quand il a commencé à y avoir du grabuge à Somerset, ils ont juste parlé d'un problème avec ma candidature. Le premier entretien s'est bien passé, mais le suivant… C'était à propos du pasteur.

— Il est mort comment, au juste ? En fait, je ne l'ai jamais su.

— Moi non plus. La dernière fois que je l'ai vu, il avait l'air bien.

— Tu l'as eu comme patient ? C'était quoi, son problème ?

Amy sait parfaitement ce qui est arrivé au révérend Gall, mais il faut que ça vienne de la bouche de Charlie.

— Je crois qu'il souffrait d'insuffisance hépato-rénale, répond-il. Il était sous dialyse.

— Ça me dit quelque chose.

— On m'a raconté qu'il avait trop de digoxine dans le sang.

— Qui s'est occupé de lui la nuit avant qu'il…

— Ça doit être moi.

Charlie explique alors à Amy que l'avocat de Somerset lui a montré sa signature dans le registre du Pyxis. Bien sûr, il ne se rappelle pas tous les médicaments qu'il a commandés – qui le pourrait ? Il lui arrive aussi de commettre des erreurs ou d'oublier ses lunettes.

— Quand la gestionnaire de risques t'a convoqué, elle t'a fait voir le dossier du pasteur ? s'enquiert Amy.

— Son dossier, et le registre du Pyxis. Je n'en avais aucun souvenir, mais apparemment, cette nuit-là, j'ai commandé de la dig pour un autre malade avant d'annuler.

— Tu as fait ça ?

— Oui, répond Charlie d'un air contrit.

— Espèce d'idiot, va !

— Je sais, soupire-t-il.

Danny se tourne vers Tim :

— Tu as entendu ça ?

— Lund avait les données du Pyxis pour la nuit où Gall est mort.

— Et elle était au courant des annulations.

— Ouais.

— Quelle bande d'enfoirés !

Dans les assiettes, les rouleaux de tortilla sont disposés autour d'un ramequin de sauce tels les pétales d'une fleur.

— Ces articles, dit Amy, tu ne les aurais pas ici, par hasard ?

— Pas tous, non. Seulement celui-ci.

Charlie abat une coupure de presse sur la table et guette la réaction de la jeune femme.

— Le… *New York Times* ? s'exclame-t-elle, sincèrement étonnée.

— Eh oui !

— C'est dingue !

— Ça a paru dans la section « métropole ».

Il scrute son visage tandis qu'elle parcourt l'article en remuant les lèvres. Des mèches blondes balaient le papier comme elle se penche pour lire le portrait dressé par le journaliste.

— Il y a juste écrit « un infirmier », sans précision, souligne-t-il.

— Je me demande qui ça peut être, dit Amy d'un ton faussement naïf. « … renvoyé en octobre, blablabla, cinq autres hôpitaux » ?

Elle relève la tête, tout à coup sérieuse.

— Charlie, c'est vrai ?

— Oui. C'est-à-dire, j'ai bien été viré de cinq endroits avant Somerset.

— Sans déconner ?

— J'ai… j'ai eu des problèmes, explique-t-il en tendant la main vers sa bière. Le premier hôpital où j'ai travaillé, Saint Barnabas… Un jour, un patient a fait une hypoglycémie sévère. Il y a eu une enquête interne mais rien n'en est sorti. Puis il y a eu d'autres cas, et on a fini par découvrir que quelqu'un avait injecté de l'insuline dans des poches de perfusion.

— *Quoi ?* Dans toutes ?

— Oh non ! Pas toutes, non.

Charlie boit une gorgée de bière, prend un rouleau de tortilla sur le bord de son assiette et suspend son geste, dans l'attente de la question suivante.

— Ils ont essayé de te faire porter le chapeau, c'est ça ? reprend Amy.

— Eh bien…

— Les patients concernés, ils étaient très âgés ?

— Pour la plupart, oui. Mais il y en avait une plus jeune[2]. Pourquoi c'est tombé sur eux ? Mystère. De toute manière, tous les infirmiers avaient accès aux poches.

— Mais tu as sûrement un avis sur ce qui s'est passé ?

Charlie réfléchit tout en mâchant une bouchée de tortilla.

— Je ne sais pas, dit-il enfin. Une des patientes avait le sida. Elle était en phase terminale. La mère, on ne l'a pas beaucoup entendue. Mais le père... Il me soupçonnait, moi. Note bien qu'on ne m'a jamais accusé de quoi que ce soit. Mais c'est à cause de ça que je suis parti.

— Ça remonte à quand, cette affaire ?

— Oh ! Des années.

— Bon sang, ça craint.

— Tu m'étonnes. Ça a été pareil au Warren Hospital. Un beau jour, ils m'ont dit : « Charlie, on a quelques questions à te poser. » L'enquête a duré, duré, et au final, ils n'ont trouvé aucune preuve contre moi.

— Mais toi, tu penses que tu aurais pu le faire ?

Il baisse la tête et reste un long moment silencieux.

— Si on considère les résultats des analyses, reprend-il d'une voix anormalement lente, j'étais... Au Warren Hospital, la patiente est décédée vingt-quatre heures après que je me suis occupé d'elle. Son fils a raconté que je lui avais injecté un truc...

— Son fils ?

— Celui de la vieille. Elle s'était plainte que... Je ne me rappelle plus bien. Le médecin a d'abord dit qu'un insecte l'avait piquée, puis il y a eu une enquête. J'ai moi-même demandé à passer au détecteur de mensonges, et j'ai réussi le test.

— Super !

Le visage de Charlie s'éclaire.

— Par la suite, je les ai poursuivis pour discrimination.

En réalité, Warren l'a suspendu en maintenant sa rémunération pendant trois mois, mais cette version est nettement plus séduisante.

— Pour éviter le procès, ils ont fini par me verser 20 000 dollars[3]...

— Génial !

— C'est là que j'ai fait une tentative de suicide et qu'on m'a interné…

L'article du *New York Times* mentionne son séjour à Muhlenberg, aussi ne trahit-il pas un secret en l'évoquant. En plus, il adore raconter cette histoire.

— J'étais en plein divorce…

Bip bip bip ! Amy fourrage dans son sac pour éteindre l'alarme de son portable. À ce signal, convenu à l'avance, les deux policiers retournent la cassette du magnétophone-enregistreur.

Une fois qu'elle lui accorde à nouveau toute son attention, Charlie poursuit :

— À cette époque, j'ai rencontré quelqu'un, et…

— Je le crois pas ! s'écrie Amy d'une voix aiguë. Tu as eu une liaison ?

— J'étais en train de divorcer, je te rappelle.

— Mais tu étais toujours marié.

— En théorie, oui.

De même que « en théorie » il vit toujours avec Cathy.

Sauf que depuis que les flics ont mis sa maison sens dessus dessous et qu'elle a entendu les messages enjôleurs d'Amy sur son répondeur, celle-ci est persuadée que Charlie et son ex-collègue s'apprêtent à fuir au Mexique… Une idée pas si loufoque, au vu de la chemise de Charlie.

Il relate de nouveau à Amy son aventure avec Michelle Tomlinson en la parant des attributs d'une comédie romantique : le courant passait bien entre eux mais, à cause d'une stupide méprise, il s'est introduit chez elle pendant la nuit, et…

— Vous désirez autre chose ?

Amy fait volte-face vers le serveur. Quel casse-pieds !

— Écoutez, Jeff… Non, Joel. Si on a besoin de vous, on vous appellera, d'accord ?

Amy regarde le jeune homme s'éloigner. Entre les interruptions et les coq-à-l'âne de Charlie, elle n'arrivera à rien. Elle sent son courage vaciller malgré le soutien de la bière. Soudain, elle s'imagine que son cœur va exploser avec un bruit mouillé que captera le micro.

— S'il la ramène encore, souffle-t-elle à Charlie, je te jure que je lui arrache les yeux !

Dans leurs écouteurs, Tim et Danny entendent une porte s'ouvrir et se refermer avec un grincement. Le brouhaha n'est plus qu'une rumeur lointaine. Puis des talons hauts claquent sur un sol carrelé, et ils identifient le cliquetis d'un loquet.

La voix d'Amy s'élève :

— Vous pouvez couper le son, s'il vous plaît ?

Jusque-là, la jeune femme n'avait pas mesuré à quel point ses actions les plus intimes étaient publiques. Elle ferme fort les paupières, s'efforce d'ignorer le crépitement de l'urine sur la faïence, mais la pression du micro entre ses seins la rappelle à la réalité. Dieu sait combien ils sont à l'écouter, dehors.

Le bruit de l'eau qui coule dans le lavabo lui donne la sensation d'être enfin seule. Elle scrute le visage de la femme qui lui fait face dans le miroir, celle qui jouit à la fois de la confiance de Charlie et de celle des policiers. Amie ou espionne, qui est-elle vraiment ? En palpant sa cicatrice, elle pense au cœur malade dans sa poitrine, juste en dessous du micro. Voilà à quoi ressemble sa vie, à présent : tout le monde peut l'entendre pisser grâce à un récepteur radio. Elle est devenue transparente, comme un modèle anatomique en plastique, exposant à tous les regards ses peurs, ses blessures et ses espoirs secrets. Charlie n'est pas aussi facile à décrypter. En dépit de ce qu'elle croyait, elle ignore qui il est. C'est le moment ou jamais de l'apprendre.

— Tu vas y arriver, dit-elle à son reflet.

Rassurée par le son de sa voix, elle se remet une touche de gloss et sort.

Amy craignait que Charlie ne soit parti. Avec un frisson d'effroi, elle l'imaginait roulant pied au plancher vers le nord et se garant dans l'allée de sa maison pour attendre le retour de ses filles, mais elle le découvre avachi sur sa banquette, semblable à un robot déconnecté. Quand elle s'assied en face de lui, il lève brusquement les yeux vers elle et reprend son récit où il l'avait laissé. Il évoque très librement les soupçons qui pesaient sur lui et donne une foule de détails sur les patients mystérieusement décédés. Les hôpitaux, les enquêteurs, tous croyaient que c'était *lui* qui les avait tués.

Amy l'interrompt :

— Charlie ? J'ai une question : tu serais capable de faire une chose pareille ?

Il s'affaisse d'un coup.

— Charlie, j'ai besoin de savoir.

Il reste un long moment silencieux, puis il répond d'une voix hachée et monotone :

— Tous ces gens… ils étaient au bout du rouleau… Ils seraient morts de toute façon…

— Charlie ?

— Je n'ai pas envie de parler de ça. Tu sais, ils m'ont même demandé si j'étais obsédé par la mort. Ils… ils disaient tous que c'était moi qui les avais tués.

— Charlie !

Il sursaute.

Amy enchaîne, pesant ses mots avec soin :

— Tu es un excellent infirmier. Non, pas excellent : phénoménal. Le meilleur que je connaisse. Mais quand je t'écoute, je m'interroge. Déjà, le fait qu'on t'ait soupçonné la première fois… Admettons. Mais les suivantes ?

Il baisse les yeux vers sa bouteille de bière vide.

— Charlie ? Quelle opinion as-tu de… toi-même ?

— Je…

— Tu sais à quel point je tiens à toi.

— Oui. Ça n'a rien… Tu comprends, j'en suis au point où, si les flics me coffrent…

— Charlie, regarde-moi.

Il obtempère.

— Les soupçons, les enquêtes… Chaque fois, ça recommence. Tu n'as pas envie que ça s'arrête ?

— Je… Le truc, c'est qu'ils n'ont aucune preuve.

Sentant qu'il lui échappe, Amy se penche au-dessus de la table.

— Regarde-moi !

De nouveau, il obéit.

— Charlie, tu n'es pas idiot.

— C'est vrai.

— Je ne suis pas idiote non plus.

— Je sais.

— Je tiens à toi, et… j'ai peur pour toi.

Comme elle prononce ces mots, le cœur d'Amy se serre de tristesse et ses yeux se remplissent de larmes. C'est plus fort qu'elle.

— Tu as envie qu'on t'arrête ? poursuit-elle.

— Pour être franc, je me sens un peu… dépassé. S'ils arrivaient à prouver que c'est moi… Tu comprends, j'ai des dettes, et…

Amy prend la main de Charlie, qui repose mollement sur la table.

— S'il te plaît, sanglote-t-elle. Laisse-moi t'aider.

— Je… Impossible.

— *S'il te plaît.*

Il se tait.

— Je ne suis pas idiote, Charlie. On n'accuse pas quelqu'un sans raison, pas aussi souvent.

— Je... je..., balbutie-t-il en fixant un trou dans la nappe.

— Qu'est-ce que tu veux, Charlie ? Comment crois-tu que tu vas te sortir de là ?

— Je ne sais pas, je ne...

— Ce ne serait pas plus simple de te laisser arrêter ?

— Non. Je...

— Pourtant, il va falloir que ça cesse. Qu'est-ce qui t'a pris ? Bon Dieu, un infirmier comme toi !

Il secoue la tête en silence.

— Charlie, de quoi le révérend Gall est-il mort ?

— Je ne peux pas...

— Si, tu le peux. Je sais que tu as peur, mais réponds-moi.

— Je... Toute la presse en parle, maintenant. Je ne veux pas... Ça va foutre ma vie en l'air.

— C'est trop tard pour t'en soucier, lui assène Amy en agitant la coupure de journal.

— Les gens... Tout dépend de quoi tu les crois capables.

— Je t'en supplie, Charlie. Dis-moi ce que je peux faire !

— Tu... Tu m'aides... déjà. Ce qui va m'arriver... C'est inacceptable.

— De quoi parles-tu ?

— Être arrêté. Aller en prison. Perdre mes filles.

Il a l'air absent, et les mots jaillissent de sa bouche comme des bulles à la surface de l'eau.

— Tu les as déjà perdues. De tous les infirmiers avec qui j'ai travaillé, tu es celui que je respecte le plus. Alors ça me fait mal de te voir comme ça. Parce que je te connais, Charlie.

Il se balance sur sa banquette, comme un gosse, en marmonnant.

— Par rapport à ce que tu m'as dit… Je ne sais pas trop. Pas sûr que ce soit une bonne idée. Moi, tout ce que je veux, c'est que ça s'arrête.

— Comment faire, alors ?

— Je… je… je… leur ai dit la vérité.

— Pas toute la vérité, non. Et si tu passais aux aveux ?

Il se raidit brusquement.

— Non !

— Tu crois avoir encore le choix ?

— Je… je me défendrai. Même si… Le procès. Je ne sais pas si je vais le supporter.

— Quand est-ce que ça va cesser, Charlie ? Tu peux mentir aux flics, mais pas à moi !

Comme il répète les mêmes phrases en boucle, elle insiste :

— Je ne suis pas idiote ! Je n'ai pas peur non plus d'être ton amie. J'aime… j'aimais travailler avec toi. Et puis tu es parti… Tu m'as abandonnée.

Elle pousse la coupure de journal vers lui.

— Tu sais ce que je pense quand je lis ça ? Dans toute ma carrière, personne ne m'a jamais accusée de meurtre. Jamais ! Toi, ça fait au moins cinq fois.

— Non, ce n'est pas…

— Si je suis là, c'est parce que je tiens à toi, chaton. Et aussi parce que je sais que tu as tué ces gens.

Le temps s'est comme arrêté. Charlie remue les lèvres sans émettre aucun son. Amy presse sa main, qui est glacée.

— C'était quoi, une pulsion ? Tu as fait ça pour l'adrénaline ?

Il détourne le regard.

— Quelle que soit ta motivation, tu vaux mieux que ça.

— Je…

— On va aller trouver la police ensemble et on leur racontera tout, d'accord ?

— Non, non, non…

— Charlie, je sais que c'est toi qui as fait ça !

Il relève la tête et, en une fraction de seconde, ses traits se déforment. Son œil gauche continue de la fixer tandis que le droit pivote sans cesse d'un côté à l'autre. Puis cette tête de mannequin de cire ouvre la bouche et se met à parler d'une voix atone, inhumaine.

Amy sait que deux policiers armés sont là dehors, prêts à intervenir, mais ils ne peuvent rien contre la peur qui est la sienne. Il n'y a aucune trace de rage meurtrière chez l'homme qui lui fait face. Un mur s'est écroulé, révélant un vide insondable. Charlie n'est pas Charlie. Si elle ne le connaissait pas, c'est simplement parce qu'il n'y avait rien à connaître de lui.

Tim a beau tripoter les boutons du fichu récepteur sans fil, les voix leur parviennent déformées et noyées dans les parasites. À son tour, Danny tente de régler l'appareil, sans plus de succès. Les deux hommes finissent par renoncer et reportent leur attention vers la porte du restaurant.

Charlie en sort bientôt, seul. Il monte à bord de sa voiture et démarre.

— Où est Amy ? s'inquiète Tim.

— J'en sais rien.

— Ça sent mauvais. Je vais voir ce qu'elle fabrique.

La jeune femme apparaît alors sur le seuil, hébétée. Les deux policiers jaillissent de la Crown Vic et crient son prénom. Amy tourne la tête vers eux, les regarde comme si un océan les séparait.

À peine a-t-elle atteint la voiture qu'elle s'écroule en larmes dans les bras de Danny. Tim ouvre la portière et les deux hommes l'aident à monter à bord. Elle se ressaisit à la vue du magnétophone posé entre les sièges avant. Une cassette tourne toujours.

— Vous avez tout enregistré ? demande-t-elle.

Tim échange un regard avec Danny.

— Ouais, répond-il. Mais on ne comprenait pas bien ce qu'il racontait.

— Quand je lui ai dit que je savais, il s'est passé un truc bizarre. Son visage… C'était horrible. Et il répétait tout le temps la même chose.

— Quoi donc ?

— Il parlait d'une voix rauque, presque un grognement, en détachant les mots. Je crois qu'il a dit : « Je… me… battrai… jusqu'au… bout. »

60

Les deux policiers emmènent Amy au poste pour signer sa déclaration puis la libèrent afin qu'elle puisse assister la fête de Noël de l'hôpital. S'il y a un événement à ne pas manquer, c'est bien celui-là ! Chaque année, ses collègues et elle jouent sans vergogne de leur ancienneté pour ne pas être de garde ce soir-là. Médecins, infirmiers, pharmaciens, secrétaires et agents de maintenance s'y mélangent sous les boules à facettes du Marriott de Bridgewater. Personne ne comprendrait l'absence d'une fêtarde comme elle, toujours partante pour se déchaîner sur la piste, faire du gringue aux chefs de service et offrir des tournées de shots. Amy est aussi attendue que le père Noël, et elle ne supporte pas de décevoir les autres comme elle se déçoit elle-même. Alors, elle appelle Donna depuis le bureau de Danny pour la prévenir qu'elle arrivera en retard, sans préciser pourquoi.

Elle est en proie à un tourbillon d'émotions qu'elle a du mal à analyser : horreur des crimes de Charlie, remords de n'avoir pas perçu plus tôt son côté sombre, peur de cette même noirceur, crainte de perdre son emploi… La seconde d'après, une bouffée d'orgueil gonfle sa poitrine. Bon Dieu, elle est en mission secrète, elle aide la police à traquer un tueur en série ! Elle ne s'était pas sentie aussi importante depuis l'époque où elle tenait la basse dans un groupe de reprises rock. Mais en tirant vanité de sa proximité avec un meurtrier, elle n'est pas très différente de Charlie, si fier de sa soudaine célébrité. « L'Ange de la mort » : c'est ainsi que le surnomment les journaux. Le dégoût d'elle-même cède la place au repentir, puis à la colère, et enfin au désir de s'anéantir dans l'alcool, ce solvant universel, seul capable d'effacer le tableau blanc de ses pensées.

À l'hôtel, tout en se faisant une beauté dans la chambre qu'elle a louée avec des amies, elle s'enfile quelques verres pour se mettre dans l'ambiance. Elle examine son reflet dans la glace de l'ascenseur : sacrément sexy avec ses boucles blondes, son maquillage parfait et le fourreau en satin écarlate qui lui remonte les seins presque jusqu'au menton. Elle a l'impression d'être une princesse de conte de fées, une foutue Cendrillon. Les portes s'ouvrent dans un tintement, et elle se dirige vers la salle de bal d'une démarche chaloupée. Si elle ignore qui elle est vraiment, elle ne peut douter de l'attrait qu'elle exerce sur les hommes. C'est peut-être futile, mais ça contribue à la rassurer.

Elle pénètre dans la salle bondée pendant le discours du P-DG, Dennis Miller. Elle s'approche du comptoir et demande deux Heineken, à voix assez haute pour attirer les regards. Miller est toujours au micro. Amy récupère ses bières, en sèche une et en commande une autre, puis rejoint le groupe des infirmières. Elle se laisse théâtralement tomber sur une chaise et fait mine de porter un toast avant de se concentrer sur le visage rubicond et la cravate rouge du P-DG. Miller parle maintenant de Charlie, même s'il ne prononce pas son nom. Il félicite l'ensemble du personnel de l'hôpital pour avoir serré les rangs.

— Blablabla, marmonne Amy.

Miller se donne le beau rôle : *j'ai* signalé ceci, *j'ai* rapporté cela… Amy est écœurée. Ce n'est pas lui, mais elle qui a risqué son poste pour aider la police. Elle est donc la seule que ces propos dégoûtent ? Elle regarde autour d'elle, cherchant le soutien de ses collègues, mais tous attendent poliment la fin du discours pour attaquer le dessert. À vomir ! Elle hèle un serveur et commande deux verres de vin blanc.

— D'autres hôpitaux ont fermé les yeux, poursuit Miller, mais nous avons réagi collectivement…

— Tout ça, c'est des conneries ! proteste Amy.

— … pour assurer la sécurité de nos patients.

— Mensonges !

Des têtes se tournent vers elle. Certains sourient : *sacrée Amy !*

Celle-ci se demande soudain si l'attention dont elle fait l'objet n'est due qu'à son décolleté. Bien sûr, personne de l'assemblée ne se doute qu'elle travaille pour la police du comté, encore moins qu'elle a déjeuné avec le tueur. Pourtant, aux autres tables, les gens échangent des messes basses. *Dans quel camp est-elle ?* semblent-ils se demander. Elle-même le sait de moins en moins. Quand Miller quitte l'estrade, elle l'applaudit un peu trop fort et commande une tournée de shots.

L'alcool coulant à flots, l'ambiance devient électrique. On baisse les lumières, on monte le son ; les plus éméchés poussent des clameurs et des sifflements stridents.

Miller circule de table en table, un verre à la main. Amy se lève, se dirige vers lui et attend qu'il la remarque. Grâce à sa robe, c'est l'affaire de quelques secondes. Il se penche vers elle et lui crie quelque chose. Si la musique l'empêche de l'entendre, le regard qu'il plonge dans son décolleté est éloquent. Elle feint néanmoins de n'avoir pas compris.

— Quoi ? crie-t-elle en retour.

D'un claquement de doigts, Miller interpelle une serveuse portant un plateau. Avec son air suffisant, ses bajoues et ses implants capillaires gris argent, il incarne tout ce qu'elle déteste.

— C'est quoi, votre prénom ? répète-t-il. Je ne crois pas vous avoir jamais vue !

Amy termine son verre et approche ses lèvres humides de son oreille :

— Je suis la meilleure amie de Charlie Cullen !

Miller se redresse brusquement. Son visage semble avoir changé de couleur, mais c'est peut-être un effet des lumières.

— Moi, je sais qui vous êtes, ajoute-t-elle en le fixant droit dans les yeux.

— Ah oui ?

Bon Dieu ! Elle voudrait le gifler pour effacer son sourire condescendant !

— Oui, dit-elle. Vous êtes un menteur.

— Venez !

Il l'attrape par la main et l'entraîne vers la piste.

— Vous avez des secrets, monsieur le directeur, poursuit Amy pendant qu'ils dansent.

Miller sourit de plus belle, pensant qu'elle flirte avec lui. Il se trémousse dans un twist maladroit, comme un vieux prof qui se la jouerait cool au bal du lycée. Amy rêve de lui cracher au visage pour évacuer la colère amassée au fil de la journée. Peut-être ferait-il moins le malin s'il avait aussi peur qu'elle. Ils se font face, chacun bougeant à son propre rythme. Amy agite l'index devant Miller en hurlant :

— Je sais des choses, monsieur le directeur ! Oh oui ! Je sais plein de choses !

Sans même faire l'effort de tendre l'oreille, Miller saisit sa main pour la faire tourner sur elle-même. Les copines de la jeune femme les photographient. Sacrée Amy, toujours aussi impayable ! Les flashs clignotent comme des stroboscopes. Amy regarde sa main, son partenaire, puis les photographes. Qu'est-ce qui lui prend de se donner ainsi en spectacle ? Il lui prend qu'elle est ivre. Ivre et furieuse.

— Menteur ! lance-t-elle à Miller avant de rejoindre sa table. Dennis Miller est un foutu menteur, dit-elle à ses amies.

Puis elle retourne au bar, enchaîne les verres, flirte avec un interne plutôt mignon et finit par sortir. Sur le parking de l'hôtel, les échos de la musique se mêlent à la rumeur lointaine de l'autoroute. Elle lève les yeux mais n'aperçoit ni le ciel ni les étoiles.

61

À 16 h 40, la Ford Escort de Charlie a quitté le parking de l'Office pour se fondre dans le trafic de l'US 22. Danny a aussitôt lancé un appel radio à l'inspecteur Douglas Brownlie et aux agents Timothy Musto et Michael Vanouver, postés quelques centaines de mètres plus loin. Tim et lui auraient préféré intervenir eux-mêmes, mais l'expérience leur a appris qu'il est presque impossible d'arracher des aveux à un homme après lui avoir dit qu'il avait le droit de garder le silence. Mieux vaut faire croire à un banal contrôle routier par des flics en uniforme à bord d'un véhicule immédiatement identifiable. Ensuite, avec un peu de chance, Cullen répugnera moins à se confier à des types en costard.

Un quart d'heure plus tard, la voiture de patrouille déboule derrière l'Escort, sirène hurlante. Charlie se range sur la bande d'arrêt d'urgence. Les deux agents lui ordonnent de descendre de son véhicule. Après l'avoir menotté et fouillé, ils le conduisent au siège de la police du comté, au 40 North Bridge Street. Quand Tim et Danny entrent dans la salle d'interrogatoire, Charlie lève les yeux. Les deux hommes écrasent le frêle prisonnier de leur taille.

— Salut, Charlie ! lui lance Tim. Tu nous reconnais ?

Charlie baisse la tête.

— Alors, ducon ? Tu fais moins le malin, hein ?

Charlie voudrait lui tourner le dos, mais la chaîne qui le relie au sol est trop courte.

— Je t'avais prévenu, pas vrai ?

Tim sait qu'il abuse de sa position, mais son comportement n'est pas dicté par le pur plaisir. Charlie Cullen n'a jamais subi les conséquences de ses actes, malgré les soupçons qui pesaient sur lui. Même s'il fait profil bas, il se croit toujours intouchable. Il doit comprendre qu'il ne détient plus le pouvoir. Aussi, Tim et Danny vont-ils, méthodiquement, s'employer à le briser. Les autres membres de la brigade, qui suivent le déroulement de l'interrogatoire derrière une glace sans tain, se demandent à quel moment le suspect va relever la tête et réclamer un avocat.

Les deux inspecteurs ne peuvent pas le contraindre à avouer. Ils ne peuvent que créer un environnement qui l'y incitera, parce qu'il serait pire pour lui de garder le silence.

— Tu sais ce que je pense, Charlie ? reprend Tim. Je pense que ça te fait jouir de tuer des malades. On a analysé les données du Cerner et celles du Pyxis. Cette fois, on te tient ! Mais on veut tout entendre de ta bouche. Dis-moi un truc, Charlie : tu te branles avant ou après les avoir tués ?

Charlie garde les yeux braqués sur l'angle de la pièce.

Danny le contourne pour se placer dans son champ de vision.

— Tu sais comment les gens te voient ? demande-t-il. Comme un sale pervers, un monstre ! Charlie Cullen, l'infirmier qui se branle sur des cadavres. C'est ce que tu as fait avec le pasteur ?

— Je ne peux pas, murmure Charlie. Je ne peux pas. Je ne…

— Et si tu nous donnais ta version, ducon ? Sinon, c'est ça qu'on retiendra de toi : le détraqué qui tuait pour prendre son pied. Tes gosses vont adorer. Tu penses à elles, dis, Charlie ?

Au bout de quelques heures, Charlie pleure dans ses mains, recroquevillé en position fœtale. Tim a vu ce genre de réaction peut-être deux ou trois fois au cours de sa carrière. Tous les suspects qu'il a soumis à ce traitement ont fini par craquer, mais pas Charlie. Quelque chose le retient au bord du gouffre où il risque de tomber.

Tim et Danny essaient une autre approche.

— Ta copine a appelé, lui disent-ils à tour de rôle. Tu sais, Amy ? Elle et toi, vous n'étiez jamais loin quand un patient mourait. On devrait peut-être la coffrer aussi, tiens !

— Je ne peux pas, je ne peux pas, je ne…

— Vous faisiez comment ? Vous appuyiez sur le piston ensemble ou chacun à votre tour ?

Leurs tentatives pour le pousser à protéger Amy ayant échoué, les deux hommes laissent Charlie seul quelques minutes. Ils lui accorderont plusieurs pauses au cours de la soirée, sortant de la salle sans raison, revenant parfois avec le capitaine Nicholas Magos, pour bien lui faire comprendre qu'il ne contrôle pas la situation et qu'ils peuvent tenir ainsi toute la nuit.

— Soit tu es un sale pervers, soit tu te prenais pour l'ange de miséricorde de mes deux. À ton avis, lequel tes filles préfèrent avoir pour papa ?

Puis ils ressortent, boivent un café en observant leur proie sur l'écran, pénètrent à nouveau dans la pièce et tentent un coup de bluff :

— Et si je te disais qu'on a retrouvé tes empreintes sur certaines poches contaminées ?

La prudence impose le conditionnel, au cas où il aurait porté des gants.

Après neuf heures d'interrogatoire[1], Charlie, prostré, se balance d'avant en arrière en poussant des cris gutturaux. Des sons inarticulés, qui expriment la frustration, mais toujours pas de confession. Il se ressaisit brièvement avant d'éclater en sanglots, le visage dans ses mains. Puis il entreprend d'étudier le sol comme s'il cherchait à se repérer sur une carte. Par moments, il répète « Je ne peux pas » pendant des minutes interminables. En tant qu'infirmier, il est habitué aux nuits de veille, pourtant il a l'air épuisé. Tant mieux ! Les deux policiers s'absentent une fois de plus et le laissent rabâcher son mantra : « Je ne peux pas, je ne peux pas, je ne… » Mais alors qu'ils calculent leur prochain coup en buvant un café, l'ordre du procureur leur parvient : « Envoyez-le en cellule. »

Ils touchaient au but, mais devant le spectacle d'un suspect grognant comme une bête, la bave aux lèvres, Forrest a pris peur. Toutes les ruses et tous les efforts qu'ils ont déployés durant ces longues heures n'auront servi à rien.

À 4 heures, Tim rentre chez lui et se jette sur son lit. Il espérait que son horloge interne le laisserait faire la grasse matinée, mais il se réveille aux premières lueurs du jour. Il déteste que l'institution le prive des fruits de son travail. Danny, qui dirige officiellement l'enquête, doit se sentir encore plus frustré que lui. Son cerveau fonctionne toujours en mode urgence et refuse de lâcher la pression. C'est le week-end. Il pourrait aller au chalet, vérifier que les canalisations ont résisté au gel. En début d'après-midi, pendant que sa femme fait une course, Tim l'attend dans la voiture en pianotant sur son volant.

Ce qui le rend furieux, c'est qu'ils n'en avaient pas terminé avec Charlie Cullen. Quelques heures de plus, et il aurait fini par craquer et tout déballer. À présent, l'instruction va traîner en longueur, et dans quelques années Cullen sera jugé pour un seul homicide et une seule tentative d'homicide – à condition que la direction de Somerset ne cherche pas à noyer le poisson devant le grand jury. Si celui-ci estime les éléments à charge insuffisants, il ne restera plus au procureur qu'à négocier un accord. C'est ainsi qu'on a requalifié l'affaire Duryea en tentative d'homicide. Le suspect a été libéré au bout de sept ans. Si ça se trouve, en ce moment, Charlie se balade dans la rue en sifflotant un air joyeux. Peut-être est-il en train de faire ses achats de Noël dans le même centre commercial que Mme Braun. Et pourquoi pas ? On dirait que tout l'État du New Jersey s'y est donné rendez-vous en ce début de week-end…

Tim cesse de pianoter. Une idée folle vient de lui traverser l'esprit.

Il saisit son portable et appelle Tim Van Hise chez lui. Quand il lui expose son plan, le procureur adjoint lui garantit que la manœuvre est légale. Comme l'exige la procédure, Cullen a été averti de ses droits et a donné son accord pour être interrogé hors de la présence d'un avocat. Le formulaire, signé la veille, est toujours valable.

Charlie a été arrêté un vendredi soir. Il n'a pas rencontré le juge et, à l'heure qu'il est, celui-ci est probablement en train de faire ses courses de Noël avec sa femme. Tim appelle ensuite la prison. Le greffier lui confirme que le dossier de Charlie est toujours sur son bureau, qu'il n'a pas encore d'avocat. Il appelle Danny, qui attendait fébrilement un signe à côté de son téléphone.

Il leur reste une dernière carte à jouer, mais leurs chances de succès reposent entièrement sur les épaules d'Amy.

62

Le samedi après-midi, la presse annonce l'arrestation d'un suspect pour les meurtres du centre médical de Somerset. Dans les heures qui suivent, le standard du bureau du procureur reçoit pas moins de 175 appels de journalistes et de proches de victimes potentielles. En fin de journée, Tim et Danny parviennent enfin à se libérer pour se rendre à la prison.

Guidés par un gardien, ils passent le portique de sécurité et franchissent plusieurs portes à ouverture électronique avant d'accéder à la cellule de Cullen. Ils trouvent celui-ci recroquevillé sur sa couchette, la tête tournée vers le mur.

— Hé, Charlie ! lance Tim d'un ton enjoué. Devine qui est là !

Cullen se retourne et ne manifeste aucune émotion en les voyant.

— On te traite bien, ici ? demande Danny.

— Les chaussures qu'on m'a données, marmonne Charlie. Ce n'est pas ma pointure. Sinon, ça va. Mais il fait froid…

— On va essayer d'arranger ça. Figure-toi que ta copine a rappelé.

— Amy ?

— Amy, ouais, acquiesce Tim. Elle est drôlement tenace.

— Elle s'inquiétait pour toi, ajoute Danny. Elle a dit qu'elle devait absolument te parler. Elle était dans tous ses états.

Dans le scénario imaginé par les deux policiers, Amy est une amie loyale, quoiqu'un brin hystérique, avec des relations haut placées.

— Nous, ça ne nous dérange pas, reprend Danny. Le problème, c'est que notre boss ne nous lâche pas. Alors voilà ce qu'on te propose : on va te ramener en salle d'interrogatoire pour que tu puisses voir ta copine…

— Amy.

— C'est ça. Quand elle t'aura parlé, elle nous fichera peut-être la paix. Après, tous les trois, on reprendra notre conversation où on l'avait laissée. Qu'est-ce que tu dis de ça ?

— D'accord.

Le gardien extrait Charlie de la cellule et le conduit à une table métallique où Danny, sur les conseils de Tim Van Hise, lui redonne à lire le document détaillant ses droits. Charlie paraphe scrupuleusement chaque ligne, signe au bas de la feuille et la tend au gardien afin qu'il la tamponne. Danny lui prend son stylo, au cas où il aurait l'intention de faire des bêtises, puis Tim et lui l'escortent jusqu'à leur voiture.

Sur l'écran de vidéosurveillance, Amy distingue l'intérieur de la salle d'interrogatoire, un bunker aux murs et au sol en béton sommairement meublé d'une table et de chaises en plastique. Les images vacillantes, baignant dans une pénombre verdâtre, lui rappellent les vidéos qui passaient en boucle à la télévision pendant la guerre du Golfe.

Le décor se fait encore plus sinistre avec l'apparition de Charlie en combinaison de prisonnier, les chevilles et les poignets entravés. Il traîne les pieds, les épaules voûtées, le visage inexpressif. Prise de remords, Amy éclate en sanglots.

Elle n'est pas seule dans la pièce. Tim et Danny sont avec elle, ainsi que le capitaine Nick Magos et l'avocat du bureau du procureur. Des policiers entrent et sortent. À présent, elle les connaît tous au moins de vue. Eux aussi semblent savoir qui elle est. Plusieurs lui ont dit qu'elle était une formidable informatrice, avec un talent inné pour l'improvisation, mais ce ne sont que des paroles. Des mots parviennent à ses oreilles : « peine capitale », « emprisonnement à perpétuité »... Tassé sur sa chaise, Charlie tremble de tous ses membres. Où est passé le tueur impitoyable que les flics rêvent d'envoyer dans le couloir de la mort ? Elle ne voit qu'un petit garçon apeuré. C'est à cause d'elle qu'il est là, et pourtant il l'attend, persuadé qu'elle est venue par amitié pour lui. Car en dépit de tout, pour une raison qu'elle ne s'explique pas, il reste son ami. Soudain, les yeux de Charlie se posent sur la caméra et ne la quittent plus. Amy rougit violemment. Elle sait qu'il ne la voit pas, mais ça ne change rien à la honte qu'elle éprouve.

Tim et Danny se renvoient Charlie comme une balle de ping-pong.

— Ça va finir par se savoir que tu prends ton pied en tuant des gens, attaque le premier. À moins que tu n'aies voulu mettre fin à leurs souffrances ? À toi de choisir !

Danny enchaîne, soufflant le froid après le chaud.

Vient ensuite le tour de Tim. Puis celui de Danny.

Et c'est le tour d'Amy.

Les deux inspecteurs guident la jeune femme à travers un dédale de couloirs. Ils lui adressent des recommandations, mais elle n'entend que les battements de son cœur. Les portes, toutes identiques, lui donnent l'impression d'être en enfer ou dans un jeu télévisé. Tim et Danny s'arrêtent devant l'une d'elles et l'introduisent dans une pièce dotée d'un canapé. Amy s'assied à une extrémité, puis à l'autre, avant d'opter pour la plus éloignée de l'entrée. Les murs sont nus. À part le canapé dur et ses coussins en laine qui grattent, le mobilier se compose d'une table basse, d'une vitrine et d'une caméra, probablement en train de la filmer. Un magnétocassette du même modèle que celui qu'elle possédait à 10 ans est scotché sous la table. La vitrine est pleine de poupées.

En s'approchant, elle constate que celles-ci ont de minuscules vagins ou de tout petits pénis. Elle comprend alors qu'elle se trouve dans la pièce où l'on interroge les enfants victimes de crimes sexuels. Elle n'a dit à aucun des policiers qu'elle avait été agressée par un pédophile. À croire que c'est écrit sur son visage. L'enfer, ou un jeu télévisé… Combien sa vie aurait été différente si une femme flic l'avait amenée dans un endroit comme celui-ci quand elle avait 7 ans ! Cela lui aurait sans doute évité bien des cauchemars. Mais à l'époque personne ne l'a protégée, et lorsqu'elle a voulu s'en charger elle-même, sa famille l'a traitée de menteuse. Elle seule savait que l'homme que tous dépeignaient comme un oncle modèle, celui qu'on invitait à toutes les fêtes d'anniversaire, à Thanksgiving et à Noël, était un monstre. Telle est la réalité de l'enfance d'Amy, et de celle de Charlie.

Quand celui-ci entre, elle lui sourit avec une compassion sincère. Elle ne ressent plus aucune nervosité.

Il s'assied près d'elle sur le canapé, si frêle dans sa combinaison de prisonnier. On lui a ôté ses chaînes, mais il ressemble toujours à un petit garçon effrayé. Ses manches courtes découvrent une large cicatrice sur son biceps pâle.

Il lui explique qu'il s'est fait ça lui-même, au cours d'une tentative de suicide ratée. Un officier de la Navy leur a dit un jour : « Si vous avez l'intention de vous tuer, les filles, faites-le correctement. » La méthode standard, celle qui consiste à s'entailler les poignets, est douloureuse mais peu efficace. Tandis qu'une coupure profonde le long du bras… « C'est pas de l'esbroufe, c'est le grand plouf ! » C'est le genre de formule à l'emporte-pièce qu'affectionnent les sergents instructeurs, mais elle s'était gravée dans l'esprit de Charlie. Aussi, un après-midi, après avoir posé son seau et son balai-brosse, il s'était enfermé dans les toilettes et avait tracé une ligne bien nette le long de son bras avec une lame de rasoir. L'officier avait raison. En voyant le sang jaillir à gros bouillons, son propre muscle et le blanc du tendon, il s'était mis à hurler.

— En bref, je suis un raté complet, conclut-il. Toujours bien vivant malgré 20 tentatives !

Ils en rient de concert. En tout cas, cet épisode lui a appris quelque chose : dans les situations de crise, la menace d'une mort imminente lui sert à évacuer son sentiment d'impuissance. En réalité, il n'a pas particulièrement envie de mourir. Il a résolu ce paradoxe en embrassant la carrière d'infirmier. Sa profession l'a mis en contact avec des gens vulnérables, et il a découvert comment se tuer à travers eux.

Ni les policiers ni personne ne réussiront à lui arracher des aveux. Mais si Amy ne peut exiger de lui la vérité, il est libre de la lui offrir. Il sait qu'il a enfreint la loi. Il n'est pas un saint, et il ne désire pas en être un. En revanche, la jeune femme lit dans son regard le besoin d'être un héros. Il peut encore en devenir un, pour elle.

Une fois lancé, plus moyen de l'arrêter. Son récit tient moins de la confession que de l'autobiographie, et il est son meilleur public. Les genoux repliés contre la poitrine, les épaules drapées du cardigan moelleux d'Amy, il répond aux questions de Tim et Danny sur la mort du révérend Gall avant de dévider patiemment, presque paisiblement, l'écheveau de ses crimes.

Il n'a dressé aucune liste, et c'est la première fois qu'il raconte son histoire à voix haute. Mais, au fil des ans, il n'a eu de cesse de se repasser ses souvenirs, comme un air obsédant qui vous trotte dans la tête. Ses aveux, entamés le dimanche soir à 18 h 15, dureront sept heures. Il ne s'interrompra que pour manger, boire un café ou se rendre aux toilettes. Il parle d'un ton égal, s'arrêtant au milieu d'une phrase chaque fois que Tim doit retourner la cassette pour reprendre ensuite au même endroit. Il explique les aspects techniques du métier d'infirmier, énumère les aléas d'une existence marquée par une succession de dépressions, de suicides ratés, d'affections non payées de retour et d'humiliations, peignant par petites touches le portrait d'un éternel incompris animé par un désir sincère de bien faire, jusque dans le meurtre. Les patients ne meurent pas, ils « décèdent » ou « expirent ». Il ne tue pas, il « intervient ». Cette version édulcorée ne traduit qu'une infime partie de la vérité. Mais elle plaît à son auteur, et le message adressé aux malades comme à leurs proches est limpide : la mort, cette délivrance, n'est pas l'apanage d'un Dieu tout-puissant.

Alors que Tim et Danny se seraient satisfaits d'un seul meurtre, Charlie leur en sert 40 sur un plateau. La nuit est largement entamée quand ils arrivent au bout de leur dernière cassette. Ils décident d'en rester là. Le rideau tombe sur la scène où Charles Cullen vient de se produire, laissant de nombreux secrets dans l'ombre.

Post-scriptum

Les médias surnommeront rapidement Charlie l'« Ange de la mort ». S'il a avoué une quarantaine de meurtres, sa confession passait sous silence tous les patients qu'il n'était pas certain d'avoir assassinés. Par exemple, s'il se rappelait avoir causé la mort de quatre ou cinq malades au Lehigh Valley Hospital, seuls deux ont été formellement identifiés. Inversement, alors qu'il affirmait n'avoir tué personne au Hunterdon Hospital, l'enquête a démontré qu'il y avait fait cinq victimes. Les experts pensent que leur nombre total pourrait s'élever à 400. Charlie n'a ni confirmé ni démenti. Ce chiffre, s'il est exact, fait de lui le pire meurtrier en série des États-Unis.

Les estimations butent sur l'absence de preuves. De nombreux dossiers médicaux avaient été détruits ou vidés de leur contenu avant que la police de Somerset n'enquête, et la plupart des patients décédés étaient retournés à la poussière, rendant toute autopsie impossible. De même, il serait très compliqué d'isoler les victimes de Charlie parmi le flot des décès en milieu hospitalier.

La retranscription des aveux de Charlie ne mentionne qu'un seul nom pour les cinq années passées au service des brûlés de Saint Barnabas, celui du juge John Yengo, mort le 6 novembre 1988. Pourtant, il a toujours prétendu que son premier meurtre était celui d'une jeune malade du sida, en 1987. Celle-ci n'a jamais été identifiée, pas plus que d'éventuelles autres victimes à Saint Barnabas. Hormis les dossiers incomplets transmis à la police, il ne reste de cette époque que quelques pages manuscrites, découvertes ultérieurement dans un meuble mis au rebut, détaillant l'enquête de Barry et Arnold. Par la suite, Cullen devait confier aux inspecteurs de la brigade des homicides qu'en plus de cibler certains patients il contaminait des poches au hasard jusqu'à trois ou quatre fois par semaine. Faute d'éléments plus précis, ces allégations sont invérifiables. Par conséquent, il a été condamné pour un unique meurtre commis durant les cinq années où il travaillait à Saint Barnabas. Il est intéressant de comparer ce chiffre avec celui des victimes clairement identifiées pour chacun des établissements où les enquêteurs ont eu accès à des documents détaillés et à des données informatiques. Ainsi, en croisant les tableaux de service avec les historiques du Cerner et du Pyxis, Danny Baldwin et Tim Braun ont-ils dressé une liste de 26 noms pour la seule année que Charles Cullen a passée à Somerset. Charlie s'est borné à dire que certains « ne lui évoquaient rien », et qu'il aurait besoin d'étudier les dossiers avant de se prononcer.

En avril 2004, Charles Cullen a plaidé coupable devant la cour du New Jersey pour 13 homicides et deux tentatives d'homicide, des charges passibles de la peine capitale. Si, dans un premier temps, il avait confié désirer la mort à Amy ainsi qu'aux deux inspecteurs qui enregistraient ses aveux, il n'a pas renouvelé cette affirmation devant son avocat commis d'office, Me Johnnie Mask. D'un autre côté, aucun de ses « suicides » ne visait réellement à mettre fin à ses jours. Mask et lui ont donc négocié avec les procureurs, lesquels ont renoncé à la peine capitale en échange de sa collaboration. À la suite de cet accord, Danny Baldwin et son équipe allaient encore consacrer trois longues années à clore leur enquête.

À la prison de Somerville, les mois et les années s'écoulent lentement. Charles Cullen a rarement eu une existence aussi structurée. Il dispose d'une cellule individuelle, lit des romans d'espionnage, fait du sport, se douche à heures régulières, étudie la vie des saints. De temps en temps, des gardiens l'escortent jusqu'au bureau du procureur, où il décortique des tracés d'ECG et des résultats d'analyses avec Tim et Danny. Il est toujours sous les feux des projecteurs, et ça lui convient parfaitement.

De nouveaux cartons remplis de dossiers leur parviennent chaque semaine, couvrant l'ensemble des décès survenus dans neuf hôpitaux durant seize années. Pour se donner du courage, les policiers et les avocats se gavent de chips, de beignets et de sandwichs. Plus ils progressent dans leur sinistre besogne, et plus leur ventre déborde de leur pantalon. Charlie, lui, se contente d'une tasse de café, de jour en jour plus maigre et émacié. Une fois l'enquête bouclée et le scandale retombé, il se retirera dans sa cellule pour y purger sa peine et disparaîtra complètement des radars.

Mais en août 2005, une enveloppe lui parvient. Elle contient un article consacré à un certain Ernie Peckham, découpé dans le journal de Long Island et annoté d'une écriture ronde : *Pouvez-vous quelque chose pour lui ?* Voilà qui change des demandes d'interviews, des messages haineux et des lettres de fans qu'il a l'habitude de recevoir.

Il connaît Peckham, un type d'à peu près son âge, qui fabrique des encadrements de portes et de fenêtres à Farmingdale. Ernie est le frère de Catherine Westerfer, l'ex-compagne de Charlie et la mère de son dernier enfant, qu'il n'a jamais vu et ne verra probablement jamais. Ils ont échangé quelques mots à un mariage, des années plus tôt, mais ils n'ont jamais été intimes – pas au point que Charlie lui fasse don d'un de ses organes. Car c'est bien de cela qu'il s'agit : en 2003, Ernie a contracté une streptococcie, sans doute à cause d'une égratignure. En général, l'infection entraîne une inflammation locale qui passe d'elle-même, ou un mal de gorge qui se soigne en une semaine avec des antibiotiques. Mais Ernie a négligé les signes, et les bactéries ont attaqué ses reins. Son organisme ne parvenant plus à éliminer les toxines, son visage et ses mains se sont mis à gonfler, son urine est devenue aussi noire que du café. Quand il s'est décidé à consulter, il était trop tard.

Même s'il n'a jamais travaillé en néphrologie, Charlie sait qu'il est presque impossible de réparer des filtres rénaux abîmés. Force est alors de recourir à une machine pour épurer le sang et évacuer l'excès de liquide. Ernie décrit ses trois dialyses hebdomadaires à l'hôpital de Stony Brook comme « un second travail à plein temps », et son état continue de se détériorer. Le sang dans ses veines d'accès ne coagule pas entre deux séances. Le chirurgien a procédé à une incision afin d'introduire un cathéter dans son cou ; cette plaie ouverte l'expose à des risques d'infection grave. Déjà, il a dû renoncer à son activité de chef scout et réduire ses heures de bénévolat auprès de l'antenne locale de la VFW, l'organisation des vétérans des guerres étrangères américaine. Tout ce qu'il veut, c'est retrouver une existence normale, et pour ça, la dialyse ne suffira pas. Ce qu'il lui faut, c'est un nouveau rein.

À l'époque, on compte environ 60 000 malades nécessitant une greffe de rein dans le pays. La plupart proviennent de cadavres, mais ceux-ci offrent une espérance de vie inférieure de six ans à celle des greffons prélevés sur un donneur vivant. Leur nombre s'accroît à la sortie de l'hiver, quand les motards empruntent des routes encore partiellement gelées. Malgré tout, l'attente est de cinq à sept ans en moyenne. Pour Ernie, cette durée équivaut à une sentence de mort.

Malheureusement, aucun membre de sa famille proche ne remplit les conditions requises pour un don de rein et, statistiquement, il a plus de chances d'être frappé par la foudre que de trouver un donneur compatible par hasard. Sa mère, Pat Peckham, a dû hypothéquer sa maison pour payer son traitement. C'est elle qui a demandé au journal local de lancer un appel indiquant le groupe sanguin d'Ernie et le numéro de téléphone de l'hôpital. Hélas ! Aucun donneur éligible ne s'est présenté. Pat a alors tenté un ultime recours pour sauver son fils. Après tout, qu'avait-elle à perdre, à part un timbre ? Elle a glissé l'article dans une enveloppe adressée à la prison de Somerville et a prié. Le propre des miracles, c'est qu'ils peuvent prendre n'importe quelle forme, même celle du tueur en série qui a mis votre fille en cloque.

Mais la requête de Cullen pour offrir un de ses reins touche un point sensible chez les proches de ses victimes : après avoir froidement assassiné des dizaines de malades, il prétend se sacrifier pour en sauver un seul ? Beaucoup hurlent à la manipulation. Alors qu'on le croyait hors d'état de nuire, voilà qu'il fait de nouveau la une des journaux et s'arroge un droit de vie et de mort en utilisant ses organes comme outils de chantage. Agit-il par compassion ou pour satisfaire une compulsion morbide ? Cherche-t-il à se racheter aux yeux de la mère de son bébé, du Christ, de lui-même ? La réponse est enfouie en lui, et il ne livre aucun indice.

— Quand les gens regardent Charles, ils ne voient qu'un assassin, explique Kathleen Roney, l'aumônier de la prison de Somerville. Ça se comprend : Charles a tué un nombre incalculable de gens, et il est normal de leur rendre justice. Mais ça ne fait de lui ni un monstre ni un « Ange de la mort ». Il est beaucoup plus complexe.

Assis dans sa cellule, Charlie lit et relit la phrase que Pat Peckham a notée dans la marge de l'article : *Pouvez-vous quelque chose pour lui ?* Le problème, c'est que s'il donne un rein à Ernie, une partie de la publicité qui entoure « l'Ange de la mort », comme l'appellent les médias, rejaillira sur celui-ci. Et pas uniquement sur lui : Charlie se ronge d'angoisse en pensant aux « trucs horribles » qui pourraient frapper sa famille. Des journalistes ont harcelé son ex en la menaçant de rendre son adresse publique si elle ne leur accordait pas une interview, et un type a agressé sa fille de 11 ans devant chez elle.

— J'ai peur de ce qui va m'arriver après ma mort, m'a-t-il confié lors d'un entretien. Mais j'ai encore plus peur de ce que mes gosses vont devoir endurer jusqu'à la fin de leurs jours.

Charlie souffre de savoir que ses enfants grandiront dans l'ombre d'un père tueur en série, et il ne souhaite pas le même sort à ceux d'Ernie.

D'un autre côté, il a toujours aimé rendre service. Il a donné des litres et des litres de sang et s'est porté volontaire pour un don de moelle osseuse. Compte tenu de son âge et de son état de santé, il existe de fortes chances pour qu'il soit éligible à un don de rein, même si une compatibilité parfaite tiendrait du miracle. Mais cela vaut la peine d'essayer.

Une fois par semaine, il reçoit la visite d'un diacre, Tom Sicola. Par simple curiosité, lui demande-t-il un jour, est-il possible qu'un détenu offre un rein ? Sicola ne sait quoi répondre : on n'enseigne pas ce genre de chose au séminaire. Une fois regagné son bureau, il appelle sa supérieure.

La pasteure Kathleen Roney a les doigts chargés de bagues et porte un pendentif celtique par-dessus son col ecclésiastique. Elle remue les sourcils en parlant. Bien qu'ayant perdu de nombreux kilos à la suite d'une maladie, elle reste une femme imposante, à la voix puissante. Ses manières directes, presque brutales, lui ont valu une réputation de grande gueule et de dure à cuire auprès des prisonniers de Somerville. Le jour de notre rencontre, elle m'invite à m'asseoir à une petite table en bois, derrière le présentoir des magazines du Barnes & Noble de Bridgewater. Elle est branchée templiers, druidisme, spiritualité irlandaise. Charles, lui, dévore des romans policiers et d'espionnage.

— Sans meurtre, précise-t-elle. Vous n'imaginez pas comme c'est difficile de trouver un polar sans cadavre !

Kathleen a fait la connaissance de Charles à son arrivée à la prison de Somerville, en 2003. Depuis peu, elle lui enseigne les techniques de méditation des Pères du désert : pourquoi ce qui marchait pour des mystiques astreints à un ascétisme rigoureux ne fonctionnerait-il pas pour un homme voué à passer son existence dans une cellule de 10 mètres carrés ? C'est elle qui lui a fait découvrir la « prière de Jésus » qu'il récitait au moment de sa condamnation. L'emprisonnement incite à chercher le réconfort dans la religion, et Charles avait du retard à rattraper dans ce domaine : tout ce qu'il savait du christianisme provenait de ses souvenirs du catéchisme et surtout des épopées en Technicolor de Cecil B. DeMille.

Au fil des ans, Kathleen Roney a appris à connaître Charles Cullen, ce qui ne signifie pas qu'elle le comprend. Par exemple, elle ne peut s'expliquer qu'il ait tué autant de gens ni son désir soudain de donner un rein.

— Après l'appel de Tom Sicola, raconte-t-elle, je me suis rendue à la prison et j'ai cuisiné Charles pour m'assurer qu'il n'essayait pas de me manipuler. Est-ce qu'on lui avait proposé une rétribution financière ? Faisait-il ça pour la notoriété ou avait-il passé un marché avec Dieu, du style : « Seigneur, si je sauve cette vie, je compte sur toi pour effacer mon ardoise » ? Mes questions ont paru le blesser, mais il me fallait sonder son cœur, surtout si je devais jouer un rôle dans cette histoire. Je lui ai ensuite demandé si c'était une forme de suicide passif de sa part. Avait-il des raisons de penser qu'il allait mourir sur la table d'opération ? Il m'a rétorqué que ça n'avait rien à voir.

Elle revient alors à la charge : pourquoi offrir un rein, et pourquoi maintenant ? Aurait-il fait le même choix dix ans, dix-sept ans plus tôt ?

La réponse de Charlie est sans équivoque : « Pourquoi ? Parce qu'on me l'a demandé, que j'en ai la possibilité, et que je crois que c'est une bonne chose. »

Kathleen Roney repousse son gobelet de thé glacé et ses mains aux ongles vernis recouvrent les miennes.

— Charles a eu une enfance horrible, sans parler de ses autres problèmes. Mais je ne l'ai jamais entendu blâmer quiconque de ses malheurs ni se chercher des excuses pour les crimes qu'il a commis. L'homme qui a tué tous ces gens est le même qui a pris la décision d'offrir un rein.

Pour déterminer la compatibilité donneur/receveur, l'hôpital de Stony Brook allait devoir comparer les antigènes dans leurs sangs respectifs. Le kit de prélèvement sanguin consistait en plusieurs tubes de couleurs différentes.

— C'est moi qui ai fait la mule, plaisante Kathleen Roney. J'ai sorti les échantillons de la prison à l'insu de l'administration.

Une vie était en jeu, et même si elle n'en mesurait pas encore toutes les conséquences, elle avait fait une promesse à Charlie. Ce soir-là, elle invita ses amis à prier avec elle, sans leur préciser pour qui ni pourquoi.

— Nous étions tenus au secret, m'explique-t-elle. Et puis, de toute façon, comment aurais-je pu leur demander de prier pour un tueur en série ?

À chaque équinoxe, Kathleen Roney et son cercle chrétien celtique font une retraite spirituelle dans un centre druidique des monts Pocono. Ils dansent autour d'un feu de camp, méditent devant des icônes et s'entraînent au voyage astral dans une réplique grandeur nature du site de Stonehenge. Un matin, alors qu'elle prend un bain de sagesse ancestrale dans un champ de blé moissonné, en suppliant Dieu de lui envoyer un signe, elle ressent une vibration.

Celle-ci provient de son portable, qu'elle a réglé en mode silencieux pour ne pas troubler la quiétude du lieu. Avant même de décrocher, elle sait. Simultanément, alors qu'elle ne leur a rien dit, ses compagnons de retraite se mettent à pleurer. Eux aussi savent, même si elle ignore comment. *Que ce qui doit être soit*, pense-t-elle.

En racontant la scène, Kathleen essuie ses larmes et les traces de mascara sur ses joues avec sa serviette en papier. Les analyses ont révélé que Charlie était compatible à 100 % avec Ernie. Un vrai miracle ! Bien sûr, pour confirmer ce résultat, il devra encore passer radios et scanners, des examens impossibles à réaliser en prison. Mais cette nouvelle est comme un signe de Dieu, une lueur dans la nuit.

— À l'époque, poursuit-elle, je ne me doutais pas que nous venions d'ouvrir une fichue boîte de Pandore. Mais quand je l'ai annoncé à Johnnie, il a secoué la tête. Lui, il savait.

Le défenseur public du New Jersey siège dans un bâtiment en brique brune de trois étages, avec un parking planté d'arbustes et des places de stationnement réservées aux handicapés. De grosses femmes vêtues de tee-shirts Titi et Grosminet aussi longs et amples que des chemises de nuit fument des cigarettes mentholées devant les portes vitrées. À l'intérieur, des gens à l'air nerveux patientent dans la lumière jaunâtre des néons après s'être annoncés dans l'hygiaphone. Le bureau de Johnnie Mask est un des seuls à posséder à la fois une porte et une fenêtre. Avec sa barbe grise, ses traits léonins, l'avocat ressemble à un croisement entre un prophète biblique et l'acteur James Earl Jones, dont il a la voix puissante de baryton.

— Quelqu'un a décidé de tout faire foirer, gronde-t-il.

Mask a consacré presque trois ans de sa vie à défendre Charlie Cullen. C'est un homme fatigué, et cette affaire de don d'organe a encore compliqué sa tâche.

— J'ai promis à mon client de faire le maximum pour que sa requête aboutisse, soupire-t-il. Mais on n'a pas cessé de nous mettre des bâtons dans les roues.

Il secoue la tête avec un sourire las, comme s'il racontait une blague éculée.

— Franchement, je ne crois pas que les gens soient prêts à accorder une telle faveur à un tueur en série.

Tribunal du comté de Lehigh
Allentown, Pennsylvanie
20 mars 2006

Allentown est une ville industrielle édifiée sur les ruines d'une cité autrefois prospère. Des clochards allumés cherchent des canettes et des bouteilles consignées dans les poubelles de sa place centrale entourée de colonnades. Ils sont bientôt rejoints par un petit groupe dont les membres arborent tous un sticker bleu sur leurs vêtements noirs : les proches des victimes de l'Ange de la mort.

Les travaux de rénovation du vieux tribunal ont pris du retard. Les familles endeuillées traversent une succession de pièces dépouillées de meubles et même de parquet, ou encombrées d'armoires métalliques, et empruntent un long couloir baignant dans une pénombre tremblotante, comme dans une maison fantôme de fête foraine, avant d'atteindre une salle étonnamment lumineuse, parée de marbre et d'une profusion d'ornements offerts par les grandes fortunes de l'acier du XIXe siècle. Le plafond haut est décoré de cercles concentriques en filigrane doré et d'un lustre monumental. Le juge siège derrière une immense table chargée de lampes de style fédéral et de ferronneries aussi élaborées que les motifs au dos d'un billet de 2 dollars.

Cullen comparaît menotté et les chevilles entravées, ce qui donne l'impression qu'il est extrêmement dangereux. Il ne l'est pas, du moins pas dans ce contexte, mais, peut-être pour la première fois, il ressemble à l'idée que le public se fait d'un tueur en série. On devine que si les autorités du comté de Lehigh avaient pu lui coller une muselière, elles l'auraient fait. Charlie va bientôt leur en fournir l'occasion.

Au cours de nos entretiens, il m'a dit à maintes reprises combien il était sensible à la souffrance d'autrui. On aurait donc pu s'attendre à ce qu'il se montre sous son meilleur jour lors de cette audience, en particulier compte tenu du fait que le succès de sa requête dépendait en grande partie du soutien de l'opinion publique. Mais qui aurait imaginé qu'il en profiterait pour tourmenter les familles de ses victimes et piétiner leur chagrin ? Dès le début de la séance, il récite de mémoire des déclarations du juge William Platt à la presse.

— Pour cette raison, Votre Honneur, vous avez l'obligation de vous dessaisir.

— Motion rejetée, réplique Platt.

— Vous n'avez pas le droit ! proteste Cullen.

— Si vous continuez, je vous fais bâillonner et enchaîner, le menace Platt.

— Vous devez vous dessaisir ! hurle Cullen. Votre Honneur, vous devez vous dessaisir ! Vous devez…

Les nombreuses surfaces en marbre de la salle amplifient et déforment les sons. La voix de Charles Cullen remplit tout l'espace. Les familles tétanisées l'entendent répéter la même injonction dix, trente, quarante fois. Les policiers présents se jettent sur lui et lui passent un masque anti-crachats sans parvenir à le faire taire. Ils entourent alors le masque d'une serviette afin d'étouffer ses cris tandis que les proches de ses victimes défilent à la barre. « Vous êtes la honte de l'espèce humaine… Un monstre… Le fils du démon… » Leurs déclarations sont à peine audibles derrière les hurlements de Charlie. Bientôt, le sergent qui maintient la serviette ressent des crampes. Dès qu'il relâche un tant soit peu la pression, la voix de Cullen enfle comme l'orage, lui attirant des regards furieux du juge. Plusieurs jurées horrifiées cachent leur visage dans leurs mains.

— Je ne l'autoriserai pas à quitter la salle ! tonne Platt.

Cullen crache les « Votre Honneur » en rafales. Sur un signe de Platt, le sergent sort et revient bientôt avec un rouleau d'adhésif. Les policiers en collent deux morceaux en croix sur la bouche de Charlie mais, même assourdis, ses hurlements couvrent toujours les paroles des victimes.

— Si ma grand-mère était en vie, elle vous dirait : « J'espère que tu iras brûler en enfer, espèce d'ordure… »

— Votre Honneur, Votre Honneur, Votre…

— … trois peines d'emprisonnement à perpétuité, purgées simultanément à celle déjà prononcée…

— Votre Honneur, Votre Hon…

— … de sorte que vous resterez en détention jusqu'au terme de votre existence naturelle !

C'est terminé. Les policiers font sortir Charles Cullen, entravé et bâillonné, et l'entraînent vers l'ascenseur. Quand les portes se ferment, il récite toujours sa litanie. Le silence qui suit est aussi effrayant que celle-ci.

Après l'audience, les proches des victimes se regroupent dans le couloir, secoués et frustrés.

— À mon avis, il était fermement décidé à nous manquer de respect à tous, affirme Julie Sanders, dont Cullen a empoisonné l'amie. Il prétend vouloir donner un rein pour sauver une existence. Comme s'il était capable de compassion ! Je suis venue lui dire ce que j'avais sur le cœur. Est-il seulement conscient de ce qu'il a fait ? Est-ce qu'il se rend compte qu'il a foutu nos vies en l'air ?

— Ils ont peur de quoi ? Que je tue des patients ?

Cullen soupire et lève les yeux au ciel pour souligner le ridicule de cette crainte. Au fil de nos entretiens, je l'ai vu sombrer dans la dépression. Tout ce qu'il désire, c'est aider son prochain, mais on le laisse croupir dans sa cellule pendant qu'à l'extérieur Ernie a désespérément besoin d'un rein.

— Ils pensent que je pourrais recommencer.

C'est d'autant plus absurde qu'il serait menotté à son lit et surveillé en permanence. Tout ça n'est qu'un prétexte de plus pour faire échouer son projet de don d'organe. Son avocat, Johnnie Mask, travaille d'arrache-pied sur le dossier, Kathleen Roney joue les intermédiaires entre le receveur et l'hôpital, et pourtant, rien n'avance.

Cullen étudie mes mains à travers la vitre avant de reporter son attention sur la tablette en acier devant lui.

— Quand on m'a annoncé le résultat du test sanguin, reprend-il, j'ai vraiment cru que ça allait marcher. Maintenant, je ne sais plus. Je ne comprends pas les familles des victimes. En quoi est-ce que ça les gêne que je donne un rein ? Je ne demande pas à être payé ni à bénéficier d'un traitement de faveur ! Ils préféreraient que je reste devant la télé toute la journée ? D'accord, j'ai fait des choses affreuses. Mais je coûte 40 000 dollars par an aux contribuables. Même en prison, on peut toujours servir la société !

Il secoue la tête d'un air dépité et ajoute :

— Certains disent que je me prends pour Dieu. C'est n'importe quoi ! Je n'ai pas le pouvoir de prolonger la vie des gens ni de ressusciter ceux que j'ai tués. Tout ce que je veux, c'est donner un organe. On aime tous nos enfants. Ce n'est pas pour autant qu'on les possède ou qu'on les contrôle. Il se trouve que je suis compatible à 100 % avec Ernie. Sa famille avait lancé un appel public, mais pas un honnête citoyen ne s'est proposé. Pas un !

Cullen plante son regard dans le mien, puis détourne les yeux comme pour analyser ma réaction.

— Tout dépend de la manière dont on considère les autres, reprend-il. Et de ce qu'on les croit capables d'offrir.

Après son évacuation du tribunal d'Allentown, Charlie, toujours menotté et entravé, monte à bord d'un fourgon aveugle. Aucune lumière ne pénètre dans cette cellule mobile, et au bout d'un moment, il commence à se sentir mal. Il s'efforce de visualiser Jésus auréolé de flammes, comme le lui a enseigné Kathleen Roney, mais le Christ a l'air aussi mal en point que lui, alors il se contente de prier.

Un comité d'accueil composé de 10 gardiens, dont quatre en tenue anti-émeute, l'attend à la prison d'État de Trenton. On l'emmène dans une cellule où il subit une fouille corporelle sous l'œil d'une caméra. Un gardien lui dit avoir lu un article sur lui ; un autre l'avertit que le moindre geste de sa part sera interprété comme une tentative d'agression. On lui donne de nouveaux vêtements avant de le conduire à l'unité psychiatrique, où on le déshabille pour le fouiller de nouveau. On lui apporte ensuite une sorte de toge dans une matière ressemblant au plastique qui enveloppe les téléviseurs neufs, puis on le place en cellule pour soixante-douze heures. La toge s'étant déchirée dès le premier jour, il doit rester nu sous la surveillance constante des caméras.

Au début, il tâche d'ignorer les sarcasmes des gardiens – « Eh, Charlie ! C'est l'heure de ta piqûre d'insuline ! » – en se répétant le Psaume 25 en boucle : *Vois combien mes ennemis sont nombreux, et de quelle haine violente ils me poursuivent. Protège mon âme et sauve-moi !* Ses nouvelles conditions de vie se dévoilent peu à peu à lui. Sa cellule est plus exiguë que celle de Somerville. Les matons aiment lui faire de mauvaises blagues. Ils lui racontent que l'établissement ne possède pas de bibliothèque, lui filent des baskets trop petites de deux pointures, histoire de lui rappeler que rien n'est jamais acquis. Pour sa propre sécurité, il est séparé des autres détenus, enfermé dans sa cellule vingt-trois heures sur vingt-quatre. Lorsqu'on m'autorise enfin à le revoir, il m'apparaît amaigri, le menton mangé par une barbe grise. Il a l'air fatigué et ses réponses sont laconiques. Sa requête pour donner un rein en est au même point que cinq mois plus tôt, ce qui exacerbe sa frustration.

Si Dieu a voulu qu'il soit compatible avec Ernie, alors pourquoi les choses n'avancent-elles pas ? Cherche-t-on à le mettre à l'épreuve ou à le punir ?

— Pendant ce temps, l'état de santé du receveur continue de se dégrader, se désole-t-il. Il paraît qu'on a dû l'hospitaliser pour des complications.

Les proches de ses victimes estiment que ce don lui permettrait d'exercer sa volonté, alors qu'il est censé être privé de toute liberté.

— Pourtant, si j'ai pu faire analyser mon sang, ce n'est pas le fruit de ma volonté, mais celui des efforts de tout un tas de personnes : Me Mask, Mme Roney, le juge Armstrong… Je devrais ajouter le district attorney, mais il n'est pas dans mes petits papiers. La famille d'Ernie attend depuis trop longtemps. Oui, beaucoup trop longtemps.

Il reste un moment silencieux, cligne des yeux pour refouler ses larmes, puis soupire :

— Le plus dur, c'est de savoir que si je n'étais pas enfermé ici, cette affaire serait déjà réglée. Et c'est moi qu'on accuse de me prendre pour Dieu ! Si un type bien avait proposé son rein à Ernie, je suis sûr qu'il l'aurait accepté. Seulement, il n'a pas eu le choix.

Les bras croisés, il contemple la tablette devant lui.

— Certains considèrent peut-être qu'on doit m'interdire de secourir les personnes qui comptent pour moi. Mais si j'avais offert mon rein à un parfait inconnu, on m'aurait pris pour un fou. C'est drôle, non ? Quand vous voulez aider quelqu'un que vous ne connaissez pas, on vous traite de dingue ! Des gens pensent que je devrais aller tout droit en enfer. Ils disent que c'est la volonté de Dieu, mais qu'est-ce qu'ils en savent ? Lui seul est capable de lire dans le cœur, l'âme et l'esprit d'un homme.

Johnnie Mask a acquis la conviction que la cause est perdue ; Kathleen Roney et lui ont même parié un dîner. Depuis le début de leurs relations, beaucoup accusent la pasteure d'être la complice de Charles. Elle avoue elle-même s'être attachée à lui et avoir mis un peu trop d'ardeur à l'assister dans ses démarches. Bien sûr, elle désapprouve ses crimes – comment pourrait-il en être autrement ? Néanmoins, elle ne comprend pas que des gens en qui elle voyait des amis, jusqu'à des confrères, puissent affirmer qu'un tueur en série n'est pas une créature de Dieu.

Elle me cite un passage d'une lettre que lui a écrite un chrétien évangéliste : « Ce serait injuste que vous parveniez à sauver ce monstre et qu'il aille au paradis. »

— Quelle absurdité ! s'emporte-t-elle. Ça m'a mise dans tous mes états.

Sa boîte mail a rapidement débordé de messages haineux, parfois assortis de menaces. Elle s'est efforcée de les ignorer : il semble naturel que la société veuille se protéger d'un homme qui a abusé de sa position pour assassiner des personnes vulnérables. Mais quelques jours avant l'audience préliminaire, alors qu'elle sortait de la prison, quelqu'un l'a traitée de « suppôt de Satan » et lui a balancé du sang de porc au visage. Elle est parvenue à garder son calme et est rentrée chez elle pour se laver.

— Si le paradis existe et que j'y vais après ma mort, je mérite qu'on m'y décerne une couronne ! conclut-elle dans un éclat de rire.

La situation a encore empiré quand l'affaire du don de rein a été rendue publique.

— Une amie – ou plutôt, une ex-amie – a prétendu qu'en soutenant la demande de Charlie j'allais causer le malheur d'Ernie, parce qu'il devrait vivre avec le rein du diable. C'est fou, non ? Mes parents détestaient Hitler, mais je les ai toujours entendus répéter : « Lui aussi, c'est une créature de Dieu. » Un croyant ne devrait jamais l'oublier. Avec ce procès, j'ai découvert la méchanceté de certains soi-disant chrétiens.

La veille de notre rendez-vous, elle a reçu un coup de fil de Pat, la mère d'Ernie.

— Elle m'a dit qu'elle ne souhaitait plus jamais avoir affaire à moi, que « cet avocat de merde » et moi lui avions pourri l'existence. Je ne lui demande pas de m'offrir des fleurs ou des chocolats, mais c'était très injuste de sa part. Nous n'avons jamais voulu gâcher la vie d'Ernie, au contraire. Nous faisons de notre mieux pour le sauver !

Kathleen Roney reprend sa respiration. Tandis que sa colère retombe peu à peu, des larmes coulent sur ses joues.

Une nuit, des gardiens pénètrent dans la cellule de Charlie Cullen et lui passent les menottes. Il est attendu au centre médical Saint Francis. Même s'ils savaient pourquoi, ils ne le lui diraient pas. À l'hôpital, on lui fait revêtir une blouse jetable, on prélève un échantillon de son sang et on le sangle à son lit. Le téléviseur dans l'angle de la chambre reste allumé en permanence. Plusieurs heures s'écoulent. Charlie finit par croire que ce n'était qu'un faux espoir de plus. Mais si l'on ne l'a pas fait venir pour lui prélever un rein, alors pourquoi ?

Les gardiens reviennent le chercher le lendemain matin. Sans lui fournir aucune explication, ils le conduisent dans une pièce où on lui recommande de ne répondre qu'aux questions directes. À partir de maintenant, il s'appellera « Johnny Quest » – « Monsieur Quest » pour les médecins, « John » pour les infirmières –, comme le jeune héros de la série animée, un garçon plein de talents et de ressources.

On lui injecte quelque chose, probablement du Valium, qui le plonge dans un état cotonneux, avant de lui tendre des formulaires. Quand il demande de quel nom il doit signer, le médecin lui répond : « De celui qu'on vous a dit d'employer. » Ce document n'ayant pas de valeur légale, on lui en fait signer un autre. L'infirmière détourne les yeux pendant qu'il écrit « Charles Cullen, alias Johnny Quest ». Puis on lui fait une nouvelle injection qui achève de l'endormir.

Une heure plus tard, le rein de Johnny Quest est rangé dans une glacière Coleman rouge et chargé à bord d'un hélicoptère Lifestar. Après avoir longtemps volé en direction du nord, l'appareil vire vers Long Island en laissant Manhattan sur sa gauche. On est le 18 août. En ce soir d'été idéal, la circulation est dense. Les voitures des citadins venus se reposer dans les Hamptons défilent au pied de l'immense complexe de Stony Brook, dont les lumières se détachent sur le flanc sombre de la colline.

Je me gare sur le parking C. En général, le week-end, les hôpitaux ne commencent à s'animer qu'après la fermeture des bars. À 20 heures, le hall principal est encore désert. Un agent de sécurité lit le journal de la veille, les ballons en aluminium de la boutique de cadeaux scintillent dans la pénombre. L'unité de chirurgie partage le troisième étage avec les brûlés et la radiothérapie. Le rein emprunte l'ascenseur de service et moi celui des visiteurs.

Le téléviseur de la salle d'attente est allumé en permanence pour procurer un semblant de normalité aux familles qui y campent. Les femmes ont leur mascara qui coule, les hommes serrent leur gobelet de café entre leurs mains. Le film qui passe ce soir-là est *Freaky Friday, dans la peau de ma mère*, l'histoire d'un échange de corps entre une mère et sa fille que cette expérience va contribuer à rapprocher. Mais ce n'est que du cinéma : dans une transplantation d'organe, le receveur n'accueille qu'une partie du donneur et s'efforce de survivre avec.

Ainsi, pendant que Jamie Lee Curtis et Lindsay Lohan se disputent pour savoir laquelle a la vie la plus difficile, Ernie Peckham est étendu, inconscient, sur une table d'opération. Des inconnus masqués en blouse bleue jetable s'activent autour de lui, qui pour pratiquer une incision en arc de cercle, qui pour écarter les muscles avec des pinces métalliques. Le rein de Johnny Quest a approximativement la taille d'un poing et ressemble à un haricot géant persillé de graisse rosâtre. Il s'insère parfaitement dans la cavité péritonéale d'Ernie. Un tronçon d'artère rénale, séparé quelques heures plus tôt de l'aorte abdominale de son propriétaire, est suturé à l'artère iliaque d'Ernie. Puis vient le tour des veines et des vaisseaux. Plus tard, tandis que Jamie Lee et Lindsay, ayant retrouvé leurs corps respectifs, échangent un sourire complice dans la scène de concert finale, le rein de Johnny Quest, gorgé du sang de son nouvel hôte, reprend des couleurs et renaît à la vie.

Sous les lampes au xénon, ce miracle médical présente l'aspect banal d'un morceau de viande cautérisé au centre d'un champ opératoire bleu. Il ne montre rien des millions de minuscules tubules massés dans sa médullaire ni de la multitude de capillaires qui filtrent le sang de la même manière que le cerveau humain tente de démêler le bien du mal.

Les procès civils succédèrent au jugement criminel. La plupart des familles des victimes avérées ou potentielles de Charles Cullen avaient engagé des poursuites contre ses différents employeurs. Toutes les plaintes contre des hôpitaux du New Jersey donnèrent lieu à des arrangements amiables confidentiels[1]. Aucun de leurs dirigeants ne fit l'objet d'une procédure pénale.

L'État du New Jersey promulgua deux lois en réaction à l'affaire Charles Cullen. Depuis 2004, la loi sur la sécurité des patients contraint les hôpitaux à signaler « tout événement à risque vital sérieux et évitable[2] » au département de la Santé et des personnes âgées. Un an plus tard, un décret supplémentaire obligea les établissements de santé à informer le département de la Protection des consommateurs, dont dépend l'Ordre des infirmiers, d'éventuelles plaintes ou mesures disciplinaires contre leurs employés et à conserver les documents afférents pendant sept ans. Trente-cinq autres États adoptèrent ensuite des dispositions similaires. L'hôpital qui signale un incident est à l'abri des poursuites civiles qui pourraient en découler, mais celui qui omet de le faire n'encourt aucune pénalité.

J'ai contacté tous les ex-employeurs de Charles Cullen pendant que je préparais ce livre. Certains ont purement ignoré mes demandes répétées d'interview. D'autres n'ont pu y répondre en raison des accords passés avec les familles des victimes ou de leur politique de ressources humaines. D'autres encore ne souhaitaient faire aucun commentaire. Le centre médical de Somerset figure toujours dans le Top 10 des établissements de santé du New Jersey. Selon son porte-parole, sa direction « a pleinement coopéré avec les administrations et parties concernées tout au long de l'enquête sur les crimes de Charles Cullen. À présent, nous consacrons tous nos efforts à offrir les meilleurs soins à nos concitoyens ».

Tim Braun a pris sa retraite peu après la condamnation de Charles Cullen. Il dirige depuis une agence spécialisée dans les meurtres en milieu médical et collabore bénévolement à l'unité opérationnelle qui aide les polices locales à traquer les tueurs d'enfants.

L'affaire Ethel Duryea, qui l'a longtemps obsédé, a été en partie résolue. En 2010, la police a admis que l'arme du crime avait servi à commettre un autre meurtre, comme Tim l'avait découvert des années plus tôt. Mais l'auteur n'a jamais été officiellement identifié.

L'inspecteur Danny Baldwin travaille maintenant avec le procureur du comté de Monmouth et enseigne la justice pénale à l'université.

Leur enquête dans l'affaire de « l'Ange de la mort » a valu aux deux hommes d'innombrables éloges et distinctions, dont une citation du Congrès américain et le Grand Prix de l'Association nationale des forces de police. Dans leur discours de réception, ils ont rendu hommage à leur informatrice secrète, désignée sous le nom d'« agent Amy ».

Amy Loughren a démissionné de son poste d'infirmière peu après l'arrestation de Charlie. Aujourd'hui mariée, elle exerce comme hypnothérapeute de régression.

Ce livre est le premier à évoquer son rôle dans l'arrestation de Charles Cullen.

En octobre 2012, Amy s'est rendue à la prison d'État de Trenton pour s'y entretenir avec Charlie. Quand elle lui a demandé pardon, il lui a répondu qu'elle n'avait rien à se reprocher.

Elle ne lui a toujours pas avoué qu'elle avait collaboré avec la police.

Remerciements

Je tiens à exprimer ma gratitude aux sources anonymes, aux proches des victimes de Charles Cullen, qui n'ont pas craint de remuer un passé douloureux, à sa famille, en particulier à Adrianne « Baum » et à ses filles, ainsi qu'à Cullen lui-même. De prime abord, il m'avait dit ne pas vouloir de ce livre, qu'il souhaitait juste qu'on l'oublie. J'espère sincèrement que l'expression de la vérité apportera un peu de consolation à toutes les parties.

Je remercie tout spécialement les policiers qui ont dirigé les enquêtes dans chacune des juridictions concernées ainsi que tous ceux dont le travail de fourmi a contribué à la résolution de l'affaire. Je citerai seulement le capitaine Nick Magos, les inspecteurs Doug Brownlie, Lou DeMeo, Russell et Matt Colucci de la brigade criminelle de Somerset, le procureur Wayne Forrest et son adjoint Tim Van Hise ; Ed Percell, de la police urbaine de Somerville, l'inspecteur Tom Kelly, l'agent Jack McGarry et le procureur adjoint Howard Zuckerman du comté d'Essex, les inspecteurs Barry Bittenmaster, du comté de Morris, Scott Lessig, du township de Raritan, le lieutenant Richard « Dick » Dalrymple et l'inspecteur Stephen Matuszak du comté de Warren, l'inspecteur Ron Garza, les agents Egan et Bruchak de la police de Pennsylvanie, le procureur du comté de Lehigh, Jim Martin, les Drs Nobby C. Mambo, coroner du New Jersey, George Jackson, du laboratoire de toxicologie de l'État, et Zachary Lysek, coroner du comté de Northampton. Les inspecteurs Tim Braun et Daniel Baldwin se sont montrés très généreux de leur temps ; je leur suis reconnaissant de leur honnêteté, de leur infinie patience et des corrections qu'ils ont apportées à mon manuscrit. Ce livre n'aurait jamais existé si Amy Loughren n'avait pas accepté de sortir de l'anonymat et n'avait pas mis son énergie et son courage à son service.

Je remercie pour leur soutien sans faille Jim et Joan Reichardt, Julian Porta, Saskia Lane, Mike Didovic, Nicole Davis, Scott Jardine, Jeff et Mina Kauffman, Lisa Santandrea, Richard Ketchum, Nick Gault et Caroline Cole, le señor Pip Wood, Liz Gilliland, Kathryn Fitzgerald, Katie Trainor, Kari E. P. Niles, les familles Jeffrey-Osborne et West-Stacey, et, bien sûr, mon frère Matthew Waterbury Graeber. Steve Byers, du *National Geographic Adventure*, a su inculquer le sens des priorités à l'écrivain en herbe que j'étais. Adam Fisher, du *New York Magazine*, a le premier décelé la matière d'un livre dans les coupures de presse froissées que je conservais dans mon portefeuille. Le Dr Diana Mason, professeure à l'école d'infirmières Hunter-Bellevue et codirectrice du département Santé, médias et politique du Hunter College, a porté un regard vigilant sur mon travail et m'a mis en relation avec des lanceurs d'alerte trop effrayés pour se confier à quiconque d'autre. Mary Jennings, la muse de Madaket, sait mieux que personne de quelles lectures un écrivain a besoin. En plus de me prodiguer ses précieux conseils, Maura Egan m'a prêté son appartement pour que j'entame la rédaction de ce livre ; sa sœur, Kathy

Egan, en a fait autant pour que je puisse l'achever. La pasteure Kathleen Roney m'a permis de découvrir l'humanité de Charles Cullen au-delà de l'image qu'en donnent les journaux. Je suis redevable à Barbara Morgan et à l'île de Nantucket, où un écrivain trouve toujours à louer sa force de travail pour financer sa passion. Les assistants juridiques des tribunaux du New Jersey et de Pennsylvanie, en particulier Steve et Sal, des archives du comté de Middlesex, ont consacré de nombreuses heures à satisfaire mes demandes. Ce livre n'aurait sans doute pas vu le jour sans les encouragements du légendaire Otto Penzler, qui a mis sous mes yeux l'article de presse dont il tire son origine. Le Centre des arts créatifs de Virginie m'a offert les conditions nécessaires au travail de bénédictin qu'a représenté son élaboration, de même que le personnel de la New York Writer's Room, qui fournit généreusement aux écrivains un bureau bon marché et accessible vingt-quatre heures sur vingt-quatre, et sa directrice, Donna Brodie, marchande de chance et de magie. Le calme inébranlable et le sens aigu du récit d'Ann Patty m'ont grandement aidé à donner une structure narrative à la folie – elle a pourvu à mes besoins au-delà de mes attentes. Me Devereux Chatillon a vérifié les aspects juridiques de mon manuscrit sans manifester la moindre lassitude ni se départir de son humour. D'excellents écrivains et éditeurs tels que David Evanier, Bliss Broyard, Jill Frayne, Michael Fitzgerald, Owen Matthews, Brad Wieners, Tom Downey, Thomas Coleman, George Hodgeman, Jane Ciabattari, Thomas Pettit, ainsi que le talentueux Douglas Rogers, m'ont offert leurs conseils, leurs encouragements et leurs exemples. Certains m'ont même payé un verre, tel le regretté chroniqueur sportif Trent Frayne, le premier à m'avoir souhaité la bienvenue « au rayon jouets » et à avoir traité en égal le gamin que j'étais, de même que sa femme June Callwood. Bill Abbott et les Allen de Harpswell, dans le Maine, m'ont prêté un bureau avec une vue comparable à celle dont l'écrivain E. B. White devait jouir depuis sa fenêtre. Le peintre Karl Franke m'a aidé à transcrire des enregistrements audio presque inaudibles ; Ahmer Kalam m'a gracieusement fait bénéficier de ses talents de graphiste ; Jamie Koufman, médecin et autrice réputée, m'a accompagné au cours de mes promenades. Me Robert L. Powley, du cabinet Powley & Gibson P.C., m'a permis d'aller de l'avant en assurant mes arrières. Le prestigieux John T. Schulz III, docteur en médecine, directeur associé de l'unité de chirurgie et directeur du service des brûlés du Connecticut, et Jacqueline Laird, infirmière diplômée, m'ont grandement facilité l'existence durant les semaines souvent éprouvantes où j'ai suivi comme leur ombre les infirmiers de l'hôpital de Bridgeport spécialisés dans le traitement des brûlés. Ces hommes et ces femmes, l'orgueil de leur profession, affrontent l'intolérable avec un courage inégalable, une compassion rare et un humour salvateur. Un merci tout personnel aux infirmiers du centre médical de l'université d'Iowa, de l'hôpital général de Des Moines, du Beth Israel de Manhattan, des Presbyterian et Weill Cornell de New York, du Nantucket Cottage, des unités de dialyse de Newington et de l'hôpital général de New Britain, et en particulier du service orthopédique de l'hôpital du Central Connecticut, avec qui j'ai fêté mon seizième anniversaire en traction.

Si j'ai appris à parler et à lire, c'est grâce à ma mère, Diann Waterbury Graeber. Cette ex-professeure d'anglais, fille et épouse de médecin, porte aux auteurs un amour tout maternel. Sans doute n'aurais-je jamais conçu le projet d'écrire ce livre sans mon père, le Dr Charles W. Graeber, l'homme le plus gentil et le plus travailleur que je connaisse. Pour l'avoir parfois accompagné lors de ses gardes, mes impressions d'enfance de l'hôpital la nuit restent à jamais gravées dans ma mémoire sensorielle. Son exemple et celui de mon grand-père, le Dr Carl Waterbury (lequel dut écourter son premier rendez-vous avec Patsy, sa future femme, pour procéder à un accouchement à domicile dans la banlieue ouvrière de Des Moines), m'ont inspiré un respect pour leur art qui, je l'espère, m'a permis d'en sublimer les détails les plus sordides.

J'ignore ce qui m'a valu de bénéficier de l'appui infaillible de Susan Golomb, de l'Agence Golomb, mais depuis cet après-midi d'août caniculaire où je me suis assis pour la première fois, ruisselant de transpiration, dans son bureau, elle n'a eu de cesse de défendre mon travail mieux que je ne l'aurais fait. Tout mon respect et ma gratitude vont à l'équipe de Twelve/Hachette Book Group, pour les efforts inlassables de Libby Burton et Tony Forde, la tolérance de Bob Castillo, le directeur général de Grand Central Publishing, la patience et l'expérience du directeur associé de Twelve/Grand Central, Brian McLendon, le soutien de Susan Lehman, éditrice par intérim, la créativité et le professionnalisme de Deb Futter, éditrice, et la confiance de Cary Goldstein, ex-éditeur chez Twelve. Cary s'est battu pour que ce livre existe ; il a droit à toute ma reconnaissance ainsi qu'à un stylo rouge neuf.

Sur un plan plus intime, je pourrais passer des heures à louer les attentions et la compréhension de ma compagne chérie, Gabrielle Allen. Si elle n'a pas toujours eu la vie facile pendant que son Charlie écrivait sur l'autre Charlie, seul son amour a rendu cette aventure possible.

Notes

Les détails fournis dans cet ouvrage – aussi bien ceux concernant la vie privée de Charles Cullen que les divers incidents survenus dans les établissements mentionnés et les enquêtes consécutives – proviennent de tous les éléments réunis par l'auteur lors de son enquête. Y figurent des rapports de police (police du comté de Somerset, New Jersey, d'Easton et Phillipsburg, Pennsylvanie, de Lehigh Valley), des dépositions des témoins, des documents judiciaires (transcriptions d'audiences du tribunal, transcriptions des interrogatoires et aveux, entre autres), des archives des établissements (comptes rendus des enquêtes internes des centres médicaux Saint Barnabas, Warren Hospital, Hunterdon, Morristown Hospital, Liberty, Saint Luke's, Easton, Somerset, et dossier professionnel de Charles Cullen), des comptes rendus des enquêtes de l'Ordre des infirmiers de Pennsylvanie et du New Jersey, des rapports du département de la Santé, et des entretiens de l'auteur avec Charles Cullen, Adrianne Baum, le Dr Marcus, Thomas Arnold, Joe Barry, les inspecteurs Baldwin et Braun, Amy Loughren.

PREMIÈRE PARTIE

CHAPITRE 1

1. Leur père étant mort sept mois après la naissance de Charles (le 22 février 1960), les huit enfants Cullen survécurent grâce aux

œuvres de bienfaisance, aux travaux de couture que leur mère assurait en dépit de sa santé fragile, et de la pension d'invalidité de leur tante paternelle.

2. Charlie craignait l'humiliation de la défaite.

3. Mme Baum n'avait jamais accordé d'interviews à quiconque auparavant. Certains noms ont été modifiés à sa demande.

4. Contrairement à sa sœur Maureen, qui avait également travaillé chez Roy Rogers, Adrianne n'avait jamais rencontré les proches de Charlie. Quand elle lui demandait de lui montrer l'endroit où il avait grandi ou de lui présenter sa famille, il marmonnait un refus assorti de vagues excuses et se renfermait. Le jour où un des frères Cullen, James, mourut d'une overdose – il s'agissait probablement d'un suicide – dans l'ancienne chambre de Charlie, l'aîné, Edward, surnommé Butchy, appela celui-ci depuis une cabine téléphonique, ivre et dévasté de chagrin. Charlie le ramena chez Adrianne, où il dormit sur le canapé. La jeune femme ne revit Butchy qu'en une seule occasion, à leur mariage.

CHAPITRE 2

1. Au moment où Charlie commençait sa carrière, un autre tueur achevait la sienne. Le 6 avril 1987, Donald Harvey, un ancien de l'armée de l'air, dépressif et suicidaire, était arrêté pour des meurtres commis alors qu'il travaillait comme aide-soignant dans l'Ohio et le Kentucky. Ses collègues l'avaient surnommé « l'Ange de la mort », car il n'était jamais loin quand un patient décédait. Harvey a été condamné pour 34 homicides.

2. Les services qui traitent aujourd'hui les grands brûlés sont beaucoup plus paisibles, et de nouveaux remèdes soulagent plus efficacement les douleurs et les angoisses des patients.

3. Si d'autres dates ont été avancées, celle-ci est la plus probable. Hasard du calendrier, c'est aussi un 11 juin (1992) que Charles Cullen a assassiné le juge John Yengo. Bien qu'il ait affirmé avoir tué au moins une autre personne auparavant, Yengo est la première victime dont il a donné le nom lors de ses aveux.

CHAPITRE 3

1. Les prénoms des enfants ont été modifiés à la demande d'Adrianne Baum.

CHAPITRE 4

1. L'héparine, un anticoagulant, empêche la formation des caillots responsables des AVC et des infarctus. *A contrario*, elle entraîne des risques d'hémorragie après une intervention.

2. Initialement, hormis Cullen, les soupçons portaient sur deux infirmières. L'une a été innocentée, l'autre volait de la morphine pour son usage personnel.

3. Ce passage concerne le premier des deux entretiens qu'Arnold et Barry ont eus avec Cullen.

4. Leur enquête s'appuyait sur les tableaux de service, les dossiers médicaux des patients, l'historique du Pyxis, des images de vidéosurveillance, des entretiens, des preuves matérielles (poches de perfusion) et des analyses pathologiques.

5. Betty Gillian, la directrice administrative des soins intensifs de Saint Barnabas, devait confier plus tard à la police du comté de Somerset que l'enquête interne s'était rapidement concentrée sur Cullen. Son témoignage date du 14 novembre 2003, alors qu'elle occupait les fonctions de vice-présidente et superviseuse des services administratifs de l'hôpital. Thomas Arnold a confirmé ces propos à l'auteur au cours d'un entretien privé.

Le cabinet Sills, Cummis, Epstein & Gross P.C., qui représentait Saint Barnabas lors des procédures civiles ultérieures à la condamnation pénale de Cullen, a pourtant affirmé le contraire pendant l'instruction :

> *L'établissement n'a mené aucune enquête interne en réaction à des résultats d'analyses suspects alors que Charles Cullen était sous contrat avec les sociétés Livingston Health Care Services ou Medical Center Health Care. En février et octobre 1991, Saint Barnabas a diligenté des enquêtes internes concernant des taux de glycémie anormalement bas chez plusieurs patients […]. Seule une infime partie des documents relatifs à ces enquêtes a pu être récupérée, le reste ayant été détruit à l'occasion d'un réaménagement des bureaux.*

[...] Les enquêtes internes de 1991 ne se sont pas concentrées sur Charles Cullen.

Le rapport cité ci-dessus porte la signature de Nancy Holecek, vice-directrice des soins du Saint Barnabas Health Care System. Mme Holecek, qui dirigeait auparavant le service de télémétrie de l'hôpital, a participé aux enquêtes internes aux côtés de Barry, Arnold et Betty Gillian.

6. Nancy Holecek dira plus tard que leur travail d'enquête revenait à « chercher une aiguille dans une meule de foin ».

CHAPITRE 5

1. Ainsi qu'il l'a confié à l'auteur.

2. L'employeur officiel de Cullen était le Medical Center Health Care Services (anciennement Livingston Health Services), une filiale de la Saint Barnabas Health Care Corporation. Plusieurs membres du personnel ont témoigné qu'entre le 6 et le 10 janvier 1992 Cullen était devenu *persona non grata* auprès de la direction. Celle-ci avait prétexté des erreurs administratives et un comportement « de moins en moins professionnel » pour « mettre fin à leur collaboration » (la politique maison proscrivait l'usage du terme « licenciement »). Par exemple, les 20 et 21 juin 1990, l'infirmier avait annulé à deux reprises une prescription de ventilation permanente pour un patient souffrant de brûlures. Son dossier fait également état de plusieurs problèmes de médication. Ainsi, le 14 mars 1991, une infirmière l'avait surpris en train d'accrocher à une potence une poche de perfusion à l'étiquette vierge. Ses collègues avaient exprimé leur « inquiétude » et rapporté que Cullen leur avait paru indifférent « aux conséquences de ses erreurs sur le bien-être des patients ». En outre, le 26 juillet, il avait noté dans le dossier d'un malade que le médecin lui avait prescrit quatre doses d'insuline, ce qui était faux. Dans sa déposition, Nancy Holecek a attribué le renvoi de Cullen à des problèmes « de qualité de soins ».

CHAPITRE 6

1. Si l'on ignore la date exacte à laquelle Cullen a été renvoyé de Saint Barnabas, son entretien d'embauche au Warren Hospital a bien eu lieu le 21 janvier 1992.

2. Le numéro figure dans le dossier de candidature de Cullen, mais on ignore si le bureau des ressources humaines du Warren Hospital a appelé Saint Barnabas pour vérifier ses références.

CHAPITRE 8

1. Il apprendra plus tard que c'était faux.

2. Charlie atteignit ses 18 ans trois mois après la mort de sa mère. Le bureau de recrutement de la marine lui suggéra de passer le GED, l'examen de fin d'études secondaires, avant de s'engager, ce qu'il fit en avril 1978. Après huit semaines d'entraînement de base dans un camp en Illinois, il suivit une formation à la maintenance des missiles balistiques pendant sept mois à Virginia Beach, puis intégra l'école des sous-mariniers de Groton, Connecticut, pendant trois mois avant d'être affecté à Charleston, Caroline du Sud.

3. Charlie est comparu plusieurs fois en conseil de discipline pour avoir refusé d'uriner devant un autre marine dans le cadre d'un dépistage de drogues obligatoire. Il jugeait ce protocole humiliant, et si la consommation de marijuana était courante dans la marine, il affirme n'y avoir jamais goûté, pas plus qu'à d'autres substances illicites.

4. Un jour, un de ses compagnons de bord raconta l'avoir trouvé devant le panneau de lancement des missiles portant une blouse verte, un masque et des gants volés dans la réserve de matériel médical. Un de ses anciens officiers a rapporté cette anecdote à la presse au moment de son arrestation. Cullen prétend que l'histoire est fausse, même s'il la juge « très drôle ».

5. Cullen fut transféré de l'USS *Woodrow Wilson* à l'USS *Canopus*, un navire de ravitaillement.

6. Cullen avait confié aux psychiatres de la marine vouloir se suicider pour s'épargner la honte d'un renvoi. Lors de chacune de ses précédentes tentatives, les médecins l'avaient jugé apte au service et lui avaient prescrit, pour traiter sa dépendance à l'alcool, de l'Antabuse – que Charlie utilisa pour attenter à ses jours.

7. « Le patient s'exprime d'une voix feutrée et évite de croiser mon regard », écrit le médecin dans son rapport. Il remarque également que Cullen a tendance à nier son alcoolisme, qu'il adopte une attitude passive-agressive et se plie avec difficulté au règlement du service. Toutefois, au fil des jours, il devient plus prolixe, se confiant en particulier sur la perte de sa mère (dont il était « exceptionnellement proche ») et sur une fiancée qu'il refuse de nommer. « S'il s'est toujours montré timide avec les rares amis qu'il a eus, note encore le médecin, il s'investit rapidement et intensément dans ses relations avec les femmes, jusqu'à la dépendance. »

8. La maison est située au 263 Shafer Avenue.

CHAPITRE 11

1. Les sources diffèrent quant aux dates exactes de son séjour. Le 24 mars, Cullen a été hospitalisé à la clinique Carrier de Belle Mead, New Jersey, puis transféré à Greystone à la mi-avril.

CHAPITRE 12

1. La télémétrie permet de contrôler des signes vitaux : tension artérielle, taux d'oxygène dans le sang, température.

2. Selon Cullen, c'est la faute du juge – qui l'a forcé à payer un avocat – s'il a dû continuer à exercer comme infirmier. À l'en croire, il était prêt à démissionner. Pourtant, son travail lui procurait des satisfactions qui allaient bien au-delà de l'aspect financier. S'il avait certes peu de chances de retrouver un emploi aussi lucratif dans un autre domaine, il ne fait aucun doute qu'il aurait également eu plus de mal à y tuer impunément.

3. Plus tard, Cullen qualifiera leur relation de « romantique, mais pas sexuelle ».

CHAPITRE 13

1. À sa mort, en 2001, Larry Dean espérait toujours prouver qu'on avait assassiné sa mère. Après son décès, on a retrouvé dans son congélateur des échantillons du sang et des tissus de la défunte.

2. L'injection intramusculaire aurait dû agir en trois ou quatre heures, mais Mme Dean est morte presque vingt-quatre heures plus tard, peu après sa sortie de l'hôpital.

3. L'inspecteur R. Clayton et le lieutenant G. Dundon.

4. Le Dr M. L. Cowen, médecin légiste du comté de Warren, écrira dans son rapport d'autopsie :

L'examen de la piqûre n'a pas révélé la présence de substances chimiques ou toxiques [...]. L'infirmier accusé d'avoir injecté un produit inconnu dans la cuisse gauche de Mme Dean a passé avec succès le test du polygraphe.

CHAPITRE 14

1. Fair Oaks Hospital (anciennement Summit Hospital), Summit, New Jersey.

2. Apparemment, Hunterdon n'aurait pas contacté le bureau des ressources humaines de Saint Barnabas, mais plusieurs employés de Warren se seraient portés garants pour Charlie, dont sa superviseuse et l'infirmière en chef de l'unité de soins intensifs – cette dernière se bornant à préciser qu'il avait quitté l'établissement « pour raisons personnelles ».

3. Charles Cullen est revenu sur ses premiers aveux pour s'accuser d'au moins un meurtre en janvier 1995, puis d'un autre en avril, et d'un autre encore une semaine plus tard, etc. S'il avait oublié les détails, il se rappelait avoir tué au moyen d'une injection alors qu'il travaillait en soins intensifs.

4. On retrouva un patient nu et privé d'oxygène dans une chambre jonchée de flacons vides et d'étoffes sanglantes. Les médecins affirmèrent que ces mauvais traitements avaient favorisé la survenue d'un AVC.

CHAPITRE 15

1. Les bureaux des ressources humaines de Warren et Hunterdon ont indiqué avoir employé Charles Cullen. Le Medical Center Health Care Services, l'agence de recrutement de Saint Barnabas, a confirmé qu'il avait commencé à y travailler en 1990. L'hôpital lui-même n'a pas retrouvé son dossier.

2. Un anesthésique à courte durée d'action, couramment employé pour induire une anesthésie générale.

3. C'est ce que Cullen déclarera aux policiers le 14 décembre 2003, sans donner plus de détails. Au cours de l'enquête ultérieure, il se montra incapable d'identifier ses victimes sur dossier parmi les patients du Morristown.

4. *7 avril 1997 : Tammy, ça m'ennuie d'écrire ça, mais je le fais pour la réputation du service. Plusieurs malades ont signalé les mêmes problèmes. Appelle-moi pour en parler.*

Ceci n'est qu'une des nombreuses notes rédigées par ses collègues ou ses supérieurs qui figuraient dans le dossier professionnel de Charles Cullen à Morristown.

5. Environ 500 dollars.

CHAPITRE 16

1. On ne saurait dire précisément à quel moment les problèmes ont commencé au Liberty, mais M. Henry est le premier patient de l'établissement dans la mort duquel Charles Cullen a admis sa responsabilité.

2. D'après la déposition de Kimberly Pepe, après avoir montré des signes de détresse respiratoire, Francis Henry fut conduit au Lehigh Valley Hospital, où les médecins diagnostiquèrent une surdose d'insuline. De retour au Liberty, il reçut une perfusion de morphine et mourut peu après. Son dossier ne précise pas la cause du décès. Charles Cullen avoua plus tard lui avoir injecté de l'insuline.

3. Kimberly Pepe reprocha à la direction du Liberty d'avoir « volontairement négligé les éléments accusant Charles Cullen » en dépit de ses erreurs de médication répétées. Si Cullen n'était pas censé s'occuper de M. Henry cette nuit-là, il était entré à plusieurs reprises dans sa chambre pour soigner un autre patient. Mlle Pepe saisit en outre la Commission pour l'égalité des perspectives d'emploi.

4. D'après l'article du *New York Times* du 29 février 2004 (« Meurtres à l'hôpital : profitant des failles du système, l'infirmier de nuit a fait des dizaines de victimes pendant seize ans », par Richard Pérez-Peña, David Kocieniewski et Jason George), Julie Beckert, porte-parole de HCR Manor Care (société mère du centre de soins

et de rééducation Liberty), aurait nié que Charles Cullen ait fait l'objet d'une enquête interne pour vol de médicaments. Selon elle également, les infractions commises par Charles Cullen avaient été signalées au département de la Santé de Pennsylvanie – lequel supervise les hôpitaux, mais pas le personnel infirmier.

En janvier 2002, après le signalement d'un nouvel incident, l'Ordre des infirmiers de Pennsylvanie ouvrit une enquête sur les antécédents de Charles Cullen. Quand on lui demanda si « des décès inexpliqués étaient survenus pendant le service de M. Cullen », l'infirmière en chef du Liberty, Dawn Costello, répondit par la négative.

5. La direction du Liberty admit tout de même que l'enquête interne n'avait pas permis de faire la lumière sur les causes du décès de M. Henry.

6. En 2003, l'*Express-Time* d'Easton, Pennsylvanie, citant la porte-parole du Liberty, Julie Beckert, rapporta que Cullen avait été licencié en 1998 pour avoir administré des traitements hors prescription. Toutefois, ajoutait-elle, l'établissement n'avait eu connaissance d'aucun cas où un patient serait tombé malade à la suite de ses agissements.

D'après un article du *New York Times* du 18 décembre 2003 :

Un an après son renvoi, Mlle Pepe porta plainte contre le centre de soins et de rééducation Liberty et saisit la Commission pour l'égalité des perspectives d'emploi. En 2001, elle conclut avec son ex-employeur un accord dont les termes sont restés secrets. Mlle Pepe a décliné notre demande d'interview par l'intermédiaire de son avocat, Donald Russo, lequel a refusé de commenter l'affaire.

Toutefois, nous avons pu lire la déclaration de sa cliente lors du dépôt de plainte ainsi que son témoignage devant la Commission pour l'égalité de l'emploi.

Selon ses dires, le 8 mai 1998, après le transfert de M. Henry au Lehigh Valley Hospital, plusieurs membres du personnel de l'établissement l'appelèrent pour savoir si elle avait injecté de l'insuline au patient. Celui-ci présentait un taux de glycémie de 0,25 g/L, si bas qu'il risquait une perte de conscience entraînant des dommages cérébraux. Sauf en de rares circonstances, le niveau de glycémie ne descend pas spontanément sous 0,7 g/L. Mais l'insuline, une hormone utilisée dans le traitement du diabète, peut provoquer une telle chute avec un effet maximum deux heures après l'injection. Or, M. Henry n'était pas diabétique.

Toujours selon Mlle Pepe, quelques jours après l'incident, sa supérieure lui aurait dit que les soupçons ne se portaient pas sur elle, mais sur son collègue Charles Cullen.

Hier, la porte-parole de la société mère du Liberty, HCR Manor Care, a déclaré : « À notre connaissance, Charles Cullen n'a fait l'objet d'aucune enquête interne en mai 1998. »

7. Une ambulance avait transporté Ottomar Schramm de sa maison de retraite à l'hôpital d'Easton, où l'on avait retrouvé de la nourriture dans ses poumons (conséquence d'une fausse route).

CHAPITRE 17

1. Le Dr Zachary Lysek, coroner du comté de Northampton, ne voyait pas comment on aurait pu délivrer accidentellement une dose mortelle de digoxine à Otto Schramm. Durant huit mois, il s'est livré à une enquête rigoureuse, interrogeant toutes les personnes qui s'étaient occupées du vieillard, que ce soit à la maison de retraite ou à l'hôpital. Si Kristina Toth lui avait signalé l'intervention suspecte d'un homme qu'elle supposait être un infirmier, il ignorait le nom de celui-ci. L'autopsie lui permit d'établir que la digoxine avait pu contribuer à aggraver les effets de la pneumonie par aspiration qui avait emporté M. Schramm, ce qui l'amena à conclure à une mort accidentelle en l'absence d'éléments probants pour étayer ses soupçons.

D'après les documents judiciaires et les rapports d'enquête policière, trois ans plus tard, une source inconnue révéla à Lysek que le mystérieux infirmier mentionné par Kristina Toth s'appelait Charles Cullen et qu'il avait probablement joué un rôle dans le décès de M. Schramm. Lysek alerta alors la police d'État.

Il contacta également l'hôpital d'Easton pour s'enquérir des antécédents de Charles Cullen. La direction lui répondit qu'elle n'avait trouvé aucune trace de celui-ci dans ses archives. En effet, M. Cullen avait été recruté par une agence indépendante de Harrisburg, Health Med One. Cet incident apprit à Lysek l'importance de poser les bonnes questions au moment d'établir la liste du personnel soignant ayant été en contact avec une victime potentielle d'homicide.

2. Cette perception de la situation s'inspire des propos que Charles Cullen a tenus aux enquêteurs et à l'auteur ainsi que de ses

actions ultérieures. Les réactions de ses collègues sont fondées sur les rapports d'enquête policière et les dépositions des témoins.

3. Bien que Cullen se soit accusé de quatre ou cinq meurtres au Lehigh Valley Hospital, les enquêteurs n'ont identifié formellement que deux victimes : Matthew Mattern, 22 ans, décédé le 31 août 1999, et Stella Danielczyk, le 26 février 2000. Cette femme de 73 ans avait été brûlée sur 60 % du corps dans un accident domestique, ce qui la condamnait à une mort quasi certaine.

4. Les chirurgiens avaient dû rabattre ses muscles et poser un réseau vasculaire sur ses os dans la perspective d'une greffe de peau ultérieure. L'effet immunodépresseur du traitement antirejet entraînait des infections à répétition qui l'obligeaient à repasser par le bloc opératoire.

5. Les médecins qui examinèrent Charlie le jugèrent sain de corps et d'esprit et le renvoyèrent chez lui.

CHAPITRE 18

1. En avril 2000, Cullen utilisa l'ordinateur du service pour envoyer à deux infirmières récemment licenciées un mail leur exprimant sa compassion et sa solidarité. Il y expliquait être lui-même victime de leurs collègues plus âgés – le « syndicat des seniors », abrégé en « SS » – et avoir demandé son transfert en cardiologie. Il ignorait que le message avait également été distribué à l'ensemble du personnel de l'unité, dont les membres du « syndicat des seniors ». Cet incident acheva de détériorer ses relations avec le reste de l'équipe, et le service de cardiologie refusa son transfert.

2. D'après le rapport d'enquête policière, le bureau des ressources humaines de Saint Luke's appela le Liberty et le service des brûlés du Lehigh Valley Hospital. Les appréciations citées dans ce passage proviennent de ces deux établissements.

3. Saint Luke's offrit à Cullen un temps plein de nuit avec un salaire horaire minimum de 21,45 dollars.

CHAPITRE 19

1. Celle-ci n'a pas souhaité que son nom soit publié.

2. À l'heure actuelle, l'établissement figure toujours dans le Top 100 de l'*US News & World Report*.

CHAPITRE 20

1. Ce passage restitue le point de vue de Charlie Cullen, tel qu'il l'a exprimé lors de nos entretiens ou de ses aveux. En réalité, contrairement à ce que pourrait laisser croire son nom, le Saint Luke's Hospital n'est affilié à aucune obédience religieuse.

2. Joe Chandler, l'infirmier chargé de la gestion des stocks, avait remarqué la disparition de certains médicaments dès décembre 2001.

3. Cette nuit-là, le service enregistra trois décès, sans qu'on puisse les attribuer avec certitude à Charles Cullen. Celui-ci sera uniquement inculpé pour la mort d'Edward O'Toole, 76 ans.

CHAPITRE 21

1. Produits toxiques, gants usagés, textiles ensanglantés, membres amputés, tumeurs et organes excisés, fœtus avortés, graisses aspirées par liposuccion, etc.

2. On l'utilise notamment pour faciliter l'intubation trachéale des patients en réanimation.

3. Cullen avoua s'être servi du vécuronium pour commettre des meurtres à Saint Luke's.

4. L'enquête menée des années plus tard n'a pu déterminer la cause du décès du vieil homme. Mais Charles Cullen s'accusa de l'avoir tué lors de ses aveux spontanés à la police du comté de Somerset.

5. Dans un mémo confidentiel, Paul Laughlin, qui a depuis quitté le cabinet, confirmait que la décision de solliciter un avis extérieur émanait de Sy Traub. L'hôpital d'Easton avait déjà fait appel à Stevens & Johnson lors de l'enquête interne sur le décès d'Ottomar Schramm. Au moment des procès civils, Laughlin a précisé que sa mission consistait à déterminer qui avait jeté des emballages vides dans le collecteur à déchets et non à enquêter sur l'utilisation des médicaments volés dans la réserve.

6. Charles Cullen prononcera les mêmes mots plus tard, quand les vigiles l'escorteront à l'extérieur de l'établissement.

CHAPITRE 22

1. Charles Cullen a toujours affirmé qu'il ne portait pas de gants et avait certainement laissé ses empreintes sur les flacons. C'est impossible à vérifier : les flacons en question ont disparu, et Laughlin n'a fait aucun commentaire à ce sujet.

2. Si Laughlin participait au conseil d'administration qui décida de laisser à Charles Cullen la possibilité de démissionner, ce n'était pas la solution qu'il préconisait.

CHAPITRE 23

1. Parmi ses références à Saint Luke's, on trouve le nom de Pat Medellin, l'infirmière qui signalera à Laughlin une série de morts suspectes, qu'elle attribuera à Charles Cullen, et qui finira par alerter la police.

2. Le bureau des ressources humaines de Saint Luke's mettra trois semaines à répondre à la demande de renseignements de l'hôpital du Sacré-Cœur.

3. Dans son mémoire de décision sur deux motions [(1) Motion du Saint Luke's Hospital pour faire rejeter la plainte du requérant, et (2) Motion du centre médical de Somerset pour joindre le Saint Luke's Hospital à la procédure comme tiers défendeur], Bryan D. Garruto, juge à la Cour supérieure du New Jersey, conclut que Saint Luke's aurait dû informer le centre médical de Somerset du danger représenté par Charles Cullen. Les familles des patients que ce dernier a tués à Somerset sont donc habilitées à engager des poursuites contre Saint Luke's.

Dans ses motivations, le même Garruto indique :

Si Saint Luke's n'a pas explicitement présenté M. Cullen comme un « employé modèle », le fait de ne pas avoir précisé à Somerset les causes de son renvoi, alors que sa direction appelait d'autres hôpitaux du secteur pour les mettre en garde contre M. Cullen, constitue assurément une faute.

Garruto cite spécifiquement une note adressée le 21 mars 2005 à Elaine Thompson, vice-présidente directrice de Saint Luke's, par le Dr Saunders, où celui-ci reconnaît avoir appelé en secret plusieurs établissements voisins pour les dissuader d'embaucher Charles

Cullen. Cette citation est l'unique mention de l'existence du document en question.

Le Dr Saunders, écrit encore le juge Garruto, y *précise avoir contacté son homologue du Lehigh Valley Hospital, le Dr Robert Laskowski, pour l'informer des vols de médicaments survenus au Saint Luke's Hospital et l'alerter sur le comportement bizarre de l'infirmier Charles Cullen. Saunders indique également que le vice-président directeur de Saint Luke's, Vince Joseph, avait passé des appels similaires à d'autres hôpitaux de la région.*

4. Le 23 décembre 2003, des policiers de Pennsylvanie interrogèrent Deborah Borse et Georgianne Gerlach, respectivement directrice adjointe et gestionnaire des risques de l'hôpital d'Easton. La première leur rapporta qu'en août 2002 la seconde, alors chargée du recrutement du personnel infirmier, avait été contactée par Paul Laughlin : « Laughlin nous a déconseillé d'embaucher Charles Cullen, sans dire pourquoi. »

5. Ni le Lehigh Valley Hospital, ni le Sacré-Cœur, ni l'hôpital d'Easton ne mentionneront ces avertissements dans le dossier professionnel de Charles Cullen.

En ignorant ses devoirs envers les futurs patients de M. Cullen, note le juge Garruto en conclusion de son mémoire de décision, *le Saint Luke's Hospital s'est arrogé un droit de vie ou de mort sur eux.*

6. Le Tribunal de Pennsylvanie motiva comme suit son rejet de la requête en jugement sommaire présentée par le Saint Luke's Hospital dans les cinq actions civiles intentées contre lui par des familles de victimes :

Ce tribunal ne saurait cautionner l'attitude d'un hôpital qui s'est tu alors qu'il soupçonnait un de ses employés d'avoir tué un patient. L'obligation de divulguer des informations d'une telle importance ne découle pas uniquement du droit, mais relève des devoirs qui s'imposent à tous au sein d'une société civilisée et dont chacun devrait s'acquitter même en l'absence de contrainte judiciaire. C'est le degré d'adéquation entre la jurisprudence et la notion collective du bien et du mal qui incite à respecter notre système législatif et lui confère sa vitalité. Dans ces circonstances, la négation d'un devoir aussi évident reviendrait non seulement à nier la loi, mais à la tourner en dérision.

CHAPITRE 24

1. De quatre hôpitaux et du centre de soins et de rééducation Liberty.

2. En outre, sa licence pour exercer en Pennsylvanie devait expirer en octobre 2002. Demander son renouvellement paraissait risqué, surtout au vu des circonstances de son départ de Saint Luke's. Il avait pris la précaution de faire renouveler celle pour le New Jersey, désormais valide jusqu'en mars 2003, alors qu'il travaillait encore à Saint Luke's.

3. Dans les mois qui suivirent son divorce, Charlie se donna beaucoup de mal pour organiser des sorties au musée, au cinéma et même à la plage avec ses filles. Mais après avoir emménagé avec Cathy, il commença à chercher des prétextes pour moins les recevoir.

4. Le 6 septembre 2002, Connie Osinski, chargée du recrutement des infirmiers au centre médical de Somerset, appela le département des Ressources humaines de Saint Luke's, qui lui confirma les dates d'emploi et le poste précédemment occupé par Charles Cullen, en omettant de lui signaler qu'il était *persona non grata* dans l'établissement. Lors de sa déposition, le vice-président adjoint, Andrew Seidel, rapporta qu'un mois plus tôt il avait assisté à une réunion avec les administrateurs et conseillers juridiques de l'hôpital, qui avait abouti à la décision de ne pas réembaucher Cullen. À la suite de l'enquête interne, il avait donné à celui-ci le choix entre une démission et un licenciement. « Démissionner permet à un employé de sauver la face, expliqua-t-il. Quand il se porte candidat à un nouveau poste, il peut indiquer sans mentir qu'il a quitté l'ancien de son propre chef. En cas de licenciement, il court le risque que sa réputation l'ait précédé. » Il ajouta qu'en l'absence d'aveux et de preuves formelles il avait voulu laisser à l'infirmier une chance de retrouver du travail. En revanche, contrairement à ce qu'affirmait Cullen, il nia s'être engagé à lui fournir des références « neutres » en échange de sa démission. « À l'époque, précisa-t-il, la politique maison consistait à n'attribuer aucune appréciation aux ex-employés, indépendamment de leurs états de service et des causes de leur départ. »

Au cours des procès civils qui suivirent l'arrestation de Cullen, les avocats de Saint Luke's reprirent ces arguments pour réfuter les accusations de Somerset.

5. Pour l'efficacité du récit, je n'ai pas mentionné une autre relation amicale de Charlie au sein du service, Donna Hardgrieve-Scotty. Avec Amy, ils formaient le groupe des « trois mousquetaires ». Une partie des rumeurs concernant Charlie étaient parvenues à Amy par l'intermédiaire de Donna. Celle-ci n'a pas pris part à l'enquête et n'a jamais su le rôle que sa collègue y avait joué.

6. Le 14 janvier.

7. Le mot est de Cullen. S'il a jamais su le nom de Mme Han, il l'avait oublié quand on l'a interrogé à son sujet.

8. Chaque unité représente 0,5 milligrammes. D'après le Dr Shaleen, Mme Han avait reçu une dose de seulement 0,125 milligrammes les 12 et 13 juin.

9. Le sang du révérend Gall présentait un faible taux de gammaglobulines, symptomatique d'un déficit immunitaire.

10. L'infirmier Marty Kelly fit rapidement part de ses doutes à la gestionnaire des risques, Mary Lund. Celle-ci convoqua le lendemain une réunion avec le Dr William Cors, directeur des services médicaux, Sharon Holswade, directrice générale, le Dr Anthony D'Aguillo, président du service de biologie clinique, Kathy Puder, du laboratoire d'analyses médicales de l'hôpital, Stuart Vigdor, pharmacien-chef, Nancy Doherty, pharmacienne, MaryJo Goodman et Valerie Smith, respectivement infirmière-chef et superviseuse de l'unité de soins intensifs, l'infirmière Darilyn Paul et Linda Vescia, responsable de la qualité. Entre autres mesures, il fut décidé de restreindre l'accès à la digoxine. La pharmacie fut chargée de contacter le Centre antipoison afin de déterminer la dose qu'il avait fallu injecter au pasteur pour obtenir un taux supérieur à 9 nmol/L. L'attention se concentrait sur les patients 3 et 4 : Mme Han et le révérend Gall. Les données du Pyxis, notamment les commandes annulées, furent étudiées.

CHAPITRE 25

1. D'après la chronologie que le Dr Cors fournit ultérieurement au département de la Santé, Kelly et Doherty alertèrent la gestionnaire des risques au sujet de ces patients le 19 juin.

2. Bruce Ruck, titulaire d'un doctorat en pharmacie clinique, était chargé de l'information et de l'éducation au sein du Centre antipoison du New Jersey.

3. En effet, le nom de Vigdor apparaît dans toutes les plaintes civiles contre le centre médical de Somerset auprès de ceux du P-DG, Dennis Miller, de William Cors et de Mary Lund.

CHAPITRE 26

1. Pour Somerset, cette téléconférence réunissait Mary Lund, William Cors, Linda Vashed (responsable qualité), Stuart Vigdor et Nancy Doherty. Bruce Ruck et son patron, le Dr Steven Marcus, représentaient le Centre antipoison du New Jersey.

2. La loi oblige un hôpital à signaler sans délai tout événement menaçant gravement la sécurité de ses patients, même s'il en ignore la cause.

3. Ce mail, daté du mardi 10 juillet, disait entre autres :

Je me suis entretenu avec la gestionnaire des risques de l'hôpital, le pharmacien-chef et le directeur des services médicaux. Tous m'ont dit qu'ils n'avaient pas l'intention de signaler ces incidents à la police ou au département de la Santé avant d'avoir mené une enquête approfondie.

Amie Thornton adressa le mail suivant à Marcus en décembre 2003 :

Cela fait un moment que je souhaitais reprendre contact avec vous, mais comme vous l'imaginez, ça a été le bazar ici. Votre coup de fil de juin a eu l'effet d'un tremblement de terre. Votre flair et la force de persuasion dont vous avez fait preuve se sont révélés précieux. Votre instinct ne vous avait pas trompé ! Encore merci.

Quant au Dr Eddy Bresnitz, il envoya le message suivant à Marcus, deux ans après les faits :

Les administrateurs de Somerset se glorifient d'avoir « bien agi » en nous alertant. Ça ne manque pas de sel, sachant qu'ils ne l'ont fait que parce que vous leur avez rappelé leurs obligations !

À propos, avez-vous également enregistré notre conversation et celle que vous avez eue avec Amie ? Je vous pose la question au cas où des journalistes nous contacteraient. Je suppose qu'ils vont nous demander comment notre département a réagi aux décès survenus à Somerset durant l'été 2003.

4. Le 10 juillet 2003 à 16 h 23, soit plusieurs heures après que le Dr Marcus eut alerté le département de la Santé.

5. Outre le révérend Gall et Mme Han, les patients concernés étaient Joseph P. Lehman et Frances Kane, victimes d'une hypoglycémie inexpliquée respectivement le 28 mai et le 4 juin 2003.

6. Somerset avait fait appel à une agence indépendante dont les enquêteurs avaient interrogé les employés et vérifié le matériel du service avant de remettre leur rapport.

7. Dans un mémo interne (daté du 25 juillet 2003 et inclus dans le rapport d'enquête policière), Fleming indique avoir interrogé uniquement Charles Cullen. Il dit aussi soupçonner une cause commune aux différents incidents survenus dans le service et craindre que la série ne soit pas terminée.

> *Mlle Lund et moi-même avons planifié des investigations supplémentaires*, écrit-il. *Des échantillons sanguins prélevés sur des patients hospitalisés en soins intensifs au cours des derniers jours vont être analysés, et ceux prélevés dans l'avenir immédiat vont être conservés. Nous allons également rencontrer les infirmiers qui se sont occupés du révérend Gall les 27 et 28 juin. Le service comptable va vérifier s'il a facturé des doses de digoxine aux trois patients concernés, même si leurs dossiers ne le mentionnent pas. Enfin, Mlle Lund va m'adresser les dossiers médicaux de Mme Han et de M. Maurer.*

(M. Maurer est un autre patient sur lequel Fleming semble avoir enquêté.)

L'avant-dernier paragraphe du mémo suggère que Fleming et Lund soupçonnaient déjà Cullen :

> *Nous nous sommes accordés sur le fait que, à l'heure actuelle, rien dans les dossiers médicaux ni dans le comportement de M. Cullen ne nécessitait d'alerter les autorités. Toutefois, les patients en soins intensifs font l'objet d'une surveillance renforcée de même que les prescriptions de digoxine. Incidemment, un inventaire a révélé la disparition de plusieurs ampoules de ce produit.*

CHAPITRE 27

1. Pasquale Napolitano, décédé le 13 juillet 2003.

2. Le Dr Max Fink, responsable des thérapies de choc au Hillside Hospital de Glen Oaks (Queens, New York) entre 1952 et 1958, a décrit les différents stades d'un coma insulinique dans un numéro de

The American Experience, la série documentaire de la chaîne PBS : « On distinguait deux formes de coma, le "sec" et l'"humide". La seconde se traduisait par une sudation abondante accompagnée de "chair de poule". La salivation augmentait au point que les infirmières tentaient de l'absorber avec des tampons de gaze. Dans la forme "sèche"la peau était brûlante, les muscles tressaillaient – d'abord ceux du visage, puis des bras et enfin des jambes. Ces convulsions étaient généralement peu intenses mais, dans certains cas, elles pouvaient aller jusqu'à la crise d'épilepsie. »

3. Aly GÖTZ, *Cleansing the Fatherland* (1994), Baltimore, Johns Hopkins University Press ; Henry FRIEDLÄNDER, *Les Origines de la Shoah : De l'euthanasie à la solution finale* (2015), trad. Pierre-Emmanuel DAUZAT, Paris, Calmann-Lévy/Mémorial de la Shoah.

DEUXIÈME PARTIE

CHAPITRE 29

1. Tim apprit qu'il était promu au grade d'inspecteur le jour où son père mourut. La simultanéité de ces deux événements changea profondément la manière dont il envisageait l'existence.

2. Le bureau du procureur du comté d'Essex finit par l'admettre publiquement quinze ans plus tard, en janvier 2010. Le *Star-Ledger* écrivit alors que « Robert Reeves, 44 ans, a abattu un pasteur de Newark avec un revolver de 7,65 millimètres déjà utilisé dans le meurtre de l'infirmière Ethel Duryea. Anthony Ambrose, le chef des enquêteurs du comté, a confirmé que Reeves était "le principal suspect dans l'affaire Duryea". » (Philip READ, « Des révélations sur les meurtres des grands-mères de Glen Ridge », *Star-Ledger*, Newark, 10 janvier 2010.)

CHAPITRE 30

1. Date à laquelle Dennis Miller, du centre médical de Somerset, prit contact avec le bureau du procureur Wayne Forrest.

2. Le département de la Santé n'avait, lui, pas attendu que la direction de Somerset agisse pour contacter le procureur général du New Jersey.

La chronologie complète des événements est plus complexe que le résumé qui en est fait ici. Les dysfonctionnements et les retards constatés aux différents stades du processus relèvent autant de la responsabilité du centre médical de Somerset que de celle du département de la Santé du New Jersey, le DOH. Celui-ci dépêcha sur place un de ses enquêteurs, Edward Harbet, qui s'entretint avec plusieurs administrateurs et étudia les dossiers des patients ainsi que le rapport d'enquête interne. Au terme de ses deux visites, les 11 et 14 juillet, Harbet se déclara incapable d'expliquer les résultats d'analyses des victimes.

Le commissaire en poste du DOH était alors Cliff Lacey. Dans une série de mails, son adjointe, Marilyn Dahl, reconnaît avoir évoqué l'affaire avec lui après les signalements du Dr Marcus et de la direction de Somerset :

En se fondant sur sa connaissance des produits et sur son expérience de médecin-chef d'un grand hôpital, le commissaire a jugé prématuré de conclure à un acte criminel. Selon lui, on pouvait avancer plusieurs scénarios crédibles pour expliquer les événements constatés. Quand j'ai suggéré d'alerter le procureur général, il a refusé.

Mais dans un mail du 26 septembre 2003, une cadre du DOH, Maureen F. Miller, fait part de son inquiétude à Marilyn Dahl :

Alors même que le département enquête sur les trois incidents thérapeutiques signalés par la direction de Somerset, celle-ci nous a informés seulement aujourd'hui d'un quatrième survenu il y a un mois, malgré un rappel ferme de ses obligations en matière de déclaration.

Dahl ajoute qu'elle a évoqué l'affaire avec Alison Gibson, directrice de la section Inspections et plaintes, et Amie Thornton :

Nous sommes convenues que nous avions des raisons suffisantes de soupçonner un acte criminel. Le plus préoccupant, c'est que Somerset ait attendu un mois pour rapporter un quatrième incident. Nous jugeons cette attitude pour le moins irresponsable, et nous demandons l'autorisation de solliciter l'avis de l'OLRA [la direction des affaires juridiques et réglementaires du département de la Santé] avant de saisir le procureur général.

Le même jour, le département de la Santé prit contact avec le bureau du procureur général. « J'ai la conviction que la direction de l'hôpital soupçonne un acte criminel », confia alors Amie Thornton à Mlle Miller. « Sinon, pourquoi aurait-elle gardé les enquêteurs et avocats auxquels elle a fait appel dans un premier temps ? »

Une semaine plus tard, le centre médical de Somerset contactait le procureur du comté.

CHAPITRE 31

1. De façon assez ironique, si la direction de Somerset s'était abstenue de contacter la police après la mort d'une demi-douzaine de patients victimes d'empoisonnement, elle le fit des mois plus tard pour un décès de causes naturelles.

CHAPITRE 34

1. La direction de Saint Barnabas avait clos celle-ci fin décembre 1991 avant de licencier Charles Cullen quelques jours plus tard. Par la suite, elle a toujours nié le moindre lien entre ces deux événements et maintenu qu'à l'époque elle n'avait aucune raison de croire que Cullen représentait un danger pour ses patients.

2. Plusieurs faits mentionnés dans ces rapports décrivent précisément le futur mode opératoire de Charles Cullen. Par exemple, celui-ci avait reçu des avertissements pour avoir vérifié le taux d'insuline d'un patient, de manière répétée et sans motif valable, et pour avoir accroché à la potence de perfusion d'un autre malade une poche sans étiquette à la place du chlorure de potassium prescrit. Quand sa superviseuse l'appela chez lui pour lui demander des explications, il lui parut « indifférent » et lui soutint que la poche contenait bien du chlorure de potassium. Ce n'était pas le cas, mais on ne saura jamais si la poche en question faisait partie de celles prises au hasard dans lesquelles il avouerait plus tard avoir injecté de l'insuline.

3. En réalité, Cullen était passé outre la prescription du médecin et avait suspendu à une potence une poche non étiquetée en laissant au collègue qui lui succédait le soin d'amorcer la perfusion : une « triple erreur », par conséquent moins plausible qu'un simple problème de dosage. La poche en question ne semblait contenir qu'une solution saline, même s'il subsistera toujours un doute : à l'époque, le mode opératoire de Cullen consistait à contaminer des poches semblables avec de l'insuline en s'arrangeant pour qu'elles soient distribuées aux patients en son absence.

4. Cullen n'ayant signé un contrat « exclusif » avec Saint Barnabas qu'au bout de trois ans, son dossier professionnel ne couvre que ses deux dernières années de présence à l'hôpital.

CHAPITRE 35

1. Les trois hommes ont participé à la réunion, mais Egan était le principal contact de l'inspecteur Baldwin.

2. Cet épisode à lui seul mériterait un livre. Une partie de ces faits sont référencés ailleurs. Au risque de paraître redondant, et dans un souci de transparence journalistique, ils sont de nouveau présentés ici dans leur contexte et de manière détaillée. Les informations suivantes ont été divulguées au cours des procès civils intentés par les familles de cinq ex-patients de Saint Luke's. L'hôpital avait demandé l'abandon des poursuites au motif que les faits remontaient à plus de deux ans, mais le juge Edward D. Reibman, du comté de Lehigh, avait rejeté sa requête. Les administrateurs de Saint Luke's passèrent alors des accords financiers avec les plaignants. Si ces accords sont confidentiels, l'étude des archives judiciaires permet de glaner des indices sur leur contenu (Tribunal supérieur de Pennsylvanie, *Krapf vs Saint Luke's Hospital*, juge Edward D. Reibman, comté de Lehigh, n°s 2958 à 2962 EDA 2009. Voir également les dossiers Gantman, Shogan et Mundy J.J.). Dans toutes ces affaires, le litige portait principalement sur le fait de savoir si l'hôpital avait des raisons de soupçonner Charles Cullen.

L'avocat Paul Laughlin se rappelle avoir suggéré d'étudier les dossiers de tous les patients du service pour déterminer si le bromure de vécuronium détourné avait occasionné de nouveaux incidents thérapeutiques. Toutefois, on ignore les conclusions qu'il a tirées de son enquête, et les témoignages divergent sur ce point. Ainsi, Laughlin nie avoir été informé d'éventuels soupçons pesant particulièrement sur Charles Cullen, alors que ses notes et la déposition de Patricia Medellin indiquent le contraire.

Pat Medellin affirme que, après son entretien avec Cullen, Laughlin l'aurait invitée à l'appeler s'il lui venait « d'autres idées ou réflexions ». À la suite de la découverte des flacons de vécuronium vides dans le collecteur à déchets, elle téléphona à Laughlin, le 7 juin 2002, et lui expliqua que ce produit pouvait ralentir le rythme cardiaque jusqu'à l'arrêt total. Elle lui précisa qu'il n'avait été prescrit à aucun des malades hospitalisés en soins intensifs à ce moment-là.

À sa grande surprise, Laughlin l'informa que l'enquête était close, et qu'il était persuadé que Cullen n'avait « causé aucun préjudice aux patients ». Quand elle lui demanda sur quoi reposait cette certitude, Laughlin invoqua son expérience en tant qu'adjoint du district attorney avant de réitérer sa conviction.

Dans son témoignage, Pat Medellin indique avoir également confié ses inquiétudes à ses supérieurs, sans plus de succès. Elle cite en particulier Thelma Moyer, l'infirmière-chef de jour, et Ellen Amedeo, la surveillante d'étage. Après sa conversation avec Laughlin, elle aurait étudié la liste des patients morts en soins intensifs et remarqué qu'une proportion significative de ces décès était survenue pendant le service de Cullen. Toutefois, l'indifférence teintée d'agressivité à laquelle elle s'était heurtée jusque-là et la crainte des « répercussions » l'avaient dissuadée de partager ses observations avec sa hiérarchie. À son retour de congé, en juillet 2002, le juriste en chef de Saint Luke's, Seymour Traub, demanda à Laughlin de rédiger un rapport. Il chargea également Mmes Rader et Koller, respectivement gestionnaire des risques et responsable des soins infirmiers, d'étudier les dossiers de tous les patients décédés pendant le week-end où l'on avait constaté des vols de médicaments. Dans sa déposition, Koller affirme qu'elle ignorait les raisons de cette consigne. Pour sa part, Raider a indiqué que Laughlin lui aurait dit n'avoir découvert « aucun élément laissant soupçonner une intention criminelle ». Après avoir étudié les dossiers, les deux femmes se rangèrent à l'avis de l'avocat. Par la suite, le P-DG de l'hôpital signala néanmoins Cullen à l'Ordre des infirmiers de l'État.

Après que le district attorney fut saisi de l'affaire, la direction de Saint Luke's confia l'étude des dossiers à un médecin extérieur, qui échoua également à établir la responsabilité de Cullen. Pourtant, des années plus tard, celui-ci avoua les meurtres des cinq patients concernés par l'enquête interne. La police a identifié formellement deux victimes supplémentaires à Saint Luke's.

3. Quelques semaines après avoir clos leur enquête interne, les administrateurs de Saint Luke's semblaient déjà moins persuadés de l'innocence de Charles Cullen. Le 6 septembre, deux mois après le départ de celui-ci, le P-DG de l'hôpital, Richard A. Anderson, signala enfin à l'Ordre des infirmiers de l'État la découverte de flacons de vécuronium vides et d'autres médicaments intacts dans le collecteur à déchets.

> *Le résultat de notre enquête nous a conduits à imputer ces vols à Charles Cullen*, précise-t-il dans sa lettre. *Nous ignorons si M. Cullen a utilisé certaines de ces drogues, ou ce qui l'a incité à jeter des médicaments encore valides. Nous avons passé en revue les dossiers des patients morts en soins intensifs au cours du week-end, mais rien ne permet d'attribuer leur décès à des causes extérieures. Néanmoins, l'hypothèse d'un usage inapproprié des substances dérobées ne peut être complètement écartée.*

Parmi tous les employeurs de Charles Cullen, le Saint Luke's Hospital est le seul à avoir jamais alerté l'Ordre des infirmiers sur ses agissements. Ses administrateurs ont toujours affirmé que cette démarche n'était pas motivée par le fait que Pat Medellin ait signalé les mêmes événements au district attorney, quatre jours plus tôt – un signalement dont ils prétendaient ignorer l'existence.

4. Lynn Tester avait même calculé l'augmentation statistique du taux de décès dans le service, et fait part de ses observations troublantes à ses supérieurs, qui n'avaient aucune explication à fournir. Pourtant, d'après des documents remis à la police ultérieurement, la direction de Saint Luke's avait mené ses propres recherches, qui l'avaient confortée dans sa certitude que Cullen n'avait causé aucun préjudice aux patients et que le taux de mortalité du service se situait dans la moyenne.

5. D'autres infirmières, dont Judy Glessner et Darla Beers, se sont également alarmées du danger que Charles Cullen faisait courir aux patients. Dans sa déposition, leur collègue Gerry Kimble a exprimé quant à lui sa conviction que le même Cullen avait volé des médicaments dans le but de nuire aux malades. L'adjointe de Stuart Vigdor, Susan Reed, s'était inquiétée auprès de Laughlin d'un possible usage criminel du vécuronium dont on avait retrouvé des flacons vides.

Certaines des notes prises en abrégé par l'avocat pendant sa conversation avec Pat Medellin semblent faire référence aux dommages que Charles Cullen aurait pu causer aux patients. Toutefois, Gary Guidetti, le vice-président chargé de la gestion des risques à Saint Luke's, a constamment affirmé que Laughlin n'avait jamais alerté la direction de l'hôpital sur les dangers encourus par les malades.

6. Le médecin légiste ne disposait ni de la liste des médicaments volés ni des déclarations des infirmiers qui avaient formulé des soupçons à l'encontre de Cullen.

7. Pasquale Napolitano, mort le 13 juillet.

CHAPITRE 36

1. D'après le compte rendu remis au conseil d'administration de Somerset le 17 juillet 2003, l'enquêteur du DOH, Edward Harbet, se rendit sur place les 11 et 14 juillet afin d'étudier les dossiers des quatre patients signalés à son département et les conclusions de l'enquête interne. Il s'entretint également avec plusieurs administrateurs. Au terme de sa mission, il se déclara incapable d'expliquer les résultats des analyses, mais décerna un satisfecit à la direction de Somerset pour l'attention qu'elle avait portée à ces incidents thérapeutiques.

Le 14 juillet, deux inspecteurs du DOH visitèrent le laboratoire de l'hôpital pour s'assurer de la conformité de ses installations et vérifier qu'il avait bien respecté le protocole d'analyse. Dans leur rapport, ils certifièrent que la direction avait pris « toutes les mesures nécessaires pour identifier les causes des événements suspects ».

2. Ce mandat permit aux policiers du comté de Somerset d'accéder à des centaines de pages de rapports internes, y compris des échanges de mails. Malheureusement, cette documentation leur fut d'un maigre secours dans leur enquête.

CHAPITRE 37

1. Cette expression, d'un usage courant parmi les policiers, désigne un cadavre récent, d'autant plus susceptible de fournir des indices précieux aux enquêteurs, contrairement à un corps dégradé par le temps et par son environnement.

CHAPITRE 40

1. Le Dr Smith avait conclu que les deux autres décès n'étaient pas forcément dus à une influence exogène. Les deux patients pour lesquels Smith avait émis des doutes étaient Joseph P. Lehman et McKinley Crews.

2. Échantillons qui permettraient plus tard au Dr Jackson, du laboratoire de toxicologie du New Jersey, de déterminer les causes exactes du décès.

CHAPITRE 42

1. « Ne pas réembaucher » : cette mention manuscrite figure au verso d'une page du dossier professionnel de Charles Cullen, remis à la police par le bureau des ressources humaines d'Easton.

CHAPITRE 43

1. Le centre médical de Somerset se trouvait alors dans la meilleure situation possible. Sa direction ne pouvait pas licencier Cullen sans raison. Si elle avait motivé sa décision par les soupçons qui pesaient sur lui au sein même de l'établissement, elle aurait engagé sa propre responsabilité vis-à-vis de ses crimes. Mais en prenant prétexte de l'enquête policière qui le visait, elle n'avait fait qu'appliquer les consignes des autorités. Si le bureau du procureur avait échoué par la suite à prouver la culpabilité de l'infirmier, elle aurait échappé aux poursuites civiles.

CHAPITRE 44

1. À leur grand étonnement, les enquêteurs recueillirent des avis similaires dans la plupart des hôpitaux qui avaient employé Charles Cullen. Le 14 novembre 2003, Betty Gillian, son ex-superviseuse à Saint Barnabas – la femme qui l'avait fait renvoyer pour des erreurs de médication –, raconta à Danny Baldwin que les collègues de Charlie s'étaient indignés en apprenant qu'on l'accusait d'avoir

contaminé des poches de perfusion : « Ils l'appréciaient tous parce qu'il était serviable. »

CHAPITRE 45

1. C'est Amy elle-même qui a confié ce détail poignant à l'auteur.

CHAPITRE 46

1. Amy s'en doutait depuis la mise en place du nouveau protocole pour l'insuline.

CHAPITRE 49

1. Après l'arrestation de Cullen, le fabricant du Pyxis a renforcé la sécurité de son système de distribution.

CHAPITRE 52

1. Les directives anticipées permettent à un patient – ou à sa famille – de dire par avance quel traitement il accepte ou non de recevoir et s'il consent à être réanimé en cas d'arrêt cardiaque.

CHAPITRE 53

1. Cullen justifiait celles-ci en distribuant massivement du paracétamol aux patients, même en cas de contre-indications. Lucille Gall se rappelait avoir eu une discussion houleuse avec lui à ce sujet.

CHAPITRE 54

1. Le capitaine Andy Hissim.

CHAPITRE 55

1. Parmi les médicaments saisis ce jour-là se trouvait du Bénadryl, un antihistaminique à effet sédatif que l'ex-femme de Charles Cullen, Adrianne, l'accusait d'avoir utilisé sur leurs filles, bien qu'il l'ait toujours nié.

CHAPITRE 56

1. Si Tim avait bien faxé le questionnaire complété aux experts du FBI, il n'avait pas eu le temps de les consulter avant « l'enlèvement » de Charles Cullen.

2. Après l'arrestation de Cullen, les inspecteurs Braun et Baldwin eurent l'occasion d'évoquer les difficultés de leur enquête avec un médecin légiste réputé, le Dr Henry Lee. Celui-ci s'est exprimé sur les tueurs en milieu médical dans une interview au *Los Angeles Times* datée du 29 avril 2002 :

> *Dans ce genre d'affaires, on doit parfois identifier des victimes longtemps après leur mort. Il faut alors exhumer leurs corps dans l'espoir d'y découvrir des traces de substances toxiques. Reste ensuite à relier ces décès au suspect. Quelles preuves a-t-on que c'est bien lui le coupable ? Dans neuf cas sur dix, c'est un échec.*

3. Alors même que les trois lui avaient imputé plusieurs décès suspects. On ignore si le Montgomery Hospital a contacté ces établissements.

CHAPITRE 59

1. Charles Cullen était incapable de lire sans ses lunettes. Selon qu'il les portait ou non sur son lieu de travail, il arrivait plus ou moins à déchiffrer les étiquettes des poches de perfusion, avec les conséquences qu'on imagine.

2. Selon Amy, Charles Cullen lui aurait dit que sa première victime à Saint Barnabas était une jeune femme. Cullen n'a jamais été jugé pour la mort de cette patiente.

3. Plus vraisemblablement, la direction de Warren l'a payé pour qu'il parte. Même en ajoutant les indemnités maladie pour les périodes

où il était hospitalisé en psychiatrie, le montant total du chèque ne devait pas dépasser 18 000 dollars. L'année suivante, Cullen déclara 68 000 dollars de dettes et se mit en faillite personnelle.

CHAPITRE 61

1. Dans son rapport, Baldwin écrit six heures. Toutefois, Cullen a été interpellé à 18 heures, et son interrogatoire s'est achevé à 3 heures du matin.

POST-SCRIPTUM

1. Tous les hôpitaux concernés se rejetèrent mutuellement la faute de n'avoir pas mis un terme à la carrière criminelle de Charles Cullen. Le conflit le plus violent opposa Saint Luke's et le centre médical de Somerset. Les avocats du second arguaient que c'était au premier d'endosser la responsabilité des poursuites civiles engagées contre leur client. Comme noté plus haut, le juge Garruto, de la Cour supérieure du New Jersey, leur donna raison. Selon son opinion, en n'appelant qu'une partie des hôpitaux de la région pour les dissuader d'embaucher l'infirmier, les administrateurs de Saint Luke's s'étaient « arrogé un droit de vie ou de mort sur [les malades] ».

2. C'est-à-dire un événement entraînant soit la mort, soit une infirmité ou la perte d'une fonction corporelle durant plus d'une semaine, qui aurait pu être évité et qui survient à cause d'une erreur ou d'une défaillance du système.

Composition : Facompo, Rouen

MIXTE
Papier issu de sources responsables
FSC® C003309

L'éditeur de cet ouvrage s'engage dans une démarche de certification FSC® qui contribue à la préservation des forêts pour les générations futures.

Pour en savoir plus :
www.editis.com/engagement-rse/

Achevé d'imprimer par
Normandie Roto Impression s.a.s.
61250 Lonrai (Orne)
N° d'imprimeur : 2200689

Imprimé en France